Erich Schmidt-Schell

Wenn du nur nicht glaubtest

Verlag FriedensBote
Gummersbach 1995

ISBN 3-931346-06-4

Postfach 100307
D-51603 Gummersbach
Titelbild: Alexander Giesbrecht
Umschlag: VES Meinerzhagen

Vorwort

„Wenn du nur nicht glaubtest“, sagte der Lageroffizier des Straflagers Nr. P/JA-243/2-2 zu David Klassen, dem heutigen Evangelisten des Missionswerkes „FriedensBote“, dessen Biographie in wesentlichen Zügen in diesem Buch festgehalten wurde.
Mit diesem Satz brachte der Offizier zum Ausdruck, daß er mit dem Menschen David Klassen wohl gut ausgekommen wäre, wenn dieser nicht an Jesus Christus geglaubt hätte.
Dieser Anstoß ist im Leben eines jeden wahrhaft Gläubigen zu finden. Wenn er Jesus Christus aus seinem Leben streichen würde, käme er mit den Menschen, im Allgemeinen gesehen, gut zurecht. Diesen Gefallen kann er den Leuten aber nicht tun, wenn er nicht aufhören möchte Christ zu sein. Denn Christ kann sich nur der in Wahrheit nennen, der sein Leben von Christus her bestimmen läßt. Und die Leiden, die er von daher zu tragen hat, ergeben das Kreuz, von dem Jesus spricht: „Wer mir nachfolgen will, der nehme sein Kreuz auf sich.“ Alle sonstigen Leiden, wie Krankheiten und Tod, hat jeder Mensch zu tragen, nur dieses eine Leiden nicht.
Und David Klassen hat es getragen. Wie? – Das wird hier in erschütternder – manchmal auch humorvoller Weise aufgezeigt, die im letzten deutlich macht, daß Gott seine Leute nie im Stich und nicht verbittern läßt. Von daher ist das vorliegende Buch ein glaubenstärkendes Zeugnis.
Dank sei David Klassen, der heute in Paderborn lebt, dafür gesagt, daß er die gesamten Informationen zu diesem Buch lieferte und das Manuskript auf seine sachliche Richtigkeit prüfte.

Der Autor

Ehemalige Sowjetunion mit Angabe auch der Orte, in denen David Klassen gewesen ist.

Ich habe mich lange geweigert, meine Lebensgeschichte niederzuschreiben. Weshalb das so war, weiß ich nicht genau. Vielleicht lag es daran, daß mir Gottesmänner wie Mose, Jesaja und Jeremia vor Augen standen, die auch lange zögerten, ihren Auftrag auszuführen...

Ich will mich nicht mit ihnen auf eine Stufe stellen, gewiß nicht, aber ich weiß um die Problematik der Ausführung eines Auftrages. Man kann sehr schnell, wenn man nicht im Trend der Zeit liegt, seine Schläge bekommen...

Letztlich wird einen die Furcht davor aber nicht hindern, den Auftrag auszuführen, wenn man einen wirklichen Auftrag hat. Gott benutzt dann schon Freunde, Glaubensbrüder und -schwestern, die einen drängen. So war es auch bei mir. Sie drängten mich, doch nun endlich zur Feder zu greifen...

Ja, und dann saß ich am Schreibtisch und überlegte, wo und wie ich anfangen sollte. Aber ich wußte es nicht. Ich konnte mich für keinen Anfang entschließen, weil mir zuviel durch den Kopf ging. Was hatte ich nicht auch alles erlebt! Ich war über Höhen gegangen und durch Tiefen geschritten. Ich hatte gelacht und geweint...

Und dann tauchte das Gefängnis von Nowosibirsk vor meinen Augen auf. Ich sah im Rückblick das Innere des Gebäudes. Vor allem die unterirdische Zelle dreizehn, in der ich lange Zeit eingesperrt war, stand deutlich vor meinen Augen. Ich sah mich in dem alten, geflickten Hemd, das mir der Gefängniswärter gegen drei Uhr nachts zusammen mit einem Taschentuch durch die Futterklappe in die Zelle hineinschob. Als erstes fielen mir die gestickten Buchstaben AK im Taschentuch auf – die Anfangsbuchstaben im Namen meiner Mutter, Anna Klassen. Warum hatte die Sachen sie und nicht meine Frau übergeben? Sollte meine Frau auch verhaftet worden sein?

Tränen kamen mir unwillkürlich aus den Augen und ich konnte sie nicht unterdrücken. Der Wärter beobachtete mich indes durch das Guckloch. Er bemerkte meine Aufregung und wollte wissen, was das sei. Er öffnete die Tür, kam in die Zelle und fragte nach dem Grund meiner Tränen. Ich gab ihm meine Gefühle preis. Ohne ein Wort zu sagen verließ er darauf die Zelle und ließ mich mit meinen trüben Gedanken allein. Ich untersuchte danach das Hemd, weil mich die Ahnung beschlichen hatte, daß es eine Nachricht enthielt. Ich drehte es hin und her – minutenlang. Und endlich fand ich unter dem Kragen drei Worte. Sie waren mit Bleistift geschrieben und nur mühsam zu lesen. „Mein lieber David!“ lauteten sie.

Es war die Handschrift meiner Frau! Sie war in Freiheit! Was mir diese Worte in jenem Augenblick bedeuteten, läßt sich schlecht beschreiben. Nur so viel, sie waren Balsam für meine wunde Seele und gaben mir Trost und Kraft...

Beides brauchte ich auch. Dringend sogar, weil die Zelle dreizehn eine Einzelzelle war und ich mit niemand reden konnte – außer mit Gott. Diese Zelle war aber auch kalt und dunkel dazu. Das Fenster in ihr war so konstruiert, daß zwar Luft herein, man aber nicht hinaussehen konnte, da Zentimeter vor ihm ein Blechschild angebracht war. So bekam ich am Tag weder die Sonne, noch den Mond und die Sterne bei Nacht zu sehen. Dafür sah ich aber jede Menge Ratten. Sie kamen aus der Kanalisation gekrochen, und waren nicht nur furchtbar schmutzig und stinkend, sondern auch aggressiv. Sie stürzten in einer Weise auf mich zu, daß ich mich ihrer ständig erwehren mußte und über Langeweile nicht zu klagen hatte. Ich wollte mich ihnen ja nicht kampflos ergeben.

Aber, wie waren sie zu bekämpfen? Welche Mittel standen mir hier zur Verfügung? – Keine, ich konnte sie nur verscheuchen, mir vom Leib halten. Darauf beschränkte ich mich zunächst auch, suchte aber weiterhin nach einer Möglichkeit, wie ich zumindest einige der Biester fangen könnte.

Nicht lange und ich hatte eine Idee. Ich zog meine Filzstiefel aus und legte sie auf den Boden. Als die nächste Ratte kam, trieb ich sie darauf zu, in der Hoffnung, daß sie in einen der Schäfte, die wie Löcher aussahen, kriechen würde. Und tatsächlich – sie tat mir den Gefallen. Sofort drückte ich mit der einen Hand den Schaft zu, so daß das Tier nicht entwischen konnte, griff dann so rasch ich eben konnte in den Schaft, ergriff die Ratte und schleuderte sie mit Wucht auf den Boden. Anschließend gab ich sie in die Toilette und spülte sie weg. Diese Methode wiederholte sich nun ungezählte Male. Mehrmals wurde ich dabei von den Ratten gebissen.

Dann kam der Gefängniswärter hinter die Art meiner Rattenjagd und wurde sehr böse. Nicht, weil er gegen diese Jagd gewesen wäre, sondern weil er befürchtete, daß sich die Abflußrohre verstopfen könnten.

„Was soll ich denn machen? Ich kann wegen den Ratten ja nicht mal schlafen!“ hielt ich dagegen.

Wenig später brachte er einen großen sibirischen Kater und sperrte ihn zu mir in die Zelle. So lieb mir die Katze auch war, zum Rattenfang taugte sie nicht, weil sie vor jedem der „ungehörigen Besuchern“ davonlief. Als das auch der Gefängniswärter beobachtete, setzte er den Kater wieder auf freien Fuß – mich nicht...

Mit mir kam er überein, daß ich die Ratten wie bisher in die Stiefel treiben sollte. Dann sollte ich ihm Bescheid geben und die Stiefel mit meinem Fang durch die Luke reichen, durch die mir sonst das Essen „serviert“ wurde. Wie er die Ratten dann tötete und wo er sie hinbrachte, weiß ich nicht. Jedenfalls hatte er von da an viel mit mir zu tun.

Manchmal überlegte ich mir, ob ich nicht auch aus der Zelle käme, wenn ich mich – wie der Kater – von den Ratten in die Flucht schlagen ließe...

Aber ich unterließ es, den Kerkermeister darauf hin anzusprechen. Mir war klar, daß eine solche Unterhaltung nicht die von mir erwünschte Reaktion gebracht hätte. Dafür redete ich aber um so häufiger mit Jesus über meine Sehnsucht. Allerdings tat ich das nur sehr leise. Nicht, daß ich mich geschämt hätte, öffentlich zu ihm zu stehen. Auf keinen Fall, sonst wäre ich ja nicht in diesem Gefängnis gelandet. Umgefallen war ich auch nicht, sonst hätte ich, wie der Kater, nach draußen marschieren können. Aber uns war grundsätzlich verboten, laut zu reden. Man wollte dadurch unterbinden, daß die Gefangenen erfuhren, wer sich in ihrer Nachbarschaft aufhielt. Aber Jesus erhörte mich auch so und schenkte mir immer wieder den Trost, den ich im jeweiligen Moment gerade brauchte.

Wenn mir die Ratten mal eine Ruhepause gönnten, nahm ich die Filzstiefel in die Arme, stellte mir vor, daß es meine beiden Kinder seien, drückte sie ganz fest an meine Brust und sprach leise mit ihnen. Hätte mich jemand so gesehen, hätte er bestimmt gedacht: Der David ist durchgedreht, er spinnt...

Apropos spinnt! – Als ich mal eine Spinne beobachtete, die an einem hauchdünnen Faden von der Zellendecke herniederkam, wurde ich richtig froh. Natürlich hab ich nicht gelacht, zumindest nicht laut. Sonst hätte ich ja Töne von mir gegeben, was verboten war. Wagte man es aber dennoch, mal laut zu werden, wartete eine besondere Strafe auf einen. Man bekam die Hände und Füße auf dem Rücken zusammengebunden und wurde an einen Ring an der Zellendecke gehängt. Diese häßliche Strafe hatte die schöne Bezeichnung „Lastotschka“, zu Deutsch Schwalbe, weil der Betreffende wie eine fliegende Schwalbe in der Luft hing...

Ach so, ich habe ja noch nicht erzählt, weshalb ich über die Spinne an dem dünnen Faden froh wurde. Ganz einfach deshalb, weil mir aufging, welches Kunstwerk sie vollbrachte. Sie klebte da irgendwo einen hauchdünnen Faden an die Decke, so dünn wie ein Mensch keinen herstellen kann. Trotzdem war er so stark, daß sie daran niedersteigen und sich wieder hochziehen konnte. Und diese Spinne war ein Geschöpf Gottes. Und wenn Gott solch kleine Wesen so wunderbar gestalten konnte, wie groß mußte er dann sein! Durfte ich – weil ich mich für ihn entschieden, mich auf seine Seite gestellt hatte, deshalb nicht freuen? Oh ja! Denn dieser große Gott sagte mir durch sein Wort, die Bibel, daß er mich liebte, daß ich sein Kind war...

Solche Anlässe trugen immer wieder dazu bei, daß ich in der Rattenzelle nicht nur Trübsal schwitzte, sondern auch manch frohe Stunde erlebte. Hüllte mich aber das Dunkel der Anfechtung ein, klammerte ich mich, – wie ich das von frühester Jugend an bei meinen Eltern erlebt hatte, – um so fester an die Verheißungen der Schrift.

Nach einiger Zeit genügte es mir aber nicht mehr, die Bibelworte aus dem Gedächtnis aufzusagen. Ich wollte etwas sehen, etwas Konkretes vor Augen haben. – Da erinnerte ich mich, daß Mutter beim Schnei-dern die Umrisse der Schnittmuster mit Seife auf den Stoff zeichnete, und schon hatte ich einen Plan. Ich nahm meine Seife zur Hand und schrieb mit ihr Bibelworte auf die dunkelbraunen Zellenwände.

Als der Wärter sie entdeckte, geriet er in große Erregung. Mit sich überschlagender Stimme forderte er mich auf, die Wände sofort zu säubern. Schweigend, wenn auch mit wehem Herzen, kam ich dieser Aufforderung nach. Zufrieden gab ich mich damit aber nicht. Ich sehnte mich weiterhin nach etwas Sichtbarem. Nicht lange und mir kam während der pflichtmäßigen Fußbodenreinigung eine neue Idee.

„Du könntest ja eine Ecke ungeputzt liegen lassen und in den Staub Bibelworte schreiben“, dachte ich.

Und weil ich den Gedanken gut fand, setzte ich ihn in die Tat um. Das bemerkte dann weder der Kerkermeister noch irgendein Justizbeamter, und ich hatte meinen sichtbaren Zuspruch, der mich tröstete. – Ja, wer solche Situationen nicht selbst durchlebt hat, wird kaum begreifen, in welche Anfechtungen man fallen, und was einen nicht alles erfreuen kann...

Ich erinnere mich an einen Tag, an dem mir eine Schüssel Suppe durch die Essensluke, die wir „Futterklappe“ nannten, gereicht wurde.

Ich nahm sie, stellte sie auf den Tisch, faltete stehend die Hände, sprach leise den Dank und bat um Segen. Dann setzte ich mich und rührte mit dem hölzernen Eßlöffel in der Suppe, die von den Gefangenen „H 2 O“ oder „Balanda“ genannt wurde, was so viel wie ungenießbare Wassersuppe bedeutete. Ich rührte also darin, und hielt plötzlich inne weil ich meinen Augen nicht traute. War das nun Wirklichkeit oder träumte ich!? Aber so lange ich auch in die Schüssel blickte, es veränderte sich nichts: Ich hatte in ihr ein Lorbeerblatt gefunden! Man stelle sich vor, in einer solchen Suppe ein Lorbeerblatt! Das war für mich ein Wunder! Ich faßte es vorsichtig mit den Fingerspitzen und zog es aus der Suppe heraus. Mir war, als hielte ich ein Heiligtum in Händen. Obwohl ich schon gebetet hatte, stand ich wieder auf, schloß die Augen und dankte nochmals.

„Herr“, sagte ich, „alles, was mich hier umgibt, haben Menschenhände gemacht. Die eiserne Zellentür, den Riegel, das Schloß, die Gitter und den Beton der Wände. Aber dieses Lorbeerblatt hast du geschaffen. Dir sei Preis, Ruhm und Anbetung dafür. Amen.“

Ich blieb nun stehen, weil mir wie am Erntedankfest zumute war und hielt ich mit lauter Stimme eine Predigt. „Liebe Brüder und Schwestern...“ sagte ich, obwohl ich ganz allein in der Zelle war. Selbst die Ratten ließen sich in diesen Minuten nicht blicken. Nur der Herr war durch seinen Heiligen Geist bei mir, ich spürte das ganz deutlich.

Als ich mit der Predigt zu Ende gekommen war, stimmte ich aus voller Kehle das russische Erntedanklied an: „Tschto sejal ty nyntsche Wesnoju?...“ zu Deutsch: „Was sätest du in diesem Frühling.“

Ich sang alle Verse. Dann ging die „Futterklappe“ auf und ich erschrak. Mir wurde bewußt, daß ich laute Töne von mir gegeben hatte, ein Vergehen, das mit der besonderen Strafe der „Schwalbe“ geahndet wurde. Würde sie mich jetzt treffen? Es folgten bange Sekunden. –

Doch der Kerkermeister, der mich schon oft beschimpft und verflucht hatte, redete diesmal ganz anders mit mir. Es kam kein Drohen, kein Verbot und schon gar nicht die Anordnung der schrecklichen Strafe über seine Lippen.

Ganz freundlich sagte er: „Bitte, singen Sie noch ein solches Lied.“

Ich meinte, mich verhört zu haben. Es konnte doch nicht sein, daß er keine Strafe verhängte, sondern mich zur weiteren Verkündigung des Evangeliums im Lied aufforderte! Aber es war so. Er wiederholte seine Bitte und ich kam ihr nach.

„Ist das nicht wunderbar? Welche Wege führt doch der Herr!" mußte ich denken. „Da läßt er es zu, daß ein Mann wie ich, durch Polizisten von Frau und Kindern, die er liebt, weggerissen und ins Gefängnis gesteckt wird, damit ein gottloser Kerkermeister die frohe Botschaft von Jesus Christus verkündigt bekommt, ein Mann, der vielleicht große Schwierigkeiten hat, der sich nicht in die Gemeinde traut, weil er Angst hat, dafür den Arbeitsplatz zu verlieren."

Aber nun wieder zurück. Ich wollte meiner Frau auf die Nachricht unter dem Hemdkragen antworten. Das stand für mich fest, – unabdingbar. Aber, wie konnte das geschehen? Ich mobilisierte meine ganze Vorstellungskraft. Doch eine brauchbare Idee kam mir nicht, zumindest zunächst nicht. Ich sah nur meine völlige Isolation: den Beton um mich herum, das Verbot Besuch und Briefe zu empfangen und das, welche zu schreiben. Ich war sicher verriegelt, von der Welt abgeschnitten. Manchmal kam ich mir wie ein Toter vor. Wie der in einem engen Sarg liegt, saß ich in den vier Wänden einer Zelle...

Dann, nach vielem Beten und Überlegen, kam mir ein hoffnungsvoller Gedanke. Ich klopfte leise an die Zellentür. Augenblicke später öffnete sich die Futterklappe.

„Bürger Natschalnik", flüsterte ich leise, „mich drückt die Notdurft."

Der Wärter ging schweigend weg. Als er wieder kam, hielt er Toilettenpapier in der Hand und reichte es mir. Nach seinem Verständnis hatte ich mit der Notdurft im herkömmlichen Sinne zu tun. Aber so war es nicht, mich drückte die „Notdurft" oben, das, was in meinem Herzen war, mußte heraus. Weil ich aber mit niemand reden konnte, mußte ich es niederschreiben und dazu brauchte ich Papier. Das hätte mir der Wärter aber nie gegeben, wenn ich ihm meine „Notdurft" konkreter beschrieben hätte.

Also nun hatte ich das Papier. Schreiben konnte ich aber immer noch nicht. Mir fehlten Feder und Tinte. Wie sollte ich daran kommen!

Während meiner Überlegungen erinnerte ich mich an Lenin, als er zur Zarenzeit im Gefängnis saß, und, wie die Zensur meinte, harmlose Briefe schrieb, weil sie das, was zwischen den Zeilen stand, nicht lesen konnten, da es mit Milch geschrieben war. Die Empfänger wußten jedoch Bescheid. Sie hielten die Briefe über Petroleumlampe oder Kerzen und zwischen den Zeilen zeichneten sich gelbe Buchstaben ab, die einwandfrei gelesen werden konnten.

Lenin war aber offensichtlich besser dran als ich. Mir wurde in diesem Gefängnis keine Milch gereicht, die ich zum Schreiben hätte verwenden können und an Tinte war schon gar nicht zu denken. Also mußte ich mich um eine andere Schreibflüssigkeit bemühen. Doch was kam in dieser Abgeschiedenheit in Frage? Die Möglichkeiten waren sehr begrenzt.

Aber man stellt sich kaum vor, wie erfinderisch der Mensch in der Not wird! Mir kam der Gedanke: ein Splitter von dem groben Zellentisch als Schreibwerkzeug zu benutzen. Gleichzeitig wußte ich auch, was mir als Tinte dienen konnte: mein Blut! Ich wollte mir an der Hand eine Wunde beibringen. Damit waren aber noch nicht alle Probleme gelöst. Mir fehlte noch ein Umschlag und vor allem eine Briefmarke, damit mein Schreiben auch befördert werden konnte.

„Diese Probleme wirst du nicht lösen können", dachte ich. „Wie sollst du hier an einen Umschlag und eine Marke kommen!"

Aber dann schneite es und die kommunistischen Machthaber konnten nicht verhindern, daß der Schnee auch den inneren Gefängnishof bedeckte, der von Wachttürmen und einer etwa sechs Meter hohen Mauer umgeben wurde, und in dem ich mich jeden Tag für zwanzig bis dreißig Minuten an der frischen Luft aufhalten durfte. Während eines solchen „Freiganges" kam mir die Idee, wie das Problem Briefumschlag und Marke zu lösen sei.

Ich wollte den Brief in einen Schneeball geben, den aber nur leicht formen, damit er, bei seiner Landung jenseits der Mauer, auseinanderplatzte. Dann – vorausgesetzt, daß mitfühlende Menschen das Blatt fanden, – würde es auch ohne Marke zu meiner Frau und den Kindern gelangen...

Diesen Plan setzte ich aber nicht in die Tat um, weil mir erhebliche Bedenken kamen. Wie war das mit den Wachposten auf den Türmen! Mußten sie es nicht mitbekommen, wenn ich einen Schneeball über die Mauer warf? Ganz bestimmt würden sie das sehen, – sie waren ja nicht blind! – Und was dann? Brächte ich dadurch nicht nur mich, sondern auch meine Frau und die Kinder in weitere Gefahren?...

Ich hatte schon x-mal erlebt, daß der von Gott abgefallene Mensch sein Menschsein verliert, und von ihm nicht mehr als von der Krone der Schöpfung gesprochen werden kann. Er wird zum Tyrannen, mehr noch, er sinkt unter das Tier, bringt Dinge fertig, zu denen kein Tier fähig ist. Aus diesem Wissen heraus schrieb wohl auch Schiller die Worte:

Gefährlich ist's den Leu zu wecken,
verderblich ist des Tigers Zahn,
jedoch der schrecklichste der Schrecken,
ist der Mensch in seinem Wahn...

Deshalb begrub ich meine Pläne und fügte mich in die gegebene Situation, dank der Kraft, die mir vom Herrn kam.

Schließlich durfte ich meiner Frau aber doch ein Lebenszeichen zukommen lassen, ganz offiziell sogar, aber auf eigenartige Weise. Aus Kanada war für mich ein Paket gekommen, das die Post meiner Frau jedoch nicht aushändigte, weil von mir die Vollmacht fehlte. Meine Frau wandte sich an den Untersuchungsrichter mit der Bitte, mich eine solche verfassen zu lassen und diese zu beglaubigen. Mir wurden Papier und Federhalter mit Tintenglas in die Zelle gereicht, damit ich die entsprechende Vollmacht abfassen konnte.

Als der Wärter sie in Händen hielt, nahm er an der Formulierung „meine liebe Frau“ Anstoß. Vor allem stieß er sich an dem Wörtchen „liebe“. Das war für ihn eine unerlaubte Bezeichnung. Knurrend gab er mir ein neues Blatt mit der Aufforderung, eine neue Vollmacht zu schreiben, unter Weglassung des anstößigen Wortes „liebe“. Ich kam seinem Wunsch nach, schrieb jedoch den Namen meiner Frau, **Elisabeth Klassen,** mit fetten Buchstaben. Der Wärter krauste zwar die Stirn, ließ die Vollmacht dann doch gelten. Und ich hatte die Freude, daß ich meiner Frau meine Gefühle zu ihr auf diese Weise andeuten konnte.

So führt Gott. Manchmal will es scheinen, als sei der, der sich auf ihn verläßt, verlassen. Zuletzt zeigt sich aber, daß Gott stärker ist als die weltlichen Mächte, und sie nicht so frei sind, wie sie meinen. Leider bekommen sie aber keinen Blick dafür, daß sie nur mächtig und nicht allmächtig sind, daß allmächtig nur Gott ist und sie sich nur in dem Rahmen bewegen können, den er ihnen absteckt. Diese Grenzziehungen nehmen in den meisten Fällen sogar jene vor, die die weltliche Macht repräsentieren und der Meinung sind, autonom zu handeln.

Deutlich wurde mir das im Straflager Archangelsk an der Geschichte eines Häftlings, den man zum Karzer verurteilte.

Der Karzer bestand hier aus einem riesigen Tank, der der sowjetischen Eisenbahn lange Zeit zum Öltransport diente. Dann hatte man ihn nach Archangelsk gebracht, die Räder abmontiert, eingegraben und als besondere Abteilung des Straflagers benutzt. Als Eingang diente die runde Öffnung. Durch sie wurden die Gefangenen einfach in den Tank geworfen. Dann verschloß man sie mit einem Eisendekkel, in den einige Löcher gebohrt waren, damit die Häftlinge gerade so viel Luft bekamen, daß sie nicht erstickten. Aber durch die Löcher drang nicht nur der wichtige Sauerstoff, sondern auch der Regen, der für die Eingeschlossenen weniger angenehm war. Sie mußten oft im Wasser stehen und holten sich nasse Füße. Obwohl die Öffnung gut verschlossen war, wurde sie dennoch von Soldaten mit Hunden bewacht, als verfügten die eingeschlossenen Männer über solche Kräfte, daß sie in einem unbewachten Augenblick den Deckel hätten wegdrücken können...

Mit ein bißchen Phantasie, hätte ihnen klar sein müssen, daß die Männer dazu nicht in der Lage waren. Zum einen verfügten sie schon vorher nicht über Bärenkräfte, und zum anderen wurden sie in dem Tank-Gefängnis nicht so gehalten, daß sie welche hätten aufbauen können. Bei dünner Wassersuppe, die ihnen nur jeden zweiten Tag durch die Luke hinuntergelassen wurde, war das eine Unmöglichkeit...

Öffnete sich der Tankdeckel zwischenzeitlich einmal, geschah das nicht, um den Gefangenen eine zusätzliche Suppe zu reichen, sondern um die „Parascha", wie der zur Notdurft verwendete Kübel genannt wurde, heraufzuziehen.

Doch wenn Gott die Zeit für gekommen hält, öffnen sich auch solch grausame Gefängnisse. Sie werden sogar beseitigt, ohne daß die Insassen Gewalt anwenden. Die Beseitigung geschieht dann, wie im Straflager Archangelsk, durch die Repräsentanten des Machtapparates. Sie werden plötzlich, ohne ihr Wissen und Wollen, zu Werkzeugen in der Hand des himmlischen Herrschers. In Archangelsk war dieses Werkzeug ein General, der seinen verhafteten Sohn besuchen wollte und ihn in dem Tank-Gefängnis fand. Kurze Zeit später war kein Gefangener in dem schrecklichen Karzer mehr. Der Tank wurde sogar ausgegraben und abgeschleppt.

Ach so, ich habe ja noch gar nicht erzählt, weshalb ich ins Straflager kam, Entschuldigung! Es war nichts Schlimmes, wie man aus meinem Schweigen schließen könnte. Bekanntlich wird ja nur das präsentiert, womit man glänzen kann, das andere verschweigt man lieber. Aber ich hatte keinen Menschen belogen, niemanden bestohlen, geschweige denn jemanden getötet. Trotzdem war ich in den Augen der kommunistischen Machthaber ein großer Verbrecher. Ich hatte zum Glauben an Jesus Christus gefunden und erlaubte mir, darüber auch noch öffentlich zu reden. Weshalb das ein Grund zum Einsperren war, habe ich bis heute noch nicht begriffen.

Die Kommunisten behaupten Atheisten zu sein und bekunden damit, daß es keinen Gott gibt. Trotzdem bekämpften sie die Leute – und zwar ganz massiv – die das Gegenteil behaupten. Nun, wenn es Gott nicht gibt, kann ich doch die in Ruhe lassen, die an ihn glauben. Aber ist es nicht ausgesprochen töricht, auf der einen Seite zu behaupten, daß es ihn nicht gibt, ihn auf der anderen aber verbissen zu bekämpften? Etwas, das nicht vorhanden ist, brauch ich logischerweise auch nicht zu bekämpfen, oder?

Aber nun wieder zurück zu mir. Ich kam in einer christlichen Familie zur Welt, war deshalb aber noch kein Christ. Wie der, der in einer Garage geboren wird, auch kein Auto ist. Christ mußte ich erst noch werden, mich also bekehren. Aber nun endlich der Reihe nach.

* * *

Im Jahre 1927 wurde ich am 14. April in Kronsweide am Dnepr, im Schwarzmeergebiet, geboren. An diesen Tag, so erzählten meine Eltern, hätten sich die Dorfleute noch lange erinnert. Nicht wegen meiner Person, so berühmt bin ich nicht, trotzdem war ich aber an dem Ereignis beteiligt, das im Gedächtnis der Dörfler haften blieb und ihnen lange Zeit Gesprächsstoff lieferte.

An dem besagten Apriltag kam in Kronsweide eine große Aufregung zustande, zumindest im Haus der Hebamme. Der Anlaß dazu war, daß neben meiner Mutter noch eine Frau zur Niederkunft kam, und ebenfalls einen Jungen gebar, dazu noch zur gleichen Stunde. So etwas hatte es in Kronsweide bis dahin noch nie gegeben. Das war schon ein Ereignis! Darüber mußte gesprochen werden, – ausführlich sogar!

Doch die arme Hebamme hätte sich an diesem Tag gerade teilen, und vier Hände gebrauchen können. Obwohl, mit Gottes Hilfe, die Geburten ohne Komplikationen verliefen.

Während die beiden Mütter abgespannt, aber glücklich in ihren Betten lagen, stand die Hebamme in ihrer Küche vor dem einhundert Liter fassenden Kessel, in dem das heiße Wasser brodelte, und schlug die Hände über dem Kopf zusammen. Nicht wegen dem Geplärre, der beiden Hampelmänner, die auf dem flachen hölzernen Kesseldeckel strampelten. Das war sie gewohnt, das gehörte zu ihrem Beruf! Sie hatte ein anderes Problem. Welches der beiden Kinder gehörte nun der Frau Hahn und welches der Frau Klassen?

Als schließlich die beiden Väter erschienen, um ihre Stammhalter zu begutachten, fehlten die glücklichen Gesichter, wie das sonst bei solchen Anlässen üblich sind. Mein Vater, der Klassen, wie auch der andere, der sich Hahn schrieb, waren aufrichtig bekümmert. Keiner konnte trotz intensivstem Betrachten mit letzter Sicherheit sagen: „Das ist mein Junge." Die Gesichtchen der strampelnden und schreienden Hampelmänner waren kaum zu unterscheiden. Jeder der Väter, obwohl es keiner aussprach, befürchtete in diesem Augenblick: Ich bekomme nicht den eigenen, sondern einen Pflegesohn! – Kein angenehmer Gedanke, nicht wahr?

Dann, – ich war wohl schon mehr als zwanzig Jahre verheiratet, – erzählte ich diese Geschichte im Kreis meiner Familie und schloß mit der Erklärung: „Also, ihr Lieben, daß ihr's nur wißt, ich kann nicht dafür garantieren, daß ihr zu recht den Familiennamen Klassen nennt. Es könnte gut möglich sein, daß ihr euch Hahn schreiben müßtet!"

Sofort legten meine Frau und die Kinder eine große Einmütigkeit an den Tag. „Nein, nein, wir haben da keine Zweifel. Du bist schon ein Klassen, ein ganz echter sogar!" versicherten sie.

„Woher wollt ihr das wissen?" fragte ich erstaunt.

Sie hatten eine ganz einfache Erklärung: „Der Apfel fällt nicht weit vom Stamm!" sagten sie.

Meine Frau zitierte sogar noch das Jesuswort: „An ihren Früchten sollt ihr sie erkennen..." Das steht im Matthäus-Evangelium zwar in einem anderen Zusammenhang, aber ich ließ es auch hier gelten...

Wie schon gesagt, wurde ich in einer gläubigen Familie geboren, war deshalb aber selbst noch kein Christ. Und wenn ich zurückdenke, werden viele Ereignisse wach, deren ich mich heute schäme. Mit ihnen habe ich weder der Sache des Herrn einen Dienst erwiesen, noch meinen Eltern – und mir selbst auch nicht.

Wer war nun schuld daran? Meine Eltern? Vielfach werden sie ja für alles, was im Leben der Kinder schiefläuft, verantwortlich gemacht. Ich stimme in diesen Chor nicht mit ein. Ich weiß ganz genau, daß ich für mein Handeln niemand anders als mich selbst verantwortlich machen kann.

Meine Eltern rieten mir in den meisten Fällen anderes, als ich plante. Ihr Rat schmeckte mir aber nicht, und deshalb handelte ich entgegengesetzt. Rückblickend muß ich aber bekennen, daß sie mit dem, was sie mir nahezubringen versuchten, im Grundsatz recht hatten. Wie hätte es auch anders sein können, wo es doch ihr Anliegen war, mich im Wort Gottes zu festigen, mir den Weg der Erlösung zu zeigen, der heim ins himmlische Vaterhaus führt. Rückblickend kommt mir oft das Lied in den Sinn:

Als ich ein kleines Kind noch war –
ich weiß es noch so gut –
wie hab ich oft mein Mütterlein
betrübt mit Übermut.
Und nun sie in dem Himmel ist,
wie fließt so manche Trän'.
Doch preis dem Herrn,
ich werd sie wiedersehn...
Mich ewig mit ihr freun,
denn Herr, ich bin ja dein...

Mit dem Gedanken an die Kindheit taucht verständlicherweise auch das Bild von Kronsweide auf, meinem Geburtsort. Ich sehe noch deutlich, wie er sich friedlich ins Dneprtal schmiegte.

Seine Gründung wurde von Westpreußen vorgenommen, die im Jahre 1788 auf Betreiben von Katharina der Großen, die die schwachbesiedelten Steppen der Ukraine dichter bevölkern wollte, ins Schwarzmeergebiet kamen. Den Westpreußen kam das Angebot der Zarin sehr entgegen. Sie sahen in ihm eine Führung Gottes und siedelten um. Damit hatte sich ihr Problem in der alten Heimat, wo sie wegen ihrer Wehrdienstverweigerung aus Glaubensgründen bei der Staatsmacht in Ungnade gefallen waren, gelöst...

Wenn ich an den Dnepr denke, sehe ich seine hohen und steilen Felsufer vor mir. Als Junge habe ich mich in den Sommermonaten oft von ihnen ins Wasser gestürzt, und bin dann nach Herzenslust geschwommen. Im Winter zählte es zu meinen größten Vergnügungen, auf seiner spiegelglatten Eisfläche Schlittschuhe zu laufen.

Wenn ich aber abwägen sollte, was mir am meisten Spaß machte, muß ich das Baden nennen. Dem neigten auch meine Brüder in besonderer Weise zu.Wenn es uns Jungen nachgegangen wäre, hätten wir wohl zu jeder Jahreszeit im Dnepr geschwommen. Um diese Unvernunft zu zügeln, sah sich unsere Mutter gezwungen, einen „Badekalender“ zu erstellen, der absolute Gültigkeit hatte. Er sah so aus, daß in den Monaten, in deren Namen ein „R“ vorkam, nicht im Fluß gebadet werden durfte.

Der 1. Mai war deshalb in jedem Jahr ein großer Festtag für uns Kinder. Mit ihm als dem Tag der Solidarität der internationalen Arbeiterpartei hatten wir damals noch nichts im Sinn. Das kam erst später. Zu jener Zeit wurde er von meinen Brüdern und mir als Beginn der Badesaison gefeiert...

Das „R“ hatte aber nicht nur in diesem Zusammenhang eine besondere Bedeutung. Darauf wurde auch sonst großen Wert gelegt, weil es in der russischen Sprache eine wichtige Rolle spielt. Es mußte mit einer besonderen Betonung ausgesprochen werden. Und so wurden uns nach „Mama“ und „Papa“, die Worte „Russischer Rubel“ beigebracht...

Nein, das geschah nicht, um die Geldgier und Habsucht in uns zu wecken! Meine Eltern, die ihr Leben nach den Anweisungen der Bibel gestalteten, wußten uns da schon zu lenken. Der „Russische Rubel“ wurde allein aus dem Grund herangezogen, weil in ihm das „R“ so schön gerollt werden konnte. Nur darum ging es, um sonst nichts.

Der deutlichen Aussprache des „R“ diente auch das „Runde-runde-Rose-Spiel“, das jedem Kind beigebracht wurde, sobald es gehen konnte. Dabei faßten sich der Vater, die Mutter und das Kind an den Händen, schritten im Kreis und sangen:

Runde, runde Rosen,
schöne Aprikosen,
Veilchen und Vergißmeinnicht,
alle Kinder setzen sich.

Zu weiteren Spielen mit uns blieb den Eltern keine Zeit. Die Landwirtschaft nahm sie voll in Beschlag. Ich erinnere mich nur, daß mich der Vater, als ich noch ein „Drei-Käse-hoch“ war, in seinen kurzen Arbeitspausen hin und wieder mit einer Hand hochstemmte und fragte: „Wie steht's in der Welt?“

Ich drehte mich wie ein Wetterfähnchen vergnügt hin und her und sagte wie es mir beigebracht worden war: „Bald so, bald so!“

Welch eine glückliche Zeit war das doch! Hätte ich damals auch nur annähernd schon gewußt, was ich heute weiß, mir wären diese Worte nicht so leichtfertig über die Lippen gekommen. Ich wäre wohl bis ins tiefste Herz hinein erschrocken, und hätte geschwiegen.

Nicht lange danach, ich mag wohl drei Jahre alt gewesen sein, kamen die Kommunisten und nahmen uns unsre beiden Pferde weg. Trotz meiner Kindheit erinnere ich mich an diesen Vorfall noch sehr genau. Ich weiß sogar noch, daß Vater in Begleitung einiger Funktionäre, die rote Armbinden trugen, die Pferde selbst vom Hof führen mußte. Meine Mutter und ich saßen währenddessen neben der Haustür, hielten uns die Hände vors Gesicht und weinten.

Nicht lange, und sie kamen zu dem alten Brunnen des Peter Krahn. Zunächst schoben die Aktivisten das Brunnengestell zur Seite, so daß das Brunnenloch offen stand. Einer der Aktivisten holte ein Bündel Heu und legte es dicht an den Brunnenrand. Die arglosen Tiere gingen auf das Heu zu, senkten ihre Köpfe und begannen zu fressen. In diesem Augenblick zerrissen zwei Schüsse die Stille des Tales, und unsere Pferde stürzten, tödlich getroffen, in den Brunnen. Dieser Anblick erschreckte mich tief. Weinend lief ich weg und konnte mich lange nicht beruhigen.

Aber nicht nur die Pferde wurden uns weggenommen, auch die landwirtschaftlichen Geräte: der Wagen, der Pflug und anderes. Und alles nur, weil mein Vater als „Kulakensohn" eingestuft wurde. Kulaken waren nach dem Verständnis der Kommunisten Leute, die arme Menschen ausbeuteten. Kulak bedeutet in Deutsch Faust. Weshalb Leute wie mein Vater mit diesem Wort belegt wurden, begründeten die Kommunisten damit, daß alle Bauern ihre Knechte mit den Fäusten schlagen, und sie zu immer schnellerer Arbeit anzutreiben würden.

Die als Kulaken eingestuften Leute deuteten den Begriff aber so: „Wir müssen so hart arbeiten, daß wir uns nur hinzulegen und die Faust unter den Kopf zu schieben brauchen, und schon sind wir eingeschlafen."

Wie es mit dem Schlagen der Knechte bei anderen stand, weiß ich nicht. Auf meinen Vater traf es jedenfalls nicht zu. Der hätte einen Knecht nie geschlagen. Aber er hatte ja keinen und lebte selbst wie ein Knecht. Vom frühen Morgen bis zum späten Abend war er auf dem Hof am Werken, um seine Familie redlich ernähren zu können.

Nachdem man uns die Ackergeräte und die Pferde weggenommen hatte, belegte man den Privatbesitz mit einer unerträglichen „Kontribution", was soviel wie Steuerbelastung heißt, und mein Vater gab sein Hab und Gut freiwillig ab. Leicht fiel ihm das verständlicherweise nicht...

Damals wußte ich noch nicht, daß dies nur der Anfang des „roten Paradieses" sei und es noch viel schlimmer kommen sollte. Deshalb war auch ich gefährdet und ließ mich im Laufe der Jahre von der kommunistischen Idee gefangennehmen. Erst Jahre später, dem Herrn sei's gedankt, wurde mir die Decke von den Augen genommen und ich verstand nicht mehr, wie man überhaupt das Wort Paradies für dieses System verwenden konnte. Das eigentliche Paradies, von dem mir meine gläubigen Eltern viel erzählten, hat mich – im Gegensatz zu diesem System – nie erschreckt...

Nachdem uns auch der Hausgarten enteignet worden war, bot er schon bald ein beredetes Aushängeschild für die Herrschaft des „Bauern- und Arbeiterstaates“. Wo einst blühende Obstbäume und prächtiges Gemüse standen, machten sich Disteln, Dornen, Brennesseln und Bitterkraut breit. Und anstelle meiner Mutter war nun Großvater häufig im Garten zu finden, aber nicht um ihn zu pflegen, sondern um die Schweine in ihm zu hüten. Er war nämlich zum Schweinehirten des Kollektivs „befördert“ worden. Was die Schweine noch stehen ließen, fraßen später die Kollektivschafe ab, die man ebenfalls in unseren ehemaligen Garten trieb. Daß meinen Eltern bei einem solchen Anblick oft das Herz wehtat, versteht sich wohl von selbst.

Die große Fliederhecke, die unseren Garten seitlich begrenzte, schien diese Veränderung nicht zu stören. Sie blühte und duftete wie in jedem Jahr. Und obwohl diese Hecke nun nicht mehr uns gehörte, erlaubte ich mir dennoch, hin und wieder einen Stock in ihr zu schneiden. Diesen benutzte ich dann als "Stecken-Pferdchen“, indem ich ihn zwischen die Beine nahm und in meinen kurzen Hosen und barfuß quer durch den Garten hopste. Dabei sang ich immer wieder:

Hop, hop, hop,
Pferdchen lauf Galopp,
über Stock und über Steine,
brich dir aber nicht die Beine,
hop, hop ,hop,
Pferdchen lauf Galopp.

Auf diese Weise schaffte ich mir Ersatz für unsere getöteten Pferde...

Ich habe mir schon oft überlegt: wenn der Wert des Lebens von materiellen Dingen abhängig wäre, dann hätten meine Eltern ein wertloses Leben geführt.

An materiellen Dingen besaßen sie nämlich sehr wenig. Trotzdem sind sie sich nicht arm vorgekommen, dessen bin ich mir sicher. Rückblickend kann ich auch bestätigen, daß sie es nicht waren, obwohl es an manchem fehlte. Das hört sich wie ein Widerspruch an, ist aber keiner. Inzwischen habe ich erfahren, daß es viele Leute gibt, die viel haben und doch unglücklich sind. Und daß es welche gibt, die wenig haben und zufrieden sind. Das ließ mich der Sache auf den Grund gehen, und ich fand heraus, daß die glücklichen Leute, ob sie nun reich oder arm waren, das hatten, was auch meine Eltern besaßen: einen festen Glauben an Jesus Christus!

Und den Herrn Jesus kann jeder haben. Er läßt sich in jedes Leben einladen. Er scheut nicht vor Reichtum zurück und ist sich nicht zu schade dafür, auch in arme Verhältnisse zu kommen. Das zeigte er schon bei seiner Geburt. Er kam nicht im Palast des Herodes zur Welt, sondern in einem Stall von Bethlehem. So zog er auch in meinem Elternhaus ein, dessen Wände aus Lehm bestanden und dessen Dach mit Stroh gedeckt war.

Das Strohdach mußte von Zeit zu Zeit ausgebessert oder ganz erneuert werden. Diese Arbeit besorgte „Großvater Tscherepez". Er war nicht mit uns verwandt, wir nannten ihn nur seiner gütigen Art wegen so. Als der einzige Russe in Kronsweide, war er ein Spezialist für Strohdächer. Überall, wo es eines zu decken oder auszubessern galt, war er zu finden. Sein besonderes Erkennungszeichen war der lange Bart. Ich sehe ihn noch heute vor mir.

Die übrigen Reparaturen an unserem Haus führte meine Mutter durch. In jedem Jahr rührte sie aus Lehm, Sand und Pferdemist einen Mörtel an, den sie dünn auf die Innen- und Außenwände trug. Damit das Ganze einen besseren Anblick erhielt, wurde es zum Schluß mit einem weißen Anstrich versehen.

Als „Farbe" diente Mutter in Wasser angerührte weiße Erde oder Kalk. An den Außenwänden brachte sie ringsum einen vierzig bis fünfzig Zentimeter hohen schwarzen Sockel an, damit die Spritzer der Dachtropfen nicht an den Wänden zu sehen waren. Als Farbe dazu wurde in Wasser angerührter Schornsteinruß verwandt. Auch der gesamte Fußboden wurde in jedem Jahr mit dem Spezialmörtel aus Lehm, Sand und Pferdemist versehen. Deshalb konnte er nie mit Wasser aufgewischt, sondern nur mit einem Hirsenstrohbesen gefegt werden.

Unser Brennmaterial bestand zumeist aus Stroh oder Kuro. Ich habe nie gesehen, daß Mutter zum Kochen etwas anderes verwandte. Kuro ist eine stachelige, runde Unkrautpflanze, die schnell abtrocknet und nicht selten vom Herbstwind über das Feld gerollt wird.

Im Winter, wenn wir es schön mollig haben wollten, wurde Kuhmist verfeuert, weil er ein vorzüglicher Wärmespender ist. Für seine Beschaffung waren mein Bruder Hans und ich zuständig. Oft gingen wir in die Steppe den Kollektivkühen nach und sammelten die betrockneten Kuhfladen ein. Das taten übrigens auch andere Dorfbewohner.

* * *

Wenn ich heute an einer Apotheke vorbeikomme, erinnere ich mich nicht selten an die Hausmittel, mit denen wir von unserer Mutter kuriert wurden. Sie gab diese ohne Rezept und vor allem waren sie kostenlos. Die von Mutter verordneten Sachen waren Dinge, die Gott geschaffen hatte und die wir in unserer Umgebung vorfanden.

Die Knie und die Füße waren die Stellen, an denen wir Kinder uns am häufigsten verletzten. Die Knie kamen zu Schaden, weil wir beim Herumtollen hinfielen und die Füße, weil wir vom Frühjahr bis zum Herbst keine Schuhe trugen und nicht selten irgendwo anstießen oder gestochen wurden.

Bei solchen Verletzungen meinte Mutter: „Mach deine Bach darauf und heul' nicht, bis du Großvater bist, ist es wieder geheilt."

Wir taten es und es half. Was hätten wir auch anderes tun sollen? Jod war nicht zu haben und wenn es zu haben gewesen wäre, hätten wir kein Geld gehabt, um es kaufen zu können.

Wir erhielten auch keine Creme, wenn wir eine Hautflächte oder sowas ähnliches hatten. Dagegen war das bewährteste Mittel Fensterscheibenschweiß, der in den meisten Fällen nur abends zu haben war, weil da das Glas anlief. Wir befeuchteten unsere Handflächen an den Scheiben und fuhren uns über das Gesicht oder wo sich die Flächte gerade befand. Hatte jemand von uns Durchfall, gab Mutter Wodka und schwarzen Pfeffer in ein Glas, betete darüber und reichte es uns.

Zu einer der „Russischen Babki" ist aus unserer Familie aber niemand gegangen. Für uns stand fest, daß ihre „Besprechungen" die Menschen in einen dämonischen Machtbereich stellten, mit dem wir nichts zu tun haben wollten. Meine Mutter richtete sich immer nach der Bibel und verwandte nur natürliche Mittel, über denen, außer einem Gebet, kein Hokuspokus gemacht wurde.

Zu dem Wodka wäre noch zu sagen, daß wir den nicht offen im Haus hatten, weil wir heimliche Trinker waren. Der gehörte zu den festen Bestandteilen von Mutters Hausapotheke, und war nicht schwer zu beschaffen. Schnaps konnte man überall haben, weil das russische Volk – zumindest weithin – ein trunksüchtiges Volk ist.

Ganz anders verhielt es sich mit dem schwarzen und dem roten Pfeffer, den Mutter nicht nur zum Würzen im Küchenschrank, sondern zu Heilzwecken auch in der Hausapotheke hatte. Der war nicht immer zu haben und stellte etwas Besonderes dar. Und wie das mit den Besonderheiten so ist, war es auch mit dem Pfeffer. Es fanden sich sehr schnell Leute, die ein Geschäft mit ihm machten. Und am einfachsten ist das zu bewerkstelligen, wenn man die Sachen fälscht.

So war es keine Seltenheit, daß dem Pfeffer Fremdstoffe beigemischt wurden. Das konnte verheerende Folgen haben, vor allem dann, wenn der Pfeffer, wie bei uns, zu Heilzwecken verwandt wurde. Aber das stört ja die gewinnsüchtigen Menschen bekanntlich nicht. Für sie muß die Kasse stimmen, alles andere ist Nebensache.

Da soll mir nur noch einer sagen, daß die Bibel nicht recht hätte mit ihrer Erklärung: Das menschliche Herz ist böse von Jugend auf. Und weil das so ist, braucht der Mensch auch Vergebung, die er nur bei Jesus finden kann.

Auch der kommunistische Direktor jener Pfefferfabrik, die ich im Blick habe, hätte die Vergebung gebraucht. Aber er hat sie, zu seinem eigenen Nachteil, bestimmt nicht angestrebt, obwohl er allerhand auf dem Kerbholz hatte! Angeregt durch den Pfeffermangel, kam er auf die Idee, in Alma-Ata, der kasachischen Hauptstadt, eine heimliche „Pfeffermühle“ einzurichten. Aber diese Einrichtung verdiente ihren Namen nicht, weil der noble Herr nie Pfeffer darin mahlen ließ, sondern, – es ist kaum zu glauben aber wahr: Rote Ziegelsteine, die das Bauministerium zur Errichtung von Häusern hatte herstellen lassen. Und die gemahlenen Ziegelsteine wurden dem roten Pfeffer beigemischt!

Was mit dem feinen Herrn geschah, ob er überhaupt jemals bestraft wurde, weiß ich nicht. Mir ist nur bekannt, daß die Melkerin eines landwirtschaftlichen Kollektivs, die die Milch panschte, durch deren Genuß dann viele Menschen erkrankten, anstatt einer Strafe, eine Auszeichnung erhielt. Nicht dafür, daß sie dem Arzt Kunden verschaffte, – die kranken Menschen interessierten niemanden –, sondern weil sie auf mehr Milch verweisen konnte, als andere Kollektivs mit der gleichen Kuhzahl.

Daß eine Menge Wasser das „Mehr“ der weißen Flüssigkeit bewirkt hatte, schien wiederum nicht zu interessieren. Die Melkerin wurde jedenfalls nach Moskau delegiert, und als „Heldin der sozialistischen Arbeit“ ausgezeichnet. Das blieb natürlich nicht ohne Wirkung auf andere Melkerinnen, und es entstand ein regelrechter Wettbewerb im Milchpanschen.

Später, als ich in einem landwirtschaftlichen Kollektiv arbeitete, gehörte es zu meinen Aufgaben, mit einem Ochsenfuhrwerk die Milch zur nächsten Verarbeitungsstelle zu bringen. Auf dem Weg dorthin mußte ich eine Brücke überqueren. Diese war im Frühling von der Flut weggerissen worden. Ich kam mit den Ochsen zwar durch den Bach, der zu einem größeren Strom angewachsen war, aber patschnaß!

In den nächsten Tagen bekam ich infolge der starken Erkältung hohes Fieber, so daß ich streckenweise bewußtlos war. Trotzdem wollte meine Mutter nicht, weil sie stets das Beste mit mir im Sinn hatte, daß mir Medikamente, die auf chemischer Basis hergestellt waren, verabreicht wurden. Sie fertigte deshalb eine eigene Medizin an, deren Bestandteile ein Glas Schnaps, etliche Lorbeerblätter, ein Hühnerei und zerstampfter Knoblauch waren. Das ganze wurde vermischt und darüber gebetet. Dann bekam ich es eingeflößt und bin wieder gesund geworden.

Auch eines meiner Geschwister, das schon zehn Jahre alt war und noch immer das Bett näßte, wurde von Mutter schließlich doch noch geheilt. Das „wie“ wage ich kaum zu beschreiben, aber es war nun einmal so. Mutter suchte, bis sie ein Nest mit jungen Hausmäusen gefunden hatte. Sie nahm die winzigen Tierchen heraus, briet sie mit allem drum und dran bis sie braun waren. Dann wurden sie mit gekochten Kartoffeln zu einem Brei gestampft und dem Kind, das um die Bestandteile seiner Mahlzeit nicht wußte, zu essen gegeben.

Ein beliebtes und wirkungsvolles Mittel gegen die Gelbsucht waren lebende Läuse. Sie wurden leicht in die Oberfläche einer Butterschnitte gedrückt, und dem Patienten gereicht.

Dieses Mittel war so begehrt, – ich kann mich noch gut daran erinnern –, daß es nach dem Krieg in Kasachstan eine Zeit gab, in der Läuse nur schwer zu finden waren. Man mußte den Tschetschenen und Kasachen schon drei bis fünf Rubel geben, um eine Laus von ihnen zu bekommen.

Ja, meine Mutter war eine weise Frau. Sie wußte genau, wann bei einer Erkrankung gewärmt und wann gekühlt werden mußte. Sie konnte Knochenbrüche und verrenkte Rücken heilen. Sie wußte, was zu tun war, wenn wir Kinder von giftigen Schlangen gebissen wurden, oder wenn uns ein bissiger Hund geschnappt hatte. Ich kann mich nur an ganz wenige Fälle erinnern, in denen sie keinen Rat wußte.

Natürlich war es ihr Bestreben, dieses Wissen auch uns Kindern zu vermitteln, sonst könnte ich die Rezepte hier nicht weitergeben. Wie sich leicht denken läßt, war es sehr interessant, mit Mutter über die Felder zu gehen. Sie kannte fast alle Pflanzen mit Namen und wußte, zu welchem Zweck sie verwandt werden konnten.

Ich habe mich oft gefragt, woher sie dieses Wissen hatte. Eine letzte Antwort darauf habe ich nicht gefunden. Ich vermute nur, daß es damit zu tun hatte, daß sie sehr früh auf eigene Füße gestellt wurde. Ihre Mutter starb bei der Entbindung, als kleines Kind verlor sie durch einen furchtbaren Unfall die erste Stiefmutter: Sie hatte sich schützend vor ihren Sohn gestellt, als rasend gewordene Pferde über den Hof kamen.

Daß meine Mutter nach der Geburt überleben konnte, bedurfte einiger Mühen. Sie wurde von ihrem Vater zu den Frauen im Dorf getragen, die ebenfalls kleine Kinder hatten, und sie an ihren Brüsten mittrinken ließen und auch pflegten. Das Fort- und Heimtragen richtete sich ganz nach den Bedürfnissen des kleinen Mädchens. Und mein Großvater mußte sich auf den Weg zu den stillenden Frauen machen, ob es nun Tag oder Nacht war.

Später, als junges Mädchen, wurde meine Mutter von einer Bande des Anarchisten Machno als Geisel genommen. Sie kam erst wieder frei, als das geforderte Lösegeld von ihrem Vater bis auf den letzten Rubel bezahlt war.

Aus diesen Erlebnissen, anders kann ich es mir wirklich nicht erklären, erwuchs wohl ihre besondere Art der Mütterlichkeit, mit der sie uns Kinder in Weisheit erzog. Sie war sehr lieb, aber auch streng. Vor allem stand sie zu dem, was sie sagte, ob es nun um eine Belohnung oder um eine Bestrafung ging. Nichts wurde zurückgenommen. Ihr Reden war ein Ja oder ein Nein.

Mit besonderer Sorgfalt und auf ungezwungene Weise brachte sie uns die christliche Botschaft nahe. Sie war fast ständig am Singen, ob sie nun den Fußboden fegte oder das Geschirr spülte, ob sie spann oder strickte, ob sie nähte oder flickte. Und ihre Lieder waren ausnahmslos Glaubenszeugnisse. Sie machten froh, wiesen den Weg und ermahnten. Wirklich, wir hatten eine betende und singende Mutter. Die schönsten Kassetten und Schallplatten von heute können mir das nicht geben, was mir meine Mutter ins Herz sang. Es ist ein unbeschreiblicher Schatz. Ich kann nur in die Worte des Dichters mit einstimmen:

Das schönste Lied auf Erden
bleibt mir mein Leben lang:
Das Lied, das meine Mutter
mir in der Jugend sang.
Ich hör noch ihre Stimme,
noch jedes liebe Wort.
Das Lied klingt auch noch heute
in meinem Herzen fort.
Mein Mütterlein, mein Mütterlein,
ich hör das Lied und denke dein.
Kein Gold und auch kein Edelstein
ersetzt mein liebes Mütterlein!
Die Mutter ist gegangen,
schon Jahre ist es her,
ihr Lied ist mir geblieben,
ich lieb es immer mehr.
Die Welt mag sich verändern –
die Mutterliebe nicht,
weil aus dem kleinsten Handeln
die größte Liebe spricht.

Noch bevor ich zur Schule kam, begann Mutter damit, mir die gotische Schrift beizubringen. Sie tat das, weil ich großes Interesse am Malen zeigte und sie der Meinung war, daß das Malen von Buchstaben mir später zum Vorteil gereichen könnte. Als ich dann schreiben und lesen gelernt hatte, begann ich damit, Schriftworte als Wandsprüche zu malen. Auf diese Weise kam mir nun die Bibel noch näher, als durch die Lieder der Mutter. Und das war gut so, daß ich sie intensiv kennenlernte, und die Wahrheit des Dichterwortes erfuhr:

Was uns Herr ins Herze gab,
das kennt kein Sterben, kennt kein Grab.

Später, als ich in den Gefängnissen saß, ob nun als Untersuchungsgefangener oder schon Verurteilter, wurde mir jedes Stückchen Papier weggenommen, bedruckt oder unbedruckt. Selbst so kleine Fetzen wie Briefmarken rafften die KGB-Leute mit. Es hätte ja eine geheime Telefonnummer oder sonstwas darauf stehen können! Und wenn ich da nur auf Gedrucktes oder Geschriebenes angewiesen gewesen wäre, wäre mir nichts geblieben. Aber so besaß ich noch sehr viel, nämlich das, was mir Mutter und Vater eingeprägt hatten. Das konnte mir auch niemand nehmen, keiner aus dem Gedächtnis hämmern.

Darauf kam später auch der Untersuchungsrichter Tupizyn, der sich mit meinem „Fall“ zu beschäftigen hatte. Während eines Verhörs sagte er zu mir: „Einen Buckligen kann nur das Grab gerade machen!“

Diese Erklärung löste gemischte Gefühle bei mir aus. Sie zeigte mir, daß der Richter erkannt hatte, daß ich fest im Glauben stand, und mir – wie einem Buckligen der Buckel – nichts zu nehmen war. Einerseits ließ das Freude in mir aufkommen. Andererseits geheimes Erschrecken. Diese Erklärung beinhaltete wohl auch, daß ich, als Unbeugsamer, aus dem Weg geräumt, dem Grab übergeben werden sollte.

Oft wurde mir auch direkt ins Gesicht gesagt: „Deine Knochen werden hier verfaulen!“ Aber der Herr hat es nicht gewollt. Ich lebe noch!..

Die Erfahrung, daß man nur das in Wirklichkeit besaß, was man gelernt hatte, was in einem drin war, hatte vor mir schon mein Vater gemacht. Er, der vor mir das Gefängnis von innen kennenlernte, sagte uns nach seiner Entlassung des öfteren: „Kinder, lernt, was ihr an geistlichem Gut lernen könnt. Es könnte die Zeit kommen, wo man euch alles wegnimmt, was ihr außen mit euch tragt, und ihr steht dann ohne tröstende Glaubensworte da. Lernt vor allem das Lied von Paul Gerhard: ‘Befiehl du deine Wege...’“

Damals habe ich mich hingesetzt und dieses Lied gelernt. Es war übrigens auch das einzige, das ich mir unter Aufwendung von Zeit und Mühe einprägte. Alle anderen Lieder lernte ich praktisch so nebenbei auswendig. Sie wurden mir von Mutter ins Herz gesungen. Aber das erwähnte ich ja schon.

So wie Mutter habe ich es später auch gehalten. Ich habe immer wieder gesungen, obwohl ich in meinem ganzen Glaubensleben nie eine Chorprobe besuchte und auch keine Noten lesen kann. Ich habe immer wieder gesungen, in guten und in bösen Tagen. Ich habe gesungen, weil ich erkannte, welch ein Schatz, welche Verheißungen und wieviel Trost in den Liedern stecken. Ja, wirklich, der Dichter hat recht, der die Worte schrieb:

> Gesang erfreut das Leben,
> Gesang erfreut das Herz,
> den hat uns Gott gegeben,
> zu lindern Gram und Schmerz...

Ich habe so viel gesungen, daß der Gesang sogar mein Erkennungszeichen wurde. Das zeigte sich nach einer meiner Verhaftungen, als mich meine Frau im Straflager besuchen kam und nach meinem Namen fragte.

„Ach so“, wurde ihr vom Wachpersonal geantwortet, “Sie wollen zu dem, der immer singt.“

Unsere Mutter... Es ist eigenartig, aber jedesmal wenn ich vom Singen rede, komme ich auf meine Mutter. Sie und der Gesang gehören für mich zusammen. Diesmal will ich aber nicht von ihren Liedern reden, sondern von etwas anderem.

Durch unsere Mutter wurde mir das Wort aus Psalm 32 Vers 8 in seiner ganzen Tiefe verständlich, wo es heißt: “... ich will dich mit meinen Augen leiten.“

Mutter verstand es nämlich, uns mit ihren Augen zu leiten. Sie brauchte uns nur anzusehen und wir wußten genau was sie wollte, auch wenn sie kein Wort sagte. Ein Mal leuchteten ihre Augen liebevoll, das andere Mal funkelten sie streng.

„So ist es auch mit Gott“, dachte ich später. „Wenn man eine enge Verbindung zu ihm hat, weiß man genau, was in seinen Augen richtig und was falsch ist.“

Mutter hat uns aber nicht nur mit ihren Blicken geleitet, sondern uns auch gelehrt, wie wir unsere Augen gebrauchen können. Ich erinnere mich daran, wie sie mich und meinen Bruder Hans zum Brotkaufen schickte. Auf dem Heimweg trafen wir mit einem Hund zusammen, der uns eigenartig ansah und verdächtig knurrte. Sofort rutschte uns das Herz in die Hosen und wir suchten unsere Rettung in der Flucht. Doch als wir davon rannten, begann auch der Hund zu rennen und er konnte es schneller als wir. Zu allem Übel bellte er auch noch, was unsre Herzen sehr verzagt machte.

Schließlich ließen wir das Brot fallen und erreichten das schützende Elternhaus, ohne von dem Hund gebissen worden zu sein. Aber die Tränen flossen uns wie kleine Bäche über die Wangen und unser Schluchzen wollte kein Ende nehmen.

Von Mutter hörten wir kein böses Wort wegen des verlorenen Brotes. Sie riet uns nur: „Kinder, wenn ihr wieder mal in eine solche Lage kommt, dann lauft nicht weg. Bleibt sofort stehen und schaut dem Hund streng in die Augen. Ihr werdet dann sehen, er tut euch nichts.“

Ich habe diesen Rat befolgt und erfahren, daß Mutter auch hier recht hatte. Später habe ich ihn auch gegenüber der sowjetischen Miliz und den KGB-Leuten angewandt. In den meisten Fällen sogar mit Erfolg. Die Männer wurden ziemlich nervös.

Ich erinnere mich da an eine Begebenheit in Karaganda, als ich in Zelle 66 des Gefängnisses Nr. 16 eingesperrt war. Eines Tages kam ein KGB-Beamter zu mir und ich sah ihm straks in die Augen – unaufhörlich. Plötzlich merkte ich, daß es ihm schwerfiel, meinen Blick zu ertragen. Sekunden später schrie er: „Warum siehst du so auf mich, wie Lenin auf Trotzkij sah?“

Jedesmal wenn ich an diese Situation denke, kommt mir der Wunsch, so blicken zu können wie Jesus, als Petrus ihn verleugnete. Wäre es nicht schön gewesen, wenn der KGB-Mann so wie Petrus seine Verlorenheit erkannt, darüber geweint hätte und zur Umkehr gekommen wäre? Wie schön wäre es doch, wenn wir alle Menschen, die uns begegnen, dahin bringen könnten. Jeder hat eine Menge auf dem Kerbholz, jeder braucht Vergebung, damit sein Leben nicht vergeblich war und er die Ewigkeit im himmlischen Vaterhaus verbringen kann...

Wenn wir doch alle immer so reagieren könnten, wie der alte Mann und jene gläubige Frau während einer Disputation, die sich an eine atheistische Schulung in der Sowjetunion anschloß. Ich erinnere mich noch gut daran, wie uns die darvinistische Evolutionstheorie eingehämmert werden sollte. Über zwei Stunden versuchte der Referent uns klarzumachen, daß der Mensch vom Affen abstamme. Danach rief er zu einer Aussprache auf.

Nachdem sich einige Befürworter gemeldet hatten, erhob sich in der hintersten Reihe des Raumes ein alter Mann. Mit seinem von schwerer Arbeit gekrümmten Rücken kam er nach vorne, verneigte sich tief vor den anwesenden Leuten und sagte: „Ich begrüße euch, Menschengeschlecht!“

Die Leute erhoben sich und erwiderten den Gruß.

Dann wandte er sich dem Referenten und seinen Begleitern zu. Wieder verneigte er sich und sagte: „Ich begrüße euch, Affengeschlecht!“

Die ganze Versammlung brach in schallendes Gelächter aus, und klatschte in die Hände.

Was der sich wissenschaftlich gebärdende Spötter in zwei Stunden aufgebaut hatte, brach in wenigen Augenblicken durch den Beitrag dieses ungelernten Mannes wie ein Kartenhaus zusammen.

Mehr noch, durch seinen Auftritt wurde auch eine gläubige Frau dazu ermuntert, den Referenten in Verlegenheit zu bringen. Sie erhob sich von ihrem Platz und fragte: „Sagen Sie mir doch, wie es kommt, daß den Männern unter der Nase ein Schnauzer wächst, uns Frauen aber nicht?“ Der Referent zuckte mit den Schultern, schüttelte den Kopf und sagte: „Das kann ich nicht erklären.“

„So, so“, meinte die Frau und nickte vielsagend, „das können Sie nicht erklären.“ Dann hob sie die Hand, tippte sich auf die Oberlippe und fuhr fort: „Wenn Sie schon nicht wissen, was unter Ihrer Nase vorgeht, dann sollten Sie es auf keinen Fall wagen, über den zu spotten, der hoch im Himmel ist.“

Wieder hatte der angeblich so aufgeklärte Mann eine nachdenkliche Lektion erhalten.

Als ich viele Jahre später während einer Freizeit in der Schweiz über diese Begebenheit berichtete, kam eine Hausfrau auf mich zu und erzählte, auch ihr Mann habe versucht, den Kindern beizubringen, daß der Mensch vom Affen abstamme.

„Wissen Sie, was ich da gemacht habe?“ fuhr die Gute weiter. „Ich habe ihm gesagt: Man kann so alt werden wie man will, man lernt immer noch dazu. Jetzt liegt unsre Hochzeit schon so lange zurück, und ich wußte doch tatsächlich nicht, daß ich mit einem Affen verheiratet bin!“

Ich weiß zwar nicht, wie der Mann darauf reagierte und ob er in der Folgezeit bei seiner Ansicht geblieben ist. Ich kann nur hoffen, daß er zur Besinnung kam und in der Bibel nachgelesen hat, was Gott über unser Werden sagt. Er, als unser Schöpfer, muß es ja wohl am besten wissen. Oder?

* * *

Mit dem Jahr 1933 verbinden sich für mich sehr ungute Erinnerungen. Nicht wegen der Machtübernahme Hitlers. Der Mann hatte übrigens ja Glück, daß er sich Hitler und nicht Kräuter schrieb, sonst hätten alle Heil-Kräuter rufen müssen! Also er ist nicht die Ursache, weshalb ich nur ungern an dieses Jahr denke. Von Hitler haben wir zur damaligen Zeit in Kronsweide noch nichts gehört. Meine unguten Erinnerungen haben mit der Hungersnot zu tun, die damals bei uns ausbrach und nicht hätte sein müssen, wenn die Kommunisten nicht eine solche Mißwirtschaft betrieben hätten.

Sie hatten den Bauern Land und Vieh weggenommen. Keiner mehr war in der Lage, etwas zu erzeugen, selbst für seinen Privatbedarf nicht, und die Kommunisten waren nicht fähig, das Land anständig zu bewirtschaften. Sie konnten das Problem auch nicht kurzfristig lösen, weil die entsprechenden Fachkräfte fehlten. Das war nun die Quittung dafür, daß sie viele Bauern nach Sibirien verschleppt hatten.

Das wenige an Eßbarem, das die Menschen damals noch besaßen, getrauten sie sich aus Angst davor, daß es ihnen auch noch weggenommen werden könnte, nicht in den Kellern zu lagern. So vergruben sie das Gemüse heimlich in den Gärten und schütteten das Getreide in doppelte Dachböden. Für die Aufbewahrung von Bohnen, Erbsen und Linsen wurden in den Öfen Zellen gemauert. Leider war aber fast alles Bemühen umsonst. Die Kommunisten gingen mit Spürhunden ans Werk und setzten Brechstangen, Äxte, Kreuzhacken und Spaten ein. Es war ein furchtbares Rauben und Plündern und mußte noch nicht einmal geheim, sondern konnte offiziell im Namen der sowjetischen Regierung geschehen.

Manche Väter und Mütter, die vorher sich und ihre Familien vom eigenen Boden gut ernähren konnten, brach es fast das Herz. Sie waren, um vor allem ihre Kinder nicht verhungern zu lassen, jetzt gezwungen, ihre Eheringe auf Nahrungsmittel umzutauschen.

Es geschah sogar, daß sich Leute Zähne mit Goldkronen ziehen ließen, und das Gold im „Torgsin", das waren Geschäfte, in denen mit ausländischer Währung gehandelt wurde, für Brot eintauschten.

Ich erinnere mich daran, daß unser grüngestrichener Mehlkasten oft leer war, oder besser gesagt – ohne Mehl war. In ihm befanden sich nämlich einige Tafeln festgepreßter Makucha, die normalerweise als Schweinefutter dienten.

Wenn es Mutter, allen Widerwärtigkeiten zum Trotz, dennoch gelungen war, einmal verschiedene Nahrungsmittel für uns zu ergattern, und die roten Rotten zur Hausdurchsuchung erschienen, versenkte sie die gut verpackten Lebensmittel blitzschnell in dem gesammelten Regenwasser, das zum Wäschewaschen gedacht war.

Selbst heute noch stimmt es mich traurig, wenn mir das Bild von Onkel Abram Pätkau kommt. Ihn, unseren Nachbarn, sah ich einmal im Sonnenschein am Schweinestall sitzen und sein Hemd lausen. Jedesmal, wenn er eine Laus gefangen hatte, zerrieb er sie mit den Zähnen und schluckte sie hinunter.

„Abram, wozu tust du das?" fragte ihn meine Mutter.

„Naja wozu?" meinte er. „Diese Parasiten haben mir Blut gestohlen und ich tu wohl nichts Übles, daß ich mir's wieder zurückhole!"...

Wirklich, es tut mir heute noch weh wenn ich daran denke. Ist es nicht schlimm, daß ein Mann, der einen Hof und eine gutgehende

Landwirtschaft besessen hatte, schon nach kurzer Zeit mit entblößtem Oberkörper dasitzen und mit seinen Zähnen Läuse aus dem Hemd knacken mußte?..

Hinter ihm, in seinem Stall, waren zwar noch Schweine, aber die gehörten nicht mehr ihm, sondern dem Kollektiv. In seinem Stall waren jetzt sogar noch mehr Schweine, als Onkel Pätkau jemals besaß, weil man alle Grunznickel, die man den Bauern im Dorf weggenommen hatte, hierher brachte. Jaja, so war das in dem „roten Paradies"!

Der Tag, an dem unsere Mutter während der Hungersnot die letzte Henne schlachtete, gehört zu den Augenblicken meines Leben, die ich nie vergessen werde. Es war ein unglückseliger Tag! Aber so stellte er sich uns erst hinterher dar. Abgesehen davon, daß wir nun keine Hühner mehr hatten, begann er recht erwartungsvoll. Warum hätten wir das auch nicht sein sollen!

Schließlich stand ein schöner Braten in Aussicht. Doch nicht alles was einem in Aussicht gestellt wird, geht auch in Erfüllung, zumindest nicht das, was einem Menschen in Aussicht stellen. Bei Gott ist das anders, was er verheißt, das erfüllt er auch.

Bevor wir den in Aussicht gestellten Hühnerbraten auf den Tisch bekamen, mußte meine Mutter, die jetzt Kollektivbäuerin war, noch zum Dienst. Als sie wegging, befahl sie mir an: „David, sieh nur zu und paß mir gut auf, daß die Henne nicht gestohlen wird!"

Keine Frage, das versprach ich der Mutter ohne zu zögern. Und es war auch mein fester Wille gut aufzupassen. Aber kaum war die Mutter gegangen, geriet ich vor unserem Haus so vergnüglich ins Spielen, daß ich alles um mich herum vergaß.

Als die Mutter zurückkam, fragte sie: „Wo ist der Braten, David?"

„Da wo du ihn hingestellt hast", sagte ich noch ganz gelassen.

Aber da stand er nicht mehr und war auch nicht zu finden. Folglich mußte ein Bettler durch die Hintertür in unser Haus gekommen sein, die Henne an sich genommen und mit ihr das Weite gesucht haben. Und ich, der ich anstatt aufzupassen, intensiv gespielt hatte, hatte ihn nicht bemerkt. Sofort war mir klar, was dieser Verlust in der Hungersnot für uns bedeutete und welche Folgen er für mich persönlich haben würde. Ich würde nun einen „Braten" besonderer Art verabreicht bekommen, hatte darauf aber keinen Appetit und suchte, wie vor mir der Bettler, das Weite.

Die Mutter ließ mich aber nicht einfach so laufen, sie verfolgte mich. Zunächst vergebens, und sie rief, daß ich zurückkommen sollte.

Aber die Angst vor der Strafe war so groß, daß ich weiter rannte, schräg über die Straße hinüber auf den Hof unseres Nachbarn Martens zu. Hier stand die Nachbarin vor der Tür und dachte wohl, ich hörte meine Mutter nicht.

„David", sagte sie deshalb, „du wirst gerufen!"

Ich gab ihr keine Antwort und lief weiter. Dann kam ich zum Hof von Onkel Gerhard, und auch der Onkel machte mich auf das Rufen meiner Mutter aufmerksam. Doch ich setzte meine Flucht unbeirrt fort. Über den Hof meines Großvaters gelangte ich zu der Kirschenhecke meines Onkels Jakob.

Und hier endete meine Flucht. Ich wurde von Mutter erwischt und nach Hause geführt, wo ich nun doch den „unerwünschten Braten" erhielt, und hatte ihn, wenn ich ehrlich sein soll, nun auch doppelt verdient.

Ebensowenig wie ich meiner Mutter entkommen konnte, können wir Gott entkommen und werden von ihm für alles Handeln, das nicht im Einklang mit seinem Willen steht, einmal zur Rechenschaft gezogen, es sei denn, wir hätten die Vergebung in Anspruch genommen, die Jesus am Kreuz von Golgatha für uns erkämpfte...

In diesem Zusammenhang erinnere ich mich an einen Abend, als ich vor dem Schlafengehen auf die Knie sank und mein Gebet sprach. Als ich aufgestanden war, fiel ich Mutter um den Hals, drückte und küßte sie.

Sie wurde sofort mißtrauisch, schaute mich eigenartig an und fragte: „David, hast du etwas getan, das den lieben Heiland betrübt?"

Ich fühlte mich durchschaut, schlug die Augen nieder und lief rot an. Mutter legte mir die Hand auf die Schulter und fragte: „Kannst du mir sagen, was du getan hast?"

Diese Geste tat mir wohl und erleichterte es, ihr zu gestehen: „Ich habe heute gestohlen. – Ich war an Onkel Pätkaus Kruschtibaum".

Kruschtis sind wilde Birnen. Und Onkel Pätkaus Baum stand dicht an der Grenze zu unserem Grundstück. Eine große Versuchung also, zumindest für ein Kind, das Hunger hat. Und obwohl der Baum den Pätkaus nicht mehr gehörte, weil er ihnen mitsamt dem Grundstück enteignet wurde, fragte Mutter: „Bist du bereit, zu dem Onkel zu gehen und die Sache in Ordnung zu bringen?"

Das war keine angenehme Frage. Wer steht schon gerne zu begangener Schuld! Jeder möchte doch lieber eine weiße Weste haben und gut dastehen, nicht wahr? War das meiner Mutter nicht bewußt? Doch, ich denke schon. Deshalb verstand ich nicht, weshalb sie mir die Qual, zu den Pätkaus zu gehen, nicht ersparte.

Heute bin ich der Überzeugung, daß es für mich nicht gut gewesen wäre, wenn sie mir diesen Gang erspart hätte. Ich wäre unter Garantie verweichlicht, ich hätte später zu keinem Fehlverhalten stehen können und sehr empfindlich reagiert, wenn mir ein solches nachgewiesen worden wäre. Mutter hätte dazu beigetragen, die Schuld abzuschwächen, die Sünde nicht ernst zu nehmen. Sie hätte mich also verführt und geradewegs von Gott weggeschickt, dessen Wille es ist, daß wir zu unserer Schuld stehen, sie unter das Kreuz seines Sohnes bringen und um Vergebung bitten.

Außerdem drückte mich meine Schuld damals auch so sehr, daß ich sie unbedingt loswerden wollte. Deshalb wäre Mutter nicht in der Liebe Gottes gewesen, wenn sie mich, aus welchen Gründen auch immer, beruhigt hätte. Sie hätte auch dazu beigetragen, daß die Last auf mir geblieben wäre. Ich wollte sie unbedingt loswerden und sagte: „Ja, Mama, ich geh zu Pätkaus."

Ohne noch etwas darüber zu ziehen, machte ich mich in meinem Hemdchen auf den Weg zu den Nachbarn. Als erste begegnete mir Tante Pätkau. Sie war mehr als erstaunt, daß ich in dieser Aufmachung und um diese Zeit bei ihnen erschien.

„Ja du liebe Zeit, David, was gibt es denn, daß du uns so besuchen kommst?" fragte sie und dachte wohl, bei uns wäre ein Unglück geschehen.

Stockend rückte ich mit meiner Schuld heraus und machte eine wunderbare Erfahrung. Der Tante kam kein Wort des Tadels über die Lippen. Sie ging mit mir um, wie der Vater mit seinem heimkehrenden Jungen im Gleichnis vom verlorenen Sohn. Sie nahm mich in die Arme und vergab mir gerne. Auf dem Heimweg war ich so erleichtert, daß ich mehr hopste als ging, und konnte später das Wort von Martin Luther gut verstehen, daß Buße eine freudige Sache ist.

In den Tagen nach diesem Erlebnis, habe ich die beiden Bibelsprüche, die in unserem Wohnzimmer über den Fenstern hingen, oft gelesen: „Im Herrn habe ich Gerechtigkeit und Stärke. Jes. 45,24." Und: „Siehe, der Hüter Israels schläft noch schlummert nicht. Ps. 121,4."

Wochen danach machte der Herbst dem Winter Platz, und Weihnachten stand vor der Tür. Dieses Fest war für uns Kinder das Schönste was es gab, obwohl wir bei weitem nicht solche Geschenke erhielten, wie die heutigen Kinder. Unseren Eltern, die sehr kärglich lebten, wegen ihres geringen Einkommens auch nicht anders leben konnten, wäre es unmöglich gewesen, uns solche Sachen zu schenken. Aber, und das kann ich mit Fug und Recht sagen, wir haben uns über die wenigen Dinge, die wir erhielten, mehr gefreut, als die heutigen Kinder über die Berge von Geschenken.

Was war das schon für ein Gewinn, wenn wir draußen die bunte Scherbe einer zerbrochenen Tasse fanden! Wie konnten wir damit spielen! Und wenn der Vater vom Zimmermann nach Hause kam und Holzklötzchen mitbrachte, die er aus dem Abfall gesammelt hatte, war unsre Freude schier grenzenlos. Solche Kleinigkeiten stellten für uns wertvolles Spielzeug dar.

Eines Tages, ich erinnere mich noch gut daran, brachte Vater ein Klötzchen mit nach Hause, das länger war als die üblichen. Sofort wurde es von mir in den Rang einer Lokomotive erhoben und ohne Räder und Schornstein hin- und hergeschoben.

Zum Spielen schätzte ich im Besonderen den Platz unter dem Aprikosenbaum. Hier habe ich lange auf den Knien gesessen und die „Lokomotive“ fahren lassen. Ihr Stampfen und Pfeifen ahmte ich mit dem Mund nach. „Tschik - tschik - tschik! - Tut- tut-tut!“...

Dann ist da jenes Weihnachtsfest, an dem ich überglücklich war, weil ich ein hölzernes Schaukelpferd geschenkt bekam. Meine Eltern hatten wohl bemerkt, wie sehr ich mich nach Pferden sehnte, wo man die unseren abgeholt und erschossen hatte. Sie hatten es wohl daran bemerkt, daß ich während der Sommermonate immer wieder auf Stöcken aus der Fliederhecke durch den Garten ritt.

Meine Freude an dem Schaukelpferd wurde aber schon bald getrübt. Nämlich, als meine Eltern ein Foto von ihm machen wollten, und mein Bruder Hans darauf sitzen sollte, obwohl es doch mir gehörte! Ich sagte zwar nichts, war aber sehr verärgert, legte meine Stirn in Falten, blies die Backen auf und blickte äußerst unzufrieden.

„David, warum machst du so ein trotziges Gesicht?“ erkundigte sich Mutter. Ich gab keine Antwort, dachte jedoch sofort an das Wort des Propheten Jeremia im 17. Kapitel Vers 9: „Des Menschen Herz ist ein trotzig und verzagt Ding, wer kann es ergründen?“ Diesen Vers hatte uns Mutter erst vor wenigen Tagen aufgesagt und erklärt...

Wo ich meinen Bruder Hans erwähne, fällt mir ein, daß ich noch gar nicht erzählt habe, wieviel Geschwister ich hatte. Es waren acht an der Zahl. Die vier, die mir direkt folgten, waren Jungen. Später kamen noch drei Schwestern und ein Bruder.

Neun Kinder neben der anfallenden Hausarbeit zu erziehen, war schon eine gewaltige Aufgabe. Und je älter ich werde, um so mehr wird mir bewußt, welche Leistung unsre Mutter da vollbrachte. Was dachten und taten wir nicht alles, wenn wir mal nichts zu tun hatten! Kaum vorstellbar!

Im Nachhinein verstehe ich sehr gut, weshalb Mutter oft sagte: „Müßiggang ist aller Laster Anfang." Und ich begreife, weshalb sie ständig darum bemüht war, uns zu beschäftigen.

Wenn ihr mal nichts Besseres einfiel, mußten wir mit der Klatsche Fliegen fangen, die zu den häufigsten Haustieren bei uns gehörten. Im Sommer wurden wir aber fast jeden Tag ausgeschickt, um Steppmäuse zu fangen. Diese Beschäftigung hatte zwei Vorteile. Zum einen erhielten wir für jedes Mausefell dreißig Kopeken, und zum anderen ergaben die Mäuse einen guten Braten.

* * *

So kam das Jahr 1934 heran und ich wurde in die erste Klasse unserer Dorfschule aufgenommen. Wie alle Schulanfänger, mußte ich das lateinische Alphabet lernen. Die ersten Sätze, die wir dann zu schreiben hatten, prägten sich so tief bei mir ein, daß ich sie noch heute auswendig weiß. Sie lauteten: „Wir danken dem Genossen Stalin für unsere glückliche Kindheit. Es lebe Genosse Stalin!"

Was der Genosse Stalin in Wirklichkeit im Schilde führte, haben wir leider erst später erfahren, – als es schon zu spät war. Es waren unerhörte Grausamkeiten, die er über uns brachte. Damals, als ich zur Schule kam, sah ich das aber nicht, noch nicht. Ich war wie verblendet und total begeistert von der kommunistischen Idee, wie sie uns nahegebracht wurde.

Als gelehriger Schüler stand ich bald im Vordergrund der Klasse und bekam von der Schule als Belohnung ein Hemd geschenkt. Außerdem erhielt ich den roten Stern mit Hammer und Sichel. Während der Übergabe mußten alle in der Klasse das Sprüchlein aufsagen:

> Hammer, Sichel, Sowjetstern,
> haben alle Kinder gern.

Unsere Lehrerin, Maria Kehler, strahlte dabei über das ganze Gesicht. Sie war mit Leib und Seele Kommunistin, und ich habe noch den Satz im Ohr, den sie uns regelrecht einbleute: „Es lebe unsere heilige Kollektivwirtschaft!"

Wenn dann aus der Klasse zaghafte Bedenken gegenüber der „heiligen Kollektivwirtschaft" geäußert wurden, und die Frage kam, weshalb man den Bauern das Land wegnehme, hatte Maria Kehler die Erklärung parat: „Na schaut mal. Die Bauern hatten zwischen ihren Äckern Grenzstreifen. Und diese Streifen haben sie nicht gut bewirtschaftet. Auf ihnen wuchs sehr viel Unkraut. Wenn nun die sowjetischen Flugzeuge darüber flogen und die Leute aus ihnen herunterschauten, sah das gar nicht schön aus. Das große Rußland darf nicht so viel Unkrautstreifen haben!"

Daß diese Erklärung sehr primitiv war, begriffen wir damals nicht. Sie erschien uns sogar einleuchtend und wir sahen in der Landenteignung einen Fortschritt. So war das – leider. Heute bedauere ich, daß ich nicht schon gleich den richtigen Durchblick hatte...

Unter der Anleitung von Maria Kehler führten wir schon in der zweiten Klasse ein Theaterstück über die „Pariser Kommune" auf. Aus Tischen und Stühlen bauten wir eine Barrikade und hißten die rote Fahne darauf. Zur Verteidigung dienten uns Spielzeuggewehre. Und die Feinde – wie hätte es anders sein können – waren die Kapitalisten, deren einziges Ziel darin bestand, die Menschen auszubeuten.

In einer der folgenden Unterrichtsstunden kam die Genossin Kehler auf Deutschland zu sprechen und erklärte: „Dieses braune Land, das vierzigmal kleiner ist als Rußland, soll es nur versuchen, seinen Rüssel gegen die Sowjetunion auszustrecken, es wird sich ihn gewaltig verbrennen."

Im Jahre 1934, nach dem XVII Parteitag der KPdSU, entstand unter uns Schülern eine große Irritation. Wir wurden nämlich aufgefordert, die Bilder von einigen Männern aus unseren Lesebüchern zu entfernen. Es wurde uns freigestellt, sie mit Tinte zu übermalen oder mit Papier zu überkleben. Wir begriffen das nicht, weil man uns noch vor Tagen beigebracht hatte, diese Personen seien Helden der Sowjetunion. So schonend wie nur möglich versuchte man nun, uns zu erklären, daß diese Leute in Wirklichkeit die schlimmsten Volksfeinde und Vaterlandsverräter wären und deshalb verhaftet worden seien. Später erfuhren wir, daß sie hingerichtet wurden. So schnell konnte das im „roten Paradies" gehen: Gestern noch ein Held und Patriot, heute schon ein Volksverhetzer und morgen tot...

Trotz der Irritation, in die wir damals gerieten, ließen wir uns aber dennoch weiterhin für die Sache des Kommunismus begeistern und sangen die Internationale:

„Wacht auf, Verdammten dieser Erde...“

Und die gräulichsten Worte in diesem Lied lauten:

„...denn niemand kann uns hier erlösen,
kein Gott, kein Kaiser, kein Tribun.
Um uns vom Unheil zu befreien –,
das können wir nur selber tun!“

Und ich sang lauthals mit. In der Zwischenzeit habe ich mich schon oft gefragt: Wie war es möglich, daß ich als Kind tiefgläubiger Eltern, das im christlichen Glauben erzogen wurde, so schnell umfallen, solche Lieder mit Begeisterung singen und solchen Parolen nachlaufen konnte!? Wahrscheinlich ist die Lösung darin zu suchen, daß die kommunistischen Parolen dem natürlichen Menschen entgegenkommen, weil sie sein „Ich“ aufbauen, ihm einflüstern, manchmal nur in versteckter Form: Du mußt nur wollen, du darfst dich nicht unterkriegen lassen, dann wirst du schon erreichen, was du anstrebst.

Ganz anders verhält es sich da mit der christlichen Botschaft. Sie kommt dem „Ich“ des natürlichen Menschen nicht entgegen. Ganz im Gegenteil. Sie sieht ihn nüchtern, deckt auf, daß sein „Ich“ voller Rebellion gegen Gott steckt und damit bis zum Anschlag egoistisch ist, nur sich selbst kennt, und deshalb abgebaut werden muß – mit der Hilfe des Herrn...

Doch nun wieder zurück zum Ausgangspunkt. Neben den Männern, die in Ungnade fielen, als Volksfeinde und Vaterlandsverräter verurteilt wurden, nur weil sie dem Genossen Stalin nicht in den Kram paßten, gab es auch noch andere, die Helden und Patrioten der Sowjetunion waren und blieben. Es waren vor allem Männer, mit denen man nicht nur im eigenen Land Ansehen erringen konnte, sondern deren Leistungen auch in der Weltöffentlichkeit Anerkennung fanden.

Zu ihnen gehörten die drei, die unter der Leitung von Papanin als erste den Nordpol erreichten. Ihr Unternehmen wurde von den Zeitungen in allen Einzelheiten geschildert und als Heldentat gepriesen. Ich verschlang diese Berichte geradezu und blickte in meiner kindlichen Gutgläubigkeit voller Stolz auf diese „Helden“. Es beindruckte mich, wie sie von Kopf bis Fuß in Pelze eingehüllt, der Kälte trotzten und große Schwierigkeiten überwanden.

Hätte ich damals schon geahnt, daß ich Jahre später mit fast ebensolcher Kälte und ähnlichen Schwierigkeiten im Norden Sibiriens zu kämpfen haben würde, ich hätte die Berichte mit anderen Augen gelesen und wäre bestimmt nicht so begeistert gewesen. Im Gegensatz zu den drei Polarforschern ging ich aber nicht freiwillig in diese Eiswüste, sondern wurde von den Kommunisten dazu verurteilt, war auch anders gekleidet... Aber davon werde ich später noch ausführlich erzählen.

Neben diesen Männern hatte es mir noch ein weiterer „Held und Patriot der Sowjetunion“ angetan. Er hieß Tschkalow und war ohne Zwischenlandung mit dem Flugzeug von Rußland aus über den Nordpol nach Amerika geflogen.

Dieser triumphale Flug veranlaßte einen Dichter, darüber ein Lied zu schreiben, das ich, wie andere Kinder auch, auswendig lernte. In ihm hieß es:

...Und höher, und höher, und höher,
ein jeder Propeller singt surrend:
Wir schützen die Sowjetunion.

Dieser Flug hatte mich so in seinen Bann gezogen, daß ich bei jeder sich bietenden Gelegenheit Flugzeug spielte. Dabei rannte ich, so schnell ich konnte, mit ausgebreiteten Armen herum und machte fortwährend: „Rrrr - rrr- rrr.“

Dann wurde es wieder Weihnachten. Viele Familien waren auseinandergerissen worden. Man hatte die Väter, in einigen Fällen sogar die Mütter, ins Gefängnis gesteckt. In weiteren Familien waren die ältesten Söhne oder Töchter verhaftet worden. Es herrschte große Not.

Unsere Familie war, Gott sei Dank, noch zusammen. Wir saßen am Weihnachtsmorgen froh und glücklich in der Runde. Vater hatte die Familienbibel aufgeschlagen und las uns die Geschichte von der Geburt des Heilandes, wie sie der Evangelist Lukas berichtet. Dann betete er mit uns. Danach waren wir Kinder an der Reihe und sagten die Gedichte auf, die wir zu Weihnachten gelernt hatten. Zum Abschluß umarmten wir die Eltern und gaben ihnen einen Weihnachtskuß.

Dann war der Moment gekommen, auf den meine Geschwister und ich schon lange mit Spannung gewartet hatten. Mutter erhob sich von ihrem Platz und nahm das weiße Laken von den Geschenken unter dem geschmückten Weihnachtsbaum.

Mit den Wünschen hatten wir uns zurückgehalten, weil wir wußten, daß die Eltern finanziell sehr zu kämpfen hatten. Trotzdem waren wir bis aufs Äußerste gespannt. Kaum hatte die Mutter das Laken gelüftet, griffen wir nach den Schüsseln, in die wir am Heiligen Abend Zettel mit unseren Namen gelegt hatten. Doch mein Bruder Hans und ich erlebten eine große Enttäuschung. Jeder hatte eine hölzerne Puppe in der Schüssel und das, obwohl wir die ältesten Jungen waren. Man stelle sich diese Blamage vor! Gut, es waren keine Puppen wie sie die Mädchen normalerweise zum Spielen erhielten, sondern „Wanjka-Wstanjka“, was zu Deutsch so viel wie: „Hänschen, steh auf“ heißt. Aber eine Schande blieb es trotzdem, so jedenfalls empfanden wir beide das in jener Stunde, warfen die Puppen verärgert auf den Fußboden und weinten heftig.

Doch dann lüftete Vater das zweite Laken. Das, was jetzt zum Vorschein kam, entschädigte mich reichlich für die erlittene Enttäuschung. Ich durfte einen Modellbaukasten entgegennehmen, mit dem ich einund-zwanzig Flugzeugtypen basteln konnte. Jetzt, so fand ich, hatte ich das wertvollste Weihnachtsgeschenk von allen Jungen unseres Dorfes erhalten.

Rückblickend muß ich allerdings gestehen, daß mir dieses Geschenk nicht zum Besten diente. Es trieb nicht die Sache Jesu in mir, sondern beeinflußte mich in der Weise, daß ich 1940 freiwillig in einen militärisch orientierten Kreis eintrat, und auch schon bald eine Auszeichnung erhielt. Sie bestand in einer Anstecknadel, die ich damals mit Stolz an meiner Brust trug, und zeigte ein Flugzeug, an dem, von zwei Kettchen gehalten, ein roter Stern auf blauem Hintergrund hing. Darauf waren die Buchstaben „PWChO“ zu lesen, die für chemische Luftabwehr standen und zum Ausdruck brachten, daß ich darin mit Erfolg ausgebildet war.

Vier Jahre später vollzog sich ein grundlegender Wandel. Ich stand nicht mehr auf der Seite der Sowjetunion. Inzwischen war die deutsche Wehrmacht bei uns einmarschiert, und wir Deutsche hatten den Deutschen zu dienen. Als Vater meinen Bruder Hans und mich zur Musterung begleitete, fragte er mich unterwegs: „Wenn sie dich nehmen, zu was möchtest du denn gehen?“

Ohne zu zögern und vollkommen entschieden erklärte ich: „Zu den Fliegern!“

Aber nun wieder zu meiner Schulzeit zurück. Ich mag ungefähr elf Jahre alt gewesen sein, als meine Eltern mich immer mehr aus den Augen verloren und ich meine eigenen Wege ging, die aus der Rückschau betrachtet nicht besonders rühmlich waren. Vater und Mutter kann und will ich für meine damalige Entwicklung nicht verantwortlich machen. Sie taten ihr Bestes, um mich auf dem rechten Weg zu halten. Aber es war ihnen nicht möglich, ihre Aufsichtspflicht gründlicher wahrzunehmen. Um uns Kinder ernähren und kleiden zu können, waren sie gezwungen, auf „den Feldern der heiligen Kollektivsteppen", wie es in der Propagandasprache hieß, zu arbeiten. Und diese Arbeit umfaßte nicht nur acht Stunden pro Tag, sie ging noch nicht einmal vom Aufgang bis zum Niedergang der Sonne, sondern von der morgendlichen bis zur abendlichen Dunkelheit.

In der Zwischenzeit handelte ich nach dem Lustprinzip und ließ mich mehr und mehr von dem gottlosen Wesen meiner Umgebung bestimmen. Ich war im Kino, bei Konzerten, im Zirkus und im Theater zu finden. Ich hatte noch nicht einmal ein schlechtes Gewissen dabei, sondern freute mich an diesem Leben. An meine Eltern, die sich währenddessen den Rücken krumm arbeiteten, dachte ich nicht.

Zu allem Übel nahm ich auch noch eine freundschaftliche Verbindung zu Franz Dick auf. Er war ein böser Geselle, was ich damals aber nicht sah, und besser gesagt – auch nicht sehen wollte. Sein Vater war verstorben und seiner Mutter gelang es nicht, die Kinder in Zucht zu halten. Franz wurde auf der Halbinsel Krim geboren und hatte dort Kontakte zu einer kriminellen Tatarenbande. Was er bei ihr gelernt hatte, gab er jetzt an mich weiter.

Zunächst begann alles sehr harmlos. Wir spielten zum Beispiel „ZOK". Das ist ein Spiel, bei dem es um Geld geht. Dann brachte er mir bei, wie ich mit einem Messer und einem Dolch umzugehen hatte, wie man einen Überfall begehen oder abwehren konnte. Mehr noch, er zeigte mir, wie man einen Güterzug zum Stehen bringen und dann ausrauben konnte.

„Das geht ganz einfach", erklärte er. „Du suchst dir eine Stelle, wo es bergauf geht, und die Lokomotive kräftig arbeiten muß. Dort schmierst du die Schienen mit Schweinespeck ein, und der Zug kommt nicht mehr weiter – keinen Meter mehr. Dann heißt es handeln, verstehst du! Dann geht es mutig an die Wagen ran!"

Leider verstand ich nur zu gut.

Natürlich nahm er nicht gleich solche Dinge mit mir in Angriff. Sie erschienen ihm für meinen Einstieg wohl zu groß. Er zeigte mir zunächst, wie man die Leute im kleinen hineinlegen konnte. Dafür bot die Schule das beste Übungsfeld, und Franz wandte seine Tricks sogar während des Unterrichts an. Ich konnte das gut mit verfolgen, weil ich mit ihm auf einer Bank saß.

Eines Tages, ich erinnere mich noch gut daran, stach er Jakob Janzen, der eine Bank vor uns saß, mit dem Federhalter leicht in den Rücken. Als sich Jakob umdrehte, hielt Franz den Federhalter auf die eigene Hand, es war wohl die linke, und tat so, als wollte er sie durchstechen.

„Wollen wir miteinander wetten?“ fragte er.

Jakob willigte ein und erkundigte sich, um was es gehen sollte.

„Um ein paar Tauben“, schlug Franz vor, obwohl er selbst keine hatte, um sie dem anderen zu geben, wenn er verlor.

Jakob wußte das aber offensichtlich nicht und war's zufrieden.

„Dann gib mir deine rechte Hand“, forderte Franz. „Zum Zeichen, daß die Wette gilt, soll David durchschlagen“, schob er nach.

Wie gesagt so getan. Franz setzte den Federhalter erneut auf seine Hand. „So“, sagte er zu Jakob, „nach der Schule krieg ich ein paar Tauben von dir!“

„Wieso? Ich denke ja gar nicht daran! Du hast dir die Feder nicht durch die Hand gestochen!“ setzte sich Jakob zur Wehr.

„Wer hat denn gesagt, daß ich das tun will? Ich nicht! Ich habe mit dir darum gewettet, daß ich's noch mal so mach wie vorher. Das hab ich auch getan, und du mußt die Tauben jetzt rausrücken“, beharrte Franz auf seinem Standpunkt und blickte ganz böse.

Jakob gab sich aber so ohne weiteres nicht geschlagen und es entstand ein heftiger Disput, der nicht gerade leise geführt wurde. So bemerkten wir nicht, daß Lehrer Fröse sich uns näherte, dessen Geschichtsunterricht uns im Augenblick weniger interessierte als die Wett-Geschichte. Als er neben uns stand, bekam Franz eine so saftige Ohrfeige verabreicht, daß ihm die rechte Backe rot anlief.

Franz war aber nur einen Augenblick lang irritiert. Dann sah er den Lehrer fest an und sagte: „Wissen Sie auch, daß nach sowjetischem Gesetz in der sowjetischen Schule kein Schüler geschlagen werden darf?“

Herr Fröse war ein alter Lehrer, ich denke, daß er damals schon vierzig Jahre lang Dienst tat, und schon unter dem Zaren im Amt war, wo noch geschlagen werden durfte. Trotzdem kannte er auch die neuen Vorschriften. Aber im Fall von Franz schien es ihm nicht leid zu tun, sie übertreten zu haben. Er war bereit, dafür gerne eine Strafe zu zahlen.

Tage vorher war Franz schon einmal bei einem Vergehen in der Schule erwischt worden. Er hatte auf der Toilette geraucht. Daraufhin wollte ihm Lehrer Fröse die Streichhölzer wegnehmen. Doch Franz ließ das nicht einfach so mit sich geschehen und lief weg. Dabei zeigte sich, daß der Lehrer schon alt war und ihn nicht fangen konnte. Fröse bat andere Schüler, ihm zu helfen. Aber seine Bitte stieß auf taube Ohren. Nur Heinrich Wiens reagierte darauf, und nahm die Verfolgung von Franz auf, vielleicht, weil ihm der alte Mann leid tat. Als Heinrich dem Franz zu nahe kam, blieb der stehen und verabreichte Heinrich einige Faustschläge mitten ins Gesicht. Sofort blutete dessen Nase, und er gab die Verfolgung auf.

Zuletzt lief Franz zu einem Strohhaufen neben der Schule. Gefolgt vom Lehrer, umkreiste er ihn einige Male. Dann, um endlich seine Ruhe zu bekommen, warf Franz die Streichhölzer auf den Strohschober. Vielleicht dachte er, dem Lehrer einen Streich gespielt zu haben und sich die Hölzer später wieder zu holen. Diese Rechnung ging aber nicht auf, denn der Lehrer schleppte eine Leiter heran, stieg auf das Stroh und nahm die Streichhölzer an sich...

Und ich? – Ich stand daneben und schaute einfach zu. Nein, das stimmt so nicht. Ich war nicht neutral. Innerlich stand ich auf der Seite von Franz. Ich kannte zwar das Wort aus dem achten Vers des ersten Kapitels der Sprüche: „Mein Kind, wenn dich die bösen Buben lokken, so folge ihnen nicht", aber ich dachte nicht daran, es zu befolgen. Ich hatte mich so mit Franz verbunden, daß ich alles mitmachte, was er tat. Und aus unseren anfänglichen Späßen wurde später bitterer Ernst.

Als ich sechzehn Jahre alt war, besaßen wir moderne Schießwaffen und ich ließ mich von Franz soweit bringen, mit ihm den Kampf gegen die sowjetischen Partisanen aufzunehmen. Welch eine Torheit! Dennoch, ich war damals so blind...

* * *

Zu den Tagen, die sich tief in mein Gedächtnis eingruben, zählt der 3. August 1938. An ihm wurden meine Geschwister und ich von der Mutter schon sehr früh geweckt. Es war noch vor Sonnenaufgang, in der ersten Dämmerung, als sie an unsere Betten trat und sagte: „Kinder steht auf. Ich denke, es wird was mit unserem Papa geschehen." Erschrocken fuhren wir hoch und fragten aufgeregt durcheinander: „Was, – was wird mit Papa geschehen?"

Ruhig, um uns nicht weiter aufzuregen, während ihr aber die Spannung ins Gesicht geschrieben stand, erklärte sie: „Onkel Martens und Onkel Peters, unsre Nachbarn, sind eben verhaftet worden. Männer in Zivil haben sie abgeführt – von ihrem Hof."

„Und – und was hat das mit unserem Papa zu tun?“ fragte ich.

„Die Männer zeigten zu unserem Haus. Wahrscheinlich kommen sie auch hierher und verhaften den Papa“, berichtete Mutter weiter und hatte Mühe, die Fassung zu bewahren.

Das – nein, das konnten wir nicht verstehen. Weshalb sollten sie unseren Vater verhaften wollen? Was hatte er getan? Es überstieg unsre Vorstellung, daß er ein Unrecht begangen haben könnte. Also durften ihn die Geheimpolizisten auch nicht verhaften – und schon gar nicht, weil wir ihn liebten!...

Aber nach wenigen Minuten waren die Männer vom NKWD da. NKWD ist die russische Abkürzung für Volkskommissariat des Inneren. Unseren Vater trafen sie jedoch nicht an. Er hatte sich schon wieder zur Arbeit begeben, weil Erntezeit war, und an diesem Tag gedroschen wurde.

Hans, Rudolf und ich, wir drei ältesten Jungen, rannten weinend und schreiend aus dem Haus, liefen die Gasse zum Kollektiv hoch und suchten nach Vater. Als wir ihn neben der Dreschmaschine fanden, warfen wir uns zu dritt an seine Brust und weinten herzerweichend.

Noch bevor wir recht erklärt hatten, was uns so ängstete, erschien einer der Männer und führte Vater nach Hause. Hier nahmen sie eine Hausdurchsuchung vor und stellten alles auf den Kopf. Sie sahen sogar in die Windeln meines jüngsten Bruders und nahmen es in Kauf, daß ihnen dabei ein recht unangenehmer Geruch in die Nase stieg.

Obwohl sie nichts Verdächtiges fanden, erklärten sie Vater, er sei verhaftet, und wir, als seine Familie, galten von dieser Stunde an als Volksfeinde. Bevor Vater mit den Geheimdienstleuten das Haus verließ, betete er mit uns und nahm von jedem Abschied, selbst von Albert, der noch in der Wiege lag.

Als er schließlich nach draußen geführt wurde, folgte ihm Mutter mit unserem jüngsten Brüderchen auf dem Arm. Wir andere trappelten hinterher. Wir wollten Vater so lange wie möglich begleiten.

Es ging über Onkel Pätkaus Hof hinunter ins Tal. Hier stand unter den Pappeln das Lastauto des Kollektivs, auf dem sich schon eine Anzahl Familienväter befand, die alle ins Gefängnis transportiert werden sollten. Man hatte den Kollektiv-Laster gewählt, weil bei der Massenverhaftung die „Schwarzen Raben“, wie die geschlossenen Autos für die Gefangenentransporte genannt wurden, nicht ausreichten.

Als der Lastwagen, der von Onkel Jakob Rempel gesteuert wurde, davon fuhr, entstand unter den versammelten Frauen ein großes Seufzen und Klagen. Einige brachen unter ihrem Schmerz sogar zusammen. Rasch wurde aus dem nahen Brunnen frisches Wasser geholt, mit dem man ihnen das Gesicht solange wusch, bis sie wieder zur Besinnung kamen und sich vom Boden erheben konnten.

Keinem Dirigenten der Welt ist es wohl je gelungen, ein Jubellied so rasch und fehlerlos mit einem Chor einzustudieren, wie es den sowjetischen Sicherheitsorganen gelang, dem Volk ein Klagelied zu entlocken.

Als wir wieder nach Hause kamen, erschien uns alles so öd und leer. Nichts wollte mehr einen Sinn ergeben. Warum war das so, jetzt wo Vater verhaftet worden war? Wir hatten ihn doch auch sonst nicht viel um uns, weil er die meiste Zeit am Arbeitsplatz verbrachte...

Plötzlich erinnerte sich Mutter, daß sie vergessen hatte, Vater den Beutel mit geröstetem Zwieback mitzugeben. Der stand schon einige Zeit für den Fall parat, daß Vater verhaftet würde. Irgendwie erahnten die Eltern wohl diesen Eingriff. Vielleicht hatten sie aus einer bestimmten Ecke Wind bekommen, wie man so sagt.

„David! David! Nimm den Beutel und lauf dem Auto nach!" bat Mutter in erregtem Ton.

Ich kam ihrer Bitte nach, obwohl es menschlich gesehen Unsinn war, loszulaufen. Das Auto war doch längst über alle Berge, und ich konnte es nicht mehr erreichen.

Doch als ich einige Zeit durch das Tal gelaufen war und dann den Berg hinaufstieg, sah ich in der Ferne ein Lastauto am Straßenrand stehen. Im Näherkommen erkannte ich, daß es das Kollektivauto war, auf dem mein Vater mit anderen Christen und Männern, die den Kommunisten sonstwie verdächtig erschienen, zum Gefängnis transportiert werden sollte. Außer Onkel Rempel, der eifrig an dem Wagen hantierte, war niemand mehr zu sehen. Ich erahnte die Situation. „Der Laster war wohl defekt geworden", dachte ich.

Aber wo waren die verhafteten Männer und die NKWD-Beamten? Mein Blick glitt etwas zur Seite und ich sah die Beamten neben der Straße im Kreis stehen. Von den Verhafteten war jedoch keine Spur zu sehen und mir wurde schwer ums Herz. Wo hatte man sie hingebracht? Hatte man sie vielleicht schon getötet, wie damals unsere Pferde? – Trotzdem ich ging weiter.

Als ich in die Nähe der NKWD-Leute kam, sah ich, daß sie um eine Pechgrube standen, die etwa vier Meter lang, zweieinhalb Meter breit und zwei Meter tief sein mochte. Solche Gruben gab es an der Strecke zwischen Kronsweide und Saporoshje viele. Darin war aus Kies und Pech der Asphalt für die Straße von Hand zusammengerührt worden.

Doch in dieser, die von den NKWD-Leuten mit aufgepflanzten Bajonetten umstanden wurde, befanden sich jetzt die Männer aus unserem Dorf. Sie waren in dieses Loch befohlen worden, weil die Beamten befürchteten, daß vom stehenden Lastwagen welche hätten fliehen können.

Während die Männer wie geduldige Lämmer in der Grube hockten und ihre Schuhe vom Pech festgesogen wurden, suchte Onkel Rempel, der ebenfalls Christ war und dazu gezwungen wurde, seine Glaubensbrüder ins Gefängnis zu transportieren, aufgeregt nach der Ursache, weshalb der Wagen stehengeblieben war. Und je häufiger die NKWD-Leute von der Pechgrube herübersahen, um so aufgeregter wurde er. Vermutlich schlug ihm das Herz bis zum Hals, weil er wohl damit rechnete, bald selbst verhaftet zu werden. Es wäre den Beamten ein leichtes gewesen, ihm das Streiken des Autos anzulasten und der Sabotage zu beschuldigen.

Für mich stellte dieses Ereignis aber ein Wunder dar, keinen Zufall oder sonst was, sondern ein Wunder Gottes, weil ich darin eine Gebetserhörung meiner Mutter sah. Wenn der Laster nicht gestreikt hätte, wäre ich mit meinem Vater nicht mehr zusammengekommen. Was hieß zusammengekommen? Ich war mit ihm ja noch nicht zusammen. Ich hielt den Beutel ja noch in der Hand. Würde mir das überhaupt gelingen, ihm den Zwieback zu überreichen? Wie sollte ich durch den Kreis der Beamten an den Grubenrand gelangen, um meinen Vater zu Gesicht zu bekommen?

Mir erschien das als aussichtsloses Unterfangen und ich suchte nach einem Ausweg. Doch da kam mir ein Gedanke, nein, Gott gab mir ihn! Ich pirschte mich bis dicht an die NKWD-Leute mit ihren Bajonetten heran und schleuderte den Beutel über ihre Köpfe hinweg in die Grube. Dann rannte ich, so schnell mich meine Beine trugen, davon und wurde zu Hause schon sehnlichst von der Mutter erwartet.

Besonders schmerzlich für uns war, daß wir nicht wußten, weshalb Vater verhaftet wurde. Den Grund dafür erfuhren wir erst später und konnten es nicht glauben, daß es ein Grund sein sollte. Aber wahrscheinlich gehört die Unberechenbarkeit zur Diktatur, wie der Schwanz zum Hund.

Nachdem Vater seine Landwirtschaft aufgegeben hatte, nahm er auf der Kolchose eine Stelle als Wasserfahrer an. Ich bin oft mit ihm gefahren und erinnere mich noch daran, wie ich neben ihm auf dem Wagen saß und das Lied der Wasserfahrer auf Russisch sang:

Udiwitelnyj wopros:
Potschemu ja Wodowos?
Potomu tschto bes Wody
ni tudy i ni sjudy...

Zu Deutsch:

Eine sonderbare Frage:
Warum bin ich Wasserfahrer?
Weil man ohne Wasser
nicht hierhin und nicht dorthin kann..

Nach einer gewissen Zeit stieg Vater zum „Konjuch“, zum „Pferdepfleger“ in der Kolchose auf. Er hatte etwa fünfzig Tiere zu füttern, sie sauber zu halten und den Stall auszumisten. Während dieser Zeit war der Samstag für uns Jungen ein besonderer Tag. An ihm wurden nämlich die Pferde im Dnepr gebadet, zumindest während des Sommers, und wir durften dabei helfen.

Einmal, als ich einen Schimmel, der den Namen des bekannten russischen Dichters Tolstoj trug, vom Dnepr zurück in den Stall bringen sollte, hatte ich ein Erlebnis, das meinen Stolz erheblich ankratzte. Als Tolstoj nach dem Bad etwas abgetrocknet war, schwang ich mich auf seinen Rücken, und wollte ihn in der Pose eines fähigen Reiters zur Kolchose bringen.

Ohne mein Wollen fiel er unterwegs in einen Galopp und ich bremste ihn nicht. Doch plötzlich bockte er einige Male und hob mich aus der Reiterhaltung. Nur weil ich schnell reagierte und Tolstojs Hals umklammerte, landete ich nicht auf dem Boden, sondern hing seitlich am Pferd herunter. Aber nur für Sekunden, dann versagten meine Kräfte und ich befand mich da, wo ich eigentlich nicht hin wollte: auf dem Boden.

Zum Glück wurde ich von dem Pferd nicht zertrampelt, wie einst meine Stief-Großmutter, sondern es sprang mit einem weiten Satz über mich hinweg und lief allein zum Stall. Ich trottete hinterher – was blieb mir auch anderes übrig! Aber ich fand es eines Reiters unwürdig und kam mir sehr gedemütigt vor...

Später, man schrieb das Jahr 1937, wurde mein Vater Brigadier, was soviel wie Vorarbeiter war. Außer ihm gab es auf der Kolchose unseres Dorfes aber noch einen Brigadier. Er hieß Jakob Wiebe und war ein Bolschewik, also ein Kommunist.

Die Brigade meines Vaters und die des Jakob Wiebe traten schon bald in einen sogenannten „sozialistischen Wettkampf“, den mein Vater zwar nicht suchte, aber aufnahm und am Schluß mit seinen Leuten gewann. Das aber wurde ihm zum Verhängnis, denn der gottlose Wiebe brachte es nicht über sich, daß der Christ Klassen mit seinen Leuten besser dastand als er.

Der Grund, weshalb Wiebe nicht zum Zuge kam, lag schon in der Frühjahrsbestellung. Er begann viel zu spät mit der Aussaat. Und als er dann dabei war, stellte er die Sämaschine so ein, daß zu wenig Saatgut in den Boden kam und später noch einmal nachgesät werden mußte. Folglich konnte er auf seinen Feldern auch nicht so früh mit der Ernte beginnen wie mein Vater. Erschwerend kam noch hinzu, daß damals diese Kolchose motorisiert wurde.

Abgesehen von den Schwierigkeiten, die sich aus der Umstellung von Pferdefuhrwerken auf Maschinen ergaben, waren die ersten Traktoren und Mähdrescher häufig defekt. Bald war hier, bald da etwas in die Brüche gegangen – und bis die betreffenden Ersatzteile zur Stelle waren, gingen oft vier, manchmal aber noch mehr Tage ins Land.

Im Gegensatz zu Wiebe ließ mein Vater diese Zeit nicht einfach so verstreichen, sondern griff auf die alten Erntemethoden zurück. Er setzte wieder die von Pferden gezogenen Mähmaschinen ein und ließ einige Leute das Getreide sogar wieder mit der Sichel schneiden. Zum Dreschen wurde, wie hätte es anders sein können, wieder die altehrwürdige Dreschmaschine in Dienst genommen. So brachte die Brigade meines Vaters den ihr zugemessenen Teil der Ernte nicht nur rechtzeitig zu Ende, sondern auch ohne Verlust ein. Dafür erhielt Vater, als Brigadier, ein Kalb als Prämie von der Kolchose.

Das war nun der berühmte Tropfen, der bei Wiebe das Faß zum Überlaufen brachte. Nein, es konnte und durfte nicht sein, daß ein altmodischer Christ besser dastand als ein fortschrittlicher Bolschewik. Und was tut man, wenn man keine konkreten Dinge gegen den Konkurrenten, der einem quer im Magen liegt, vorbringen kann? Man macht ihn madig und setzt Verleumdungen über ihn in Umlauf. Die tun dann schon ihren Dienst, weil der gefallene Mensch Schlechtigkeiten immer eher glaubt als einer positiven Nachricht.

Wiebe machte da keine Ausnahme. Er klagte meinen Vater an, die kapitalistische Technik gelobt und die sozialistische getadelt, ja sogar verleumdet zu haben. Damit traf er natürlich auf offene Ohren. Und weil Vater noch zusätzlich vorgeworfen wurde, daß er den Dnepr-Staudamm in die Luft sprengen wollte, setzte man ihn als Verräter und Volksfeind hinter Schloß und Riegel.

Die Sache mit der Sprengung war natürlich genauso erlogen wie die Verleumdung der sozialistischen Technik. Wie hätte Vater auch den Damm hochgehen lassen sollen, wo er von Hause aus den Umgang mit Sprengstoff nicht kannte, ja so etwas noch nie gesehen hatte! Und eine militärische Ausbildung hatte er auch nie erhalten! Aber solche Argumente zählten nicht. Vater fiel in Ungnade und wurde eben verhaftet.

* * *

Nun waren die Pferde weg, das Land und der Vater. Aber wir fünf Kinder, die wir damals waren, hatten noch unsere Mutter. Und sie war sehr lieb zu uns. Das heißt aber nicht, daß sie uns alles durchgehen ließ und verhätschelte, so wie Gott, der ja die Liebe ist, uns auch nicht alles durchgehen läßt, sondern uns so führt, wie es zu unserem Besten dient. Und diese führende Liebe kann auch manchmal hart sein, gerade dort, wo Gefahren lauern und den Kindern mit guten Worten nicht mehr beizukommen ist.

Einen Monat nach Vaters Verhaftung bekamen wir fünf Jungen ein kleines Schwesterlein, das wir Anita nannten. Unsere Freude darüber war sehr groß. Die brauchten wir auch, gerade in jenen Tagen, denn überall, ob nun in der Schule oder sonstwo, wurden wir wegen der Verhaftung unseres Vaters schief angesehen oder verspottet.

Neben der Sorge um uns Kinder und dem Schmerz um den verhafteten Mann, mußte unsere Mutter noch hart arbeiten. Wegen der Geburt der kleinen Anita konnte sie sich keine Schonzeit gönnen. Vom Aufgang der Sonne bis zu ihrem Niedergang arbeitete sie auf den Kollektivfeldern und machte manchmal sogar noch Überstunden. Zu Hause saß sie dann an ihrem Spinnrad und spann bis in die Nacht hinein anderer Leute Wolle, um uns ein besseres Auskommen zu ermöglichen.

Während dieser Zeit versuchten wir Jungen, soweit es möglich war, uns irgendwie nützlich zu machen. So saßen wir abends neben Mutter und zogen die Schafswolle auseinander, damit sie es leichter hatte, einen Faden daraus zu spinnen. Sie entlohnte uns dafür mit biblischen Geschichten, die sie so eindrucksvoll erzählen konnte, daß wir Kinder ganz Ohr waren. Zwischendurch stimmten wir immer wieder ein Lied an und sangen, als würden wir Leid und Not nicht kennen.

Auch über Tag gingen wir Mutter zur Hand und halfen nach besten Kräften. Ich erinnere mich da an das Ausweißen des großen Kollektivkellers, das Mutter übernommen hatte. Mein Bruder Hans und ich sahen sofort, daß sich hier eine Möglichkeit der Mithilfe für uns ergab, und wir langten mit zu. Wir rührten nicht nur den Kalk an, sondern griffen auch schon zum Pinsel. Obwohl wir aus Mangel an Geschicklichkeit nicht sehr große Flächen strichen, war doch Mutter für jeden Quadratmeter dankbar, den wir an der Wand kalkten.

Aber mitten in der Arbeit erlebten wir eine ungute Überraschung. Sie begegnete uns in Franz Derksen, dem Sohn unseres Ortsvorstehers. Als er uns beim Anstreichen sah, begann er zu fluchen und bezeichnete Hans und mich als Teufelskinder.

Ich sehe noch heute, wie das Mutter wehtat und kränkte. Aber sie konnte sich gegen diesen Mann nicht wehren. Er war der Mächtigere und nutzte seine Macht genüßlich aus. Als er gegangen war, begann Mutter zu weinen, bitter zu weinen. Ja, wir waren jetzt zum Abschaum geworden, mit dem jeder meinte tun und lassen zu können, was er wollte. Selbst die Verwandten hatten oft nicht mehr den Mut, sich mit uns in der Öffentlichkeit zu zeigen!

Trotzdem, wir haben uns an den Herrn geklammert und nicht aufgegeben. Wir haben gebetet und gearbeitet. Selbst uns Jungen wurde mancher Gedanke geschenkt, wie wir von uns aus zum Unterhalt der Familie beitragen konnten. Als auf den Maulbeerbäumen im Dneprtal die Früchte reiften, kamen Hans und ich überein, sie zu pflücken und auf dem Markt in Saporoshje zu verkaufen. Als wir eine Menge zusammengebracht hatten, machten wir uns eines Morgens schon sehr früh auf den sieben Kilometer langen Weg in die Stadt.

Nach einer gewissen Zeit wurden uns die Maulbeeren, die wir in „Koscholkas", – Tragetaschen, – schleppten, so schwer, daß wir meinten, sie zögen unsre Arme länger. Gern hätten wir uns nun Erleichterung verschafft und wünschten uns auf einem der Pferdewagen mitzufahren, die immer wieder an uns vorüberrollten und Wassermelonen vom Kollektiv zum Markt brachten. Aber keiner der Fuhrmänner dachte daran, uns mitzunehmen. Wir waren ja Kinder aus einer volksfeindlichen Familie! Wahrscheinlich hatten es andere Kinder aus „volksfeindlichen Familien" trotz der ablehnenden Fuhrleute gewagt, sich hinten auf den Wagen zu setzen, denn jetzt waren die rückwärtigen Sitzflächen mit Pech bestrichen. Weil wir uns die Kleider nicht verschmieren und auch die Peitsche nicht um die Ohren haben wollten, legten wir den Weg, auch wenn er uns noch so sauer wurde, zu Fuß zurück. „Schädliche Elemente“ durften es ja nicht besser haben...

In Saporoshje angekommen, boten wir unsere Maulbeeren für etwa zehn Kopeken das Glas an. Der Preis war nicht zu hoch, wir wußten das. Aber die Russen kritisierten an den Beeren herum, bis wir heruntergingen. Aber auch jetzt gaben sie sich noch nicht zufrieden.

„Drückt die Beeren zusammen! Macht das Meßglas voller!“ forderten sie.

„Wir möchten die Beeren nicht zerquetschen!“ hielt ich dagegen.

Aber die Russen ließen von ihrer Forderung nicht ab, und ich stieß das Glas etwas auf, damit sich die Früchte setzten. Einige Male ging das gut. Dann, ich hatte wahrscheinlich zu fest aufgestoßen, zerbrach das Glas.

Verwirrt stand ich da und dachte: „Du liebe Zeit! Was wird Mutter dazu sagen, daß das Glas kaputt ist? Das sind Unkosten und wir verdienen schon nicht viel! Aber du mußt ein neues kaufen, dir bleibt nichts anderes übrig. Wie sollen wir sonst auch die restlichen Maulbeeren messen!“

Nach diesem Vorfall kamen mir eigenartige Überlegungen. „Im Grunde genommen mögen uns diese Leute nicht. Wir sind ja auch als Volksfeinde abgestempelt“, mußte ich denken. „Trotzdem, wir pflükken Maulbeeren, die denen, die uns nicht mögen, zur Nahrung dienen...“

Meine Gedanken wanderten noch weiter. Ich machte mir klar, daß wir auch mit dem Pflücken der Maulbeerbaumblätter unsere Peiniger unterstützten. Mit den Blättern wurden nämlich die Seidenraupen gefüttert. Und mit der Seide kleideten sich die sowjetischen Nobelbeamten. Wir gehörten aber zum Lumpenproletariat und besaßen im besten Fall geflickte Hosen...

In der Schule wurde uns immer wieder vor Augen gestellt, wie die breite Volksschicht zur Zeit der Zaren lebte. Wir erfuhren, daß die Aristokraten und Kapitalisten die Menschen bis aufs Blut ausbeuteten. Diese Erklärungen wurden noch durch ein Bild unterstrichen, auf dem „Burlaki“ (Sklaven) zu sehen waren, die, in Seile gespannt, einen Lastkahn gegen den Strom die Wolga hinaufzogen.

Außerdem konnten wir des öfteren in der „Deutschen Zentralen Zeitung“ lesen, daß in den kapitalistischen Ländern die armen Menschen auch heute noch ausgebeutet würden und im Dreck leben müßten. Solche Berichte vertiefte Maria Kehler, unsere Lehrerin, dann noch. Und während sie das tat, fand sie offensichtlich nichts dabei, Anna Falk zu bitten, ihrem Banknachbarn, Heinrich Hoch, die Läuse vom Kopf zu lesen.

Dieses Bild, wie der Heinrich so mit geneigtem Kopf dasaß und die Anna eine Laus nach der anderen mit dem Daumennagel auf der Bank zerdrückte und nebenbei über die getöteten Läuse noch Statistik führte, erinnerte mich stark an die Affen im Zoo.

Doch Maria Kehler sprach ungeniert von den großen Errungenschaften des Kommunismus. Und mit zunehmender Dauer gelang es ihr, einen nach dem anderen von uns für die Organisation der jungen Pioniere zu werben.

Die Fortschrittlichkeit des Kommunismus und – um nur ein Beispiel zu nennen – machte sie uns so deutlich: „Seht mal, als ihr zur Schule kamt, mußtet ihr mit dem Griffel auf schwarze Schiefertafeln schreiben, weil das Papier zu knapp war. Aber jetzt sind wir schon so reich, daß ihr nicht nur Papier habt, sondern auch Stahlfedern, um damit schreiben zu können. Und diese Federn sind mit einem Stern verziert, sie werden deshalb auch Pionierfedern genannt. Und wenn ihr mit diesen Federn in der Hand so schöne kommunistische Aufsätze schreibt, warum solltet ihr selbst dann nicht auch Pioniere werden?"

Dann wandte sie sich an meinen Banknachbarn und bat ihn aufzustehen. Heinrich Janzen folgte und sah sie an.

„Nun, Heinrich, was sagst du, willst du nicht Pionier werden?" fragte sie.

„Nein!" entgegnete der kurz und wich dem Blick der Lehrerin nicht aus.

„Warum denn nicht?" Maria Kehler war erstaunt.

„Wegen meiner Mutter. Sie hat gesagt: 'Wenn du mit dem roten Halstuch heimkommst, häng ich dich daran auf'." Heinrich sagte das geradeheraus, ohne mit der Wimper zu zucken.

Maria Kehler war tief betroffen. Mit einer solchen Antwort und einem so entschiedenen Ton hatte sie nicht gerechnet. Irgendwie war sie auch enttäuscht, daß ihre ideologische Bearbeitung in diesem Fall keine Früchte trug, zumal man seinen Vater auch nicht eingesperrt hatte.

Bei mir verhielt es sich anders. Meine Eltern waren gläubig und mein Vater verhaftet. Der aber nicht nur allein. Inzwischen hatte man auch meinen Großvater und einige meiner Onkel hinter Schloß und

Riegel gebracht. Trotzdem gelang es der Lehrerin, mich allmählich für die Sache des „roten Paradieses" zu begeistern.

Wieso? Ich kann es bis heute nicht ganz erklären. Jedenfalls vermochten es die schlimmen Dinge, die ich tagtäglich erlebte, nicht, mich gegen die „rote Pest" immun zu machen. Selbst die Fahrten zum Gefängnis, zu denen mich Mutter mitnahm und bei denen wir nur unter großen Schwierigkeiten meinem Vater zusätzliche Lebensmittel aushändigen konnten, brachten mich nicht zur Besinnung. Vielleicht lag es daran, daß ich im Letzten nicht wußte, wie unsere Lieben hinter den Gefängnismauern gequält wurden.

Wer erzählte mir schon, daß man sie, wie ich später erfuhr, bei einem Verhör nach dem Aussehen der Wand fragte. Antworteten sie der Wahrheit entsprechend: „Weiß", dann wurden sie so lange gequält bis sie versicherten: „Die Wand ist schwarz!"

Die Folterungen, die dabei angewandt wurden, waren verschieden. Einmal wurden ihnen die Fingernägel gequetscht, indem man ihnen befahl, die Fingerspitzen in den Spalt einer Tür zu legen, die dann kräftig zugezogen wurde. Ein andermal stach man ihnen mit einer Nadel unter die Fingernägel. Es konnte auch geschehen, daß man sie in eine Dampfkammer sperrte, bis sie richtig durchgeschwitzt waren. Dann wurden sie nackt nach draußen getrieben und mußten im eisigen Wind stehen. Kurze Zeit später erhielten die Angehörigen der meisten, die so behandelt wurden, die Mitteilung, daß der Mann, der Vater oder Bruder an Lungenentzündung verstorben sei.

Der Kommentar des Wachpersonals dazu lautete: „Weshalb sollen wir für euch noch Munition verwenden, die wird für andere Zwecke mehr gebraucht. Für euch ist jede Kugel zu schade!"

Die Häftlinge, die nicht sofort starben und von denen die Peiniger meinten, daß sie noch mehr aus ihnen herausquetschen könnten, wurden ins Gefängnislazarett gebracht und – wie die Heringe im Faß – dicht nebeneinander gelegt. Damit sie sich von Angesicht nicht kennenlernten, bekamen sie ein schwarzes Tuch über den Kopf gedeckt und wehe dem, der dabei erwischt wurde, daß er das Tuch ein wenig lüftete!

Wie lange sich Vater in Haft befand, als wir eines Abends von dem überzeugten Kommunisten Jakob Wiebe besucht wurden, weiß ich nicht mehr. Ich weiß aber noch sehr genau, wie aufgeregt er zur Tür hereinkam und uns bat, die Fenster zuzuhängen. Wir kamen seiner Bitte nach und er begann zu weinen und uns händeringend um Vergebung zu bitten. Im ersten Augenblick verstanden wir nicht, was das sollte. Dann begriffen wir, daß er zur Besinnung und in große Gewissensnöte gekommen war, weil er – wie das genau zuging ist mir nicht mehr in Erinnerung – unseren Vater nach einer Folterung zu Gesicht bekam und darüber erschrak, wie übel man ihn zugerichtet hatte. Später, auf dem Sterbebett, ist Jakob Wiebe sogar noch zum Glauben gekommen und im Frieden heimgegangen.

Auf die sogenannte „Schächergnade" zu bauen ist allerdings eine gefährliche Sache. Sie wird nicht jedem zuteil, was sich schon daran zeigt, daß zwei Schächer mit dem Herrn auf Golgatha starben, von denen aber nur einer den Weg zu Jesus fand...

Wir durften auch noch erleben, daß Jakob Wiebe zu uns kam und um Vergebung bat.

Doch die Freude darüber kam nicht so richtig zum Durchbruch, weil unsere Köpfe nicht frei waren. In ihnen hatte sich, wohl verständlicherweise, das Geschehen um unseren Vater festgesetzt, der noch immer in Untersuchungshaft war und auf seinen Urteilsspruch wartete.

Wie würde der ausfallen? Würde er auf „Schuldig" lauten, obwohl Vaters Verkläger inzwischen ihr Unrecht eingesehen und uns im Geheimen um Vergebung gebeten hatten?

Dann kam der Tag der Verhandlung. Vater wurde vor das höchste Militär-Tribunal gestellt. Niemand von unserer Familie durfte der Verhandlung beiwohnen, obwohl wir uns alle zum Gerichtsgebäude begeben hatten.

Als Vater in dem sogenannten „Schwarzen Raben" vom Gefängnis zum Gerichtsgebäude gebracht wurde, stellte ihm ein Wachsoldat die niederschmetternde Frage: „Hast du getrocknetes Brot auf fünfzehn Jahre zubereitet?"

„Warten wir ab, ob es fünfzehn Jahre werden. Es steht alles in Gottes Hand", gab Vater zurück.

Dann, als das Urteil gesprochen wurde, verkündete der Richter: „Das Wachpersonal kann den Raum verlassen. Der Bürger David Klassen wird freigesprochen."

Mit eigenartig musternden Blicken räumten die Soldaten das Feld. Und jener, der vorher von getrocknetem Brot auf fünfzehn Jahre gesprochen hatte, war sehr beschämt.

Die Freude, daß Vater als freier Mann wieder mit uns nach Hause durfte, werde ich nie vergessen. Sie war so groß, daß ich wie toll herumsprang, bis mich Vater unter den Armen packte und mich hoch in die Luft hob...

* * *

Am 18. August 1941 rückten die deutschen Truppen über Kriwoj Rog, Dnepropetrowsk und Saporoshje zum Dnepr vor und die Russen begannen damit, die deutsche Bevölkerung zu evakuieren. Aber sie kamen nicht zu Ende damit, weil die deutschen Truppen zu schnell vorrückten. Ein Großteil von uns blieb in den angestammten Orten zurück.

Dann geriet der Vormarsch der Deutschen ins Stocken und unser Ort, weil er im Frontabschnitt lag, war zwei Monate lang heftigem Artilleriefeuer und Bombenangriffen ausgesetzt. Während dieser Zeit lebten wir fast ausschließlich im Luftschutzkeller und kamen, dem Herrn sei's gedankt, auch alle mit dem Leben davon. In der Familie unseres Nachbarn waren drei Tote zu beklagen. Sie kamen bei einem Luftangriff ums Leben.

Dann, als die Deutschen weiter vorrückten, verließen wir unseren völlig zertrümmerten Ort und zogen nach Rosenrot, einem Dorf in der Molotschna-Kolonie.

Das erste nähere Zusammentreffen mit den deutschen Soldaten ist mir noch gut in Erinnerung, weil ich auf ihrem Koppelschloß die Bibelworte: „Gott mit uns“ las.

Naiv wie ich war, schloß ich daraus, daß alle im Glauben standen. Tatsächlich konnte in den Schulen nun auch wieder Religionsunterricht erteilt werden und wir waren froh darüber. Aber unsere Freude währte nicht lange, denn schon bald wurde dieses Unterrichtsfach von der Gestapo wieder verboten. In Sagradowo zwang man sogar den Pastor, während des Gottesdienstes aus Hitlers „Mein Kampf“ zu lesen.

Dann, im Verlauf des Schuljahres 1942 - 43, ich wohnte damals in Halbstadt, trat ich in die „Hitlerjugend“, die („HJ“) ein. Das war ein Wechsel! Zuerst ließ ich mich für den Kommunismus begeistern, wurde sogar ausgezeichnet, und jetzt war ich ein „Hitlerjunge“!

Unser Leiter war Oberscharführer Zobel. Als er uns eines Montages antreten ließ, fragte er: „Wer war gestern in der Kirche?“

Es meldeten sich vier Jungen und Zobel wollte von ihnen wissen: „Über was wurde gepredigt?“

Die vier sagten es ihm und er schrie aufgeregt: „Wer waren denn Abraham, Isaak, Jakob, Mose und David? – Juden waren das! Und was wir mit den Juden machen, das wißt ihr doch! – Wir hängen sie auf!“

Ich hatte schon 1941 erlebt, wie die Gestapo mit den Juden umging und trotzdem war ich jetzt HJler geworden. Ich gehörte sogar zu der Ehrengarde und stand dicht neben Heinrich Himmler, dem Stellvertreter Hitlers, als der 1943 Halbstadt besuchte. Doch die goldenen Zeiten, die er in seiner Rede versprach, traten nicht ein. Schon wenig später, nach der verlorenen Schlacht um Stalingrad, wurden die deutschen Truppen zum Rückzug gezwungen und wir, als „Volksdeutsche“, flohen aus Rußland.

Im Dezember 1943 waren wir in Demkowze, einem Dorf im Gebiet Kamenopodolsk, nahe der polnischen Grenze. Hier wurden wir während einer Nacht von Partisanen überfallen. Sie kamen auf dreiundfünfzig Schlitten und trugen deutsche Uniformen. Doch als der Wachposten die Patrouille forderte, wurde ihm eine bleihaltige Antwort gegeben.

„Jungs, rettet mich und rettet euch!“ rief der Posten zum Gebäude hin, in dem seine Kameraden noch in den Betten lagen. Dann sank er in den Schnee und verblutete.

Seine Kameraden konnten ihm leider nicht zu Hilfe kommen. Sie mußten selbst um ihr Leben bangen und zusehen, daß sie in Sicherheit kamen. Einige von ihnen konnten sich noch nicht einmal ankleiden, sprangen in Unterhosen aus den Fenstern und flohen.

Franz Dick, der auf der Krim Kontakt zu Tatarenbanden hatte, übte auch jetzt noch großen Einfluß auf mich aus und forderte: „Komm mit! Beeil dich!“

Ich folgte ihm und wir schlichen in das von der deutschen Zivilpolizei verlassene Gebäude, bewaffneten uns mit zurückgelassenen Gewehren, nahmen an den Fenstern Aufstellung und waren zum Angriff wie zur Verteidigung bereit. Meine Eltern ahnten von unserem Vorgehen nichts. Heute weiß ich, daß unser Treiben großer Unsinn war, aber damals sah ich das nicht so und es hätte wer weiß was mit uns passieren können.

Ganz ohne Wirkung blieb dieses Erlebnis für mich jedoch nicht. Es leitete sogar die entscheidende Wende in meinem Leben ein, weil ich den Schrei des sterbenden Wachpostens nicht los wurde: „...rettet euch!“ – Und alles, was mir einst im kommunistischen und dann im faschistischen Sinn beigebracht worden war, geriet ins Wanken. Ich wurde unsicher und unzufrieden und das Schlimmste war, daß mich mein Gewissen anklagte.

So kam der Sonntag, an dem in Demkowze ein Gottesdienst stattfand, den auch ich besuchte, gerne sogar – es zog mich irgendwie. Die Predigt wurde von Prediger Heinrich Balau gehalten und war sehr ernst. Plötzlich mußte ich an den erschossenen Wachposten denken. Er war noch sehr jung, vermutlich nur wenig älter als ich.

„Dieser Junge", so schoß es mir durch den Kopf, „erlebt nun das Neue Jahr nicht mehr. – Wo wärst denn du, wenn es dich getroffen hätte? – Daheim, beim himmlischen Vater?" Diese Frage konnte ich nicht mit einem eindeutigen Ja beantworten. Denn wo gehorchte ich seinem Wort? Das Heimkommen war aber doch an den Gehorsam gebunden!

In diesem Moment sagte Prediger Balau: "Wer zu Jesus finden möchte, der kann hier bleiben. Wir können dann zusammen über Einzelheiten sprechen und beten."

Während des Schlußgebets begann mein Herz wie wild zu pochen. Ich wußte, daß ich zurückbleiben und mein Leben in Ordnung bringen mußte. Dann löste sich die Versammlung auf. Ich ging bis zur Tür und blieb stehen. In mir begann es zu kämpfen. Ich geriet in eine furchtbare Zerreißprobe, weil zwei Stimmen in mir waren. Die eine sagte: „Bleib", die andere: „Geh". Schließlich gehorchte ich der letzteren und verließ den Raum. Nachdem ich einige Meter gegangen war, blieb ich kurz stehen und kehrte wieder um. Aber ich kam nicht weiter als bis zur Tür. Auf der Schwelle machte ich halt und hatte das Empfinden, daß alle, die noch im Raum waren, nach mir sahen. Plötzlich überkam mich eine große Scham und ich ging wieder nach draußen. Diesmal entfernte ich mich ein größeres Stück, aber ich ging nicht nach Hause, sondern kehrte wieder um und hoffte, daß mich jemand ansprechen, nach meiner Not fragen würde. Aber das geschah nicht. Die restlichen Gottesdienstbesucher gingen schweigend an mir vorbei. Jetzt ging auch ich heim und war sehr aufgewühlt...

Im März 1944 kamen wir nach Warthegau, Kreis Hermannsbad. Seit unserer Ausreise aus Rußland waren etwa sechs Monate vergangen, die voller Leid und Sorgen, Mühen und Qual waren. Unsere Familie war inzwischen auf zehn Personen angewachsen, da in Demkowze, wo uns die Partisanen überfielen, mein Bruder Heinrich am zweiten Weihnachtsfeiertag geboren wurde. Als wir in Weichselstadt, der Bahnstation von Warthegau, ankamen, wurden wir von der reichsdeutschen Bevölkerung eigenartig bestaunt.

„Was haben sie nur?“ fragten wir uns.

Die Antwort darauf erhielten wir, als sich zwei Frauen unterhielten und die eine sagte: „Das sind ja Menschen wie wir.“

„Ja, ich versteh das auch nicht“, meinte die andere. „Uns haben die Soldaten doch erzählt, daß die Schwarzmeerdeutschen nur ein Auge hätten, das mitten auf der Stirn sei.“

Die beiden dachten wohl, wir verstünden sie nicht, weil wir einen plattdeutschen Dialekt sprachen, der ihnen fremd war. Und die Geschichte mit dem einen Auge hatten ihnen wohl Fronturlauber erzählt, die sich einen Spaß machen wollten.

Wir bissen die Zähne zusammen, um nicht lauthals loszulachen. Aber unsere Beherrschung dauerte nicht lange und wir platzten dann doch heraus. Jetzt wußten die beiden, daß wir sie verstanden hatten, liefen vor Scham rot an und gingen davon.

Über die nächste Begebenheit konnten wir allerdings nicht mehr lachen. Uns wurden nämlich die Pferde und Kühe, die wir nahezu zweitausend Kilometer bis nach Weichselstadt mitgeführt hatten, auf Anordnung der deutschen Behörden weggenommen. Für uns, die wir vierzehn Jahre vorher das gleiche in Rußland erlebt hatten, war das eine äußerst bittere Geschichte.

Die Pferde wurden in eine Ziegelei getrieben, wo sie halb verhungerten bevor sie geschlachtet und zu Wurst verarbeitet wurden. Als mein Vater mit anderen Männern von dieser Quälerei erfuhr, beschwerten sie sich bei der Behörde darüber. Sie wurden jedoch mit der Antwort abgewiesen: „Seid froh, daß wir euch von den Kommunisten befreit haben.“

Das war alles andere als befriedigend. Es war aber nicht die einzige Sache, die uns demütigte. Es folgten deren noch viele und meine Eltern, die oft das Lied sangen: „Von der Erde reiß mich los, mache meinen Glauben groß...“ mußten diese Worte nun in die Tat umsetzen. Das ging aber nicht so leicht wie sie sich singen ließen...

Einen Tag nach dem unbefriedigenden Besuch auf der Behörde ging Vater in ein Bekleidungshaus, um sich eine Mütze zu kaufen, da die seine während der langen Reise manchem Wetter ausgesetzt und kaputtgegangen war. Der Besitzer des Geschäftes trat höflich auf ihn zu und bat, wie es damals in Deutschland Vorschrift war, um den entsprechenden Bezugsschein. Den konnte mein Vater aber nicht vorlegen. Wie hätte er auch in den Besitz eines solchen gelangen sollen, wo wir doch eben erst aus Rußland gekommen waren!

„Dann kann ich Ihnen leider keine Mütze geben“, erklärte der Geschäftsinhaber ebenso höflich wie vorher.

Damit konnte Vater sich aber nicht den Kopf bedecken. Weil er den aber bedeckt haben wollte, ließ er sich nicht abweisen und sagte: „Herr Chef, ich komme mit meiner Familie aus Rußland. Alles, was ich besaß, hat man mir weggenommen. Wie Sie sehen, hab ich jetzt noch nicht einmal mehr eine Mütze, um meinen Kopf zu bedecken. Sagen Sie mir, Herr Chef, wozu hat der liebe Gott mir den Kopf gegeben, wenn ich für ihn noch nicht einmal eine Mütze bekommen kann?“

Der Geschäftsmann schmunzelte etwas, kratzte sich hinter den Ohren und reichte meinem Vater eine Mütze mit den Worten: “Da, probieren Sie, ob sie Ihnen paßt.“

Sie paßte, und Vater kam nicht mehr bloßköpfig zurück.

In Weichselstadt kamen wir zunächst in ein Sammellager und wurden später auf Gut Pozolkowo einquartiert. Hier arbeiteten mein Vater, mein Bruder Hans und ich in der Gärtnerei. Obwohl mir die Arbeit Spaß machte, verliefen die Tage doch ziemlich eintönig.

Da wurden wir von dem Ehepaar Nikolaj Wiens, unseren Nachbarn aus Rosenrot, zur Silberhochzeit eingeladen. Diese Einladung kam mir sehr gelegen, weil ich in ihr eine angenehme Abwechslung sah und ich fieberte dem Jubelfest, das am 23. Juni stattfinden sollte, entgegen. Daß dieser Tag zu dem entscheidendsten in meinem Leben werden sollte, ahnte ich aber nicht.

Ich wußte es noch nicht einmal, als ich gegen Ende der Feier nach draußen ging und mich auf dem Hof unter einen Baum stellte. In Gedanken versunken nahm ich nicht wahr, wer von den anderen Gästen das Haus verließ und sich auf den Heimweg machte.

Mit einem Mal stand Prediger Nikolaj Enns vor mir. Er reichte mir freundlich die Hand und fragte: „Wie geht es dir?“

Ich schwieg, weil ich weder die Wahrheit sagen, noch lügen wollte.

„Bist du zum Sterben bereit?“ fragte er in die Stille hinein.

„Nein“, sagte ich und war mehr als verwundert, daß er mich in diesem Augenblick so etwas fragte.

„Willst du dich bekehren?“ hakte er nach.

„Ja“, sagte ich und sah ihn voll an. Mir war schon seit langem klar, daß ich so wie bisher nicht mehr weiterleben konnte. Den letzten und dringlichsten Anstoß dazu hatte mir der von den Partisanen erschossene Wachsoldat mit seinem Schrei gegeben: "...rettet euch!"

„Dann komm doch bitte heute abend um neunzehn Uhr zur Gebetsgemeinschaft", sagte Prediger Enns.

Das war mir nun gar nicht recht. Zu dieser Gebetsgemeinschaft wollten auch meine Eltern und ich hatte mir vorgenommen, mich einmal nicht in ihrem Beisein zu bekehren. Ganz einfach deshalb nicht, weil ich mich schämte.

Dann ging mir aber auf, daß es nicht recht war, die Eltern von meiner Bekehrung auszuschließen, und ich versprach dem Prediger zu kommen.

Pünktlich war ich in dem Haus, in dem die Versammlung stattfand, und Prediger Enns las zur Einleitung den ersten Psalm: „Wohl dem, der nicht wandelt im Rat der Gottlosen, noch tritt auf den Weg der Sünder, noch sitzt wo die Spötter sitzen..."

Diese Worte trafen mich bis tief ins Herz. Ich wußte genau, du gehörst nicht zu jenen, denen das hier zugesagte „Wohl..." gilt. Du bist noch auf der Seite derer, über denen das „Wehe..." steht.

Wie alle Versammelten, ging auch ich auf die Knie. Aber ich konnte nicht beten. Mir war, als ob mir jemand den Mund zuhielte. – „Was machst du, wenn einer gleichzeitig mit dir anfängt?" fragte ich mich und schob mein Gebet hinaus. „Laß erst den noch beten...und den...und den...und den..."

Schließlich brachte ich den Mund aber doch auf. Ich bekannte aber nicht sofort meine Schuld, sondern sagte: „Danke, Herr Jesus, daß du mir den Mund geöffnet hast und ich dich anrufen kann..." und – dann kam all das andere.

Als ich von den Knien aufstand, nahmen meine Eltern mich vor Freude in die Arme und ich bat auch sie, wie vorher den Herrn, um Vergebung. Wieder zu Hause, entschuldigte ich mich auch bei meinen Geschwistern für die Schläge, die sie hauptsächlich nach dem fünfundzwanzigsten April von mir erhalten hatten.

An diesem Tag wurden wir nämlich in Hermannsbad eingebürgert, um nun auch rechtmäßig Deutsche zu sein, und ich erhielt einen neuen Vornamen, weil David ein jüdischer Name, und somit eines deutschen Jungen unwürdig war.

Als mich der Beamte fragte, wie ich nun heißen möchte, schlug ich Heinrich vor. Aber das ging nicht, weil schon einer meiner jüngeren Brüder so hieß.

„Dann will ich Viktor heißen!“ sagte ich.

Darauf ging aber der Beamte nicht ein. Er sprach davon, das sei ein lateinischer Name, den könnte er mir nicht geben, weil Deutschland mit Amerika Krieg führe und so...

„Nimm doch meinen Namen. Laß dich Gerhard nennen. Ich schenke dir auch den Stoff für eine neue Hose“, schaltete sich Onkel Gerhard ein.

Das ärgerte mich. Ich wollte meinen Namen nicht für eine Hose eintauschen. Ich wurde wütend und weinte. Da kam der Beamte her und schrieb einfach den Namen „Arnold“ in meine Papiere.

Diesen Namen wollte ich natürlich auch nicht. Aber ich hieß jetzt so. Doch wenn mich meine Geschwister damit anredeten, schlug ich auf sie ein.

Für diese Schläge bat ich sie jetzt um Vergebung und freute mich darüber, daß ich so handeln konnte. War es doch ein Zeichen dafür, daß ich zu Jesus gehörte. Vorher gelang es mir nur schwerlich, zu meinem Versagen zu stehen, geschweige denn mich darüber zu freuen, daß ich um Vergebung bitten konnte.

* * *

Ende Juli 1944, also etwa einen Monat nach meiner Bekehrung, wurde ich als Hitler-Junge zum Wehrmachts-Einsatz gerufen. Mit noch zehn HJ-lern kam ich nachts gegen ein Uhr auf dem Bahnhof in Waldrode an.

Da unser Einsatzort aber neun Kilometer entfernt lag, mußten wir noch einen zweistündigen Fußmarsch auf uns nehmen und wurden in einer großen katholischen Kirche untergebracht, die man zur Kaserne umfunktioniert hatte. Sterbensmüde legten wir uns, wie die bereits anwesenden Jugendlichen, auf die noch freien zweistufigen Pritschen.

Um sieben Uhr schallte der Ruf durch den Kirchenraum: „Aufstehn!“ – Wenig später folgte das Kommando: „Waschen!“ – Minuten danach kam die Aufforderung: „Frühstück!“ Wir elf Neuankömmlinge fragten nach einer Waschgelegenheit und bekamen eine Pumpe vor der Kirche gezeigt. Kaum hatten wir uns frischgemacht, wurde in die Kirche gerufen: „Antreten!“

„Nun, ohne Frühstück geht das ja nicht“, dachten wir, legten unsere Koffer auf den gepflasterten Kirchenboden und begannen von den Kostbarkeiten zu essen, die wir von zu Hause mitgebracht hatten.

Plötzlich ging die Tür auf und der Unteroffizier kam herein. „Was macht ihr hier?“ fragte er barsch.

Wir wunderten uns. Er sah doch was wir taten. Oder stimmte mit seinen Augen etwas nicht?

„Herr Unteroffizier, wir frühstücken“, klärten wir ihn auf.

Da wurde er furchtbar böse und schrie: „Hinlegen! Auf den Ellenbogen rauskriechen! Marsch, marsch!“

Schon lagen wir auf dem Bauch und krochen wie Raupen den Fußboden entlang. Als wir zu den Treppenstufen kamen, stand ich auf und gedachte wie ein normaler Mensch die Treppe hinunterzugehen. Die anderen taten es mir gleich.

Da brach es wie ein gewaltiges Donnern über uns herein. Wir mußten uns wieder hinlegen und auch die Stufen herunterkriechen. Irgendwie fanden wir das lächerlich, so behandelt zu werden. Aber uns sollte bald das Lachen vergehen.

Als wir vor der Kirche ankamen, wo zweitausendfünfhundert HJ-ler angetreten waren, übergab uns der Unteroffizier zur „besonderen Behandlung“ an einen Offizier, der an der Front einen Genickschuß erhalten hatte und deshalb, hinter vorgehaltener Hand, „Genickschußkommissar“ genannt wurde. Das war ein gehässiger Spitzname, aber ich begriff schon bald, weshalb den Mann niemand leiden mochte. Er war ein „Schleifer“ ersten Grades, auch uns elf Jungen gegenüber. In barschem Ton kommandierte er uns zu einem großen freien Gelände. Auf dem stellte er sich in die Mitte, und nahm seine Trillerpfeife in den Mund. Immer wenn er pfiff, mußten wir uns hinwerfen und das Gelände auf den Ellenbogen umrobben.

Nach einer gewissen Zeit lachte von uns Jungen keiner mehr. Im Gegenteil, wir weinten, weil unsre Ellenbogen durchgescheuert waren und bluteten. Aber den „Genickschußkommissar“ kümmerte das wenig. Er trieb es sogar noch ärger mit uns. Wir mußten mit den Händen die Jauche aus der Toilettengrube schöpfen und auf jeden Pfiff hin rasch vor dem Tyrannen antreten.

Zu allem Übel zwang er uns dann noch, beim Marschieren die schändlichsten Nazilieder zu singen. In einem hieß es: „Fürs Hakenkreuz, in blut'ger Schlacht, geh'n wir mit Freuden in den Tod...“

Das und auch andere Lieder, konnte ich, der ich Christ geworden war, aus Gewissensgründen nicht mitsingen. Doch Schweigen, ich wußte es, war ein grobes Vergehen. Ich mußte mit einer saftigen Strafe rechnen, wenn ich erwischt wurde. Und die Gefahr erwischt zu werden war groß, weil es genügend Aufpasser gab. – Ich überlegte, ob ich nicht einfach nur den Mund mitbewegen sollte. Aber ich unterließ es, weil es schlichtweg Betrug war. Und so kam es wie es kommen mußte: ich wurde erwischt und der „Genickschußkommissar“ wandte die schreckliche Regel an: Einer für alle, alle für einen. – Das hieß: alle anwesenden Hitler-Jungen wurden wie ich geschliffen.

Dann, als wir zu einer kurzen Verschnaufpause in der Kirche auf unseren Pritschen lagen, erfolgte die Rache der Kameraden. In einem Nu rissen sie mich vom Lager, warfen mich auf den steinernen Fußboden und breiteten, damit ich nichts mehr sehen konnte, eine Decke über mich. Dann ging ein wildes Trommelfeuer von Knüppel-, Koppelschlägen und Fußtritten auf mich nieder. Als die Decke wieder von mir genommen wurde, erklärten die Jungen, daß diese Prozedur „Schwarze Kuh“ genannt werde, was meine Schmerzen aber nicht im Geringsten linderte.

Nach dem Abendbrot mußten wir uns waschen und schlafengehen. Ich streckte mich mit unterdrücktem Seufzen, weil die Striemen und Beulen schmerzten, auf der Pritsche aus. Irgendwie war ich aber doch froh, daß ich nun meine Ruhe hatte und befahl alle mir widerfahrene Ungerechtigkeit dem an, der ein gerechter Richter ist.

Weil in der Kirche siebenhundert Leute untergebracht waren, hatten wir, um bessere Luft zu haben, die Tür offengelassen. Mit einem Mal hörte ich den Unteroffizier in zynischem Ton sagen: „Macht die Tür zu, damit der Heilige Geist nicht rein kommt!“ Dann ging er die Wendeltreppe hoch auf die Empore, um uns besser beobachten zu können.

Einer, der an diesem Tag beim Ausschachten der Panzerschutzgräben Wurzelstücke fand, die in der Dunkelheit wie Glut leuchteten, hatte sie mit in die Kirche genommen und neben seine Pritsche gelegt.

Plötzlich kam von der Empore das schallende Kommando: „Zigarette löschen!“

Sobald es jedoch dunkel war, wurde der Unteroffizier aus dem dunklen Kirchenschiff mit Käsestücken und sauren Gurken beworfen. Das hatte wieder das schreckliche Spiel „Einer für alle, alle für einen“ zur Folge. Wir mußten in den Unterhosen vor der Kirche antreten und dann hundertmal um das Gebäude rennen. Auf diesen Nachtsport hätte ich, dem alle Rippen schmerzten, verzichten können.

Als die Russen weiter vorrückten, zeigte sich, daß die von uns ausgehobenen Panzerschutzgräben und erstellten Bunker nicht mehr wert waren, als von Kindern erbaute Burgen im Sandkasten.

Bald wurden wir auch aus dem nutzlosen Dienst entlassen. Als ich nach Hause kam erfuhr ich, daß Vater als Soldat in Prag war und mein Bruder Hans im Landdienst in Posen.

Am 17. Dezember 1944 konnte ich dann endlich getauft werden. Die Handlung fand in Thorn statt und wurde von Bruder Eichhort vorgenommen. Bruder Isaak Löwen legte mir die Hände auf und sprach den 23. Psalm als Segen über mir.

Kurz vor Weihnachten kamen mein Vater und mein Bruder für wenige Tage auf Urlaub. Als sie wieder wegfuhren, ahnten wir nicht, daß wir uns erst dreißig Jahre später wieder sehen würden.

* * *

Ende Januar 1945 zogen die russischen Truppen bei uns ein und am 6. Februar wurde ich von den Polen verhaftet, nur weil ich Deutscher war. Man steckte mich zu anderen Gefangenen in eine Zelle ohne Fenster. Licht bekamen wir nur dann zu sehen, wenn sich die Zellentür öffnete und ein weiterer Gefangener zu uns gepfercht wurde.

Ich war damals siebzehn Jahre alt und überlegte: „Wenn du hier schon sonst nichts tun kannst, dann solltest du etwas für Jesus tun und den Mitgefangenen das Evangelium weitersagen."

Doch das war leichter gedacht als getan. Predigen konnte ich damals noch nicht und zum Singen fehlte mir der Mut. Da – plötzlich begann sich ein Gefangener über das Lied „Jesu geh voran..." lustig zu machen.

Als er seinen Spott ausgeschüttet hatte, schämte ich mich, weil ich denken mußte: „Der hat keine Hemmungen den Herrn lächerlich zu machen, du aber scheust dich, ihn zu loben!"

Wenig später öffnete sich wieder die Tür, und ein weiterer Gefangener wurde hereingeschoben. Während dieses Augenblicks entdeckte ich an meiner Pritsche einen Nagel. Ich packte ihn mit den Fingern, wackelte an ihm herum, bis er sich herausziehen ließ, und kratzte mit ihm die Worte in die Wand: „Jesus nimmt die Sünder an."

Dann betete ich im Stillen: „Herr, schenke es, daß einmal Licht darauf fällt, die Gefangene es lesen und zum Glauben an dich kommen."

Als ich nach Wochen aus dieser Zelle kam, um in ein größeres Gefängnis verlegt zu werden, schmerzte mich das Tageslicht an den Augen. Ich brauchte einige Minuten, bis ich mich wieder daran gewöhnt hatte und auch draußen im Schnee die Augen offenhalten konnte.

In dem neuen Gefängnis, wurde ich zu dreihundert Gefangenen in einen Raum gesteckt. Wir hatten aber keine Pritschen zum Liegen und keine Waschgelegenheit. Unser tägliches Essen bestand aus zweihundert Gramm Brot und Wasser. Nach dem morgendlichen Wecken, was um sieben Uhr erfolgte, mußten wir alle auf den Gefängnishof. Es war aber mit Schwierigkeiten verbunden, dorthin zu gelangen. Links und rechts des Ausganges standen nämlich die Gefängniswärter mit Gummiknüppeln und schlugen erbarmungslos auf die herausströmenden Häftlinge ein.

Weil jeder möglichst schnell an den Schlägern vorbeikommen wollte, entstand an der Tür jedesmal ein furchtbares Gedränge und Gequetsche, so daß kaum noch ein Fortkommen möglich war, und alle um so mehr Prügel erhielten. Es kam sogar vor, daß einige totgeschlagen wurden.

Auf dem Gefängnishof angekommen, mußten wir uns, obwohl es Winter war, bis auf die Unterwäsche ausziehen und auf den Bauch legen. Dann wurde uns befohlen, auf den Ellenbogen bis zum Teich zu kriechen. Hier hatten wir Löcher in das Eis zu schlagen und uns zu waschen. War das geschehen, mußten wir wieder auf den Ellenbogen zurückkriechen. An Abtrocknen war nicht zu denken, dafür wurde uns aber mit Gummiknüppeln und Gewehrkolben auf den Rücken geschlagen.

Nicht selten wurden wir auch gezwungen, auf dem Gefängnishof und in den Zellen Folterungen beizuwohnen. Durch diese Maßnahme sollten wir gefügig gemacht, jeder Widerstand bei uns gebrochen werden.

Der zur Folterung bestimmte Gefangene mußte sich mit ausgestreckten Händen auf den Bauch legen. Dann stellte sich ihm ein Soldat auf die Hände, ein zweiter auf die Füße und dann droschen die beiden mit ihren Gummiknüppeln auf seinen Rücken. Vom danebenstehenden Offizier wurde dem so Gequälten befohlen, die Schläge zu zählen.

Zwischen zehn und fünfzehn hörten die meisten auf: ein Zeichen, daß sie bewußtlos waren. Jetzt schlugen die Soldaten so lange zu, wie es dem befehlenden Offizier gefiel. Daß mancher diese Prozedur nicht lebend überstand, brauch ich wohl nicht zu erwähnen. Vielen, die man mit kaltem Wasser wieder ins Bewußtsein zurückholte, war der Stuhl und der Urin losgegangen und man zwang sie nun, ihren Kot aufzuessen.

Auch kam es vor, daß Männer auf dem Gefängnisflur erschlagen oder erschossen wurden, und das Blut von ihren Schwestern oder Frauen aufgewischt werden mußte.

Was mit den gefangenen Mädchen und Frauen geschah, schäme ich mich im einzelnen zu berichten. Obwohl sie ihre Gesichter mit Ruß beschmierten, um sich unansehnlich zu machen, wurden sie doch aufs schrecklichste behandelt und vergewaltigt. Manche stürzten dadurch in solche Tiefen, daß sie Selbstmord begingen.

Ich wurde mit noch zwei Gefangenen zu einem besonderen Auftrag herangezogen, der darin bestand, daß man uns wie Zugtiere vor einen Wagen mit einem großen Faß spannte, in dem von einem benachbarten Bauernhof Wasser geholt werden mußte, weil die Leitung zum Gefängnis durch Kriegseinwirkung zerstört war. Während wir den Wagen zogen, wurden wir schlimmer wie manche Zugtiere geschlagen. Es war oft grausam.

Einem unserer Bewacher muß ich leid getan haben, denn er wollte mich freikaufen. Das war nach dem polnischen Gesetz für Kinder bis zu fünfzehn Jahren möglich.

Keine Frage, dieses Angebot war verlockend, – sehr verlockend sogar. Man hätte mir auch geglaubt, daß ich nicht älter als fünfzehn sei, weil ich klein und schmächtig war. Aber ich zählte nun einmal siebzehn Jahre und weil ich Christ war, wollte ich nicht lügen. Somit blieb ich im Gefängnis und hatte jeden Tag meine Plage. In jener Zeit haben mich die Worte aus dem dreiundsiebzigsten Psalm oft beschäftigt: „Soll es denn umsonst sein, daß ich mein Herz rein hielt und meine Hände in Unschuld wasche? – Ich bin doch täglich geplagt, und meine Züchtigung ist alle Morgen da..."

Doch es sollte noch dunkler um mich werden; und zwar in der Nacht vom 23. zum 24. Februar 1945. Das war der Tag, der im damaligen Rußland als „Tag der roten Armee" gefeiert wurde. Zunächst brachte er für mich einen Hoffnungsschimmer in das graue Einerlei. Es kamen Soldaten ins Gefängnis, denen wir Anliegen vorbringen konnten, die uns bedrängten.

Ich erzählte wer ich war, woher ich kam und – daß ich unschuldig einsaß. Sie schauten mich aber nur groß an, zuckten mit den Schultern und gingen wieder.

Dann kam der Abend. Obwohl der Himmel sternenklar war und die Nacht erhellte, brauten sich über dem Gefängnis unsichtbare dunkle Wolken zusammen. Diese Nacht sollte sogar eine der dunkelsten

Nächte meines Lebens werden. Das hing mit dem „Tag der roten Armee“ zusammen.

Er wäre nämlich kein richtiger russischer Feiertag gewesen, wenn nicht tüchtig getrunken worden wäre. Und wie viele andere im Land, waren auch die uns bewachenden Soldaten total betrunken. Mit einem Mal, wir Gefangenen hatten uns schon zum Schlafen niedergelegt, stürzten die Soldaten unter dem Befehl ihrer Offiziere ins Gefängnis, hießen uns aufstehen und antreten. Dann gingen die Offiziere an uns vorüber und leuchteten mit ihren Taschenlampen einem jeden in die Augen.

Ohne den Namen oder irgendeinen Anhaltspunkt zu nennen, wurde verschiedenen Häftlingen befohlen, aus der Reihe herauszutreten und sich gesondert aufzustellen. Als ungefähr zwanzig Mann zusammen waren, wurden sie unter Bewachung aus dem Gefängnis hinauskommandiert. Minuten später hörten wir Maschinengewehre rattern.

Wenig später kamen die betrunkenen Horden wieder hereingestürmt und wiederholten das gleiche Spiel. Dann hörten wir von draußen erneut das Rattern der Maschinengewehre. So ging es die ganze Nacht hindurch und es wurden immer weniger im Gefängnis.

Schließlich stand einer der Offiziere auch vor mir. Er leuchtete mir in die Augen und sah mich eindringlich an.

„Jetzt ist der Augenblick gekommen, den du dir in den vergangenen Stunden immer wieder ausgemalt hast. Kein Zweifel, jetzt bist du an der Reihe! Nach ein paar Minuten wird dich eine Kugel niederstrekken“, dachte ich.

Doch der Offizier sagte kurz: „Bist noch jung, kannst noch arbeiten.“

So richtig freuen konnte ich mich über die Verschonung aber nicht. Zum einen war ja nicht ausgemacht, daß ich beim nächsten Schub nicht doch bei denen war, die man draußen grundlos niederschoß, und zum anderen hatte ich schon ziemlich mit meinem Leben abgeschlossen. Ich dachte mir, daß es besser wäre durch eine Kugel möglichst schnell zum Herrn zu kommen, als am nächsten Morgen wieder geschlagen und gepeinigt zu werden...

Draußen ratterten wieder die Maschinengewehre. Ich wußte: wenn sie noch mal kommen, dann ist im Gegensatz zu vorher keine Auslese mehr möglich, dann bist auch du dran – endgültig.

„Ach“, schoß es mir durch den Kopf, „wenn sie dich doch schon gleich beim ersten Schub mit hinausgenommen hätten. Dann hättest du alles schon längst hinter dir. So hast du die ganze Nacht schlaflos und voller Ängste verbracht und..."

Auf den Treppen wurde wieder das bekannte Trampeln laut. Es hörte sich wie die Hufschläge einer Herde wilder Rosse an. Eigenartig, ich konnte jetzt doch nicht so ruhig bleiben wie ich vorher gedacht hatte. Mein Herz schlug rasend. Da wurde die Tür aufgestoßen und man führte uns hinaus wie Tiere zur Schlachtbank. – Dann standen wir vor einem Schützengraben. Er war mit toten Häftlingen überfüllt. In wenigen Minuten würden auch wir da liegen, als oberste Schicht. – Alles war still. Nur hinter uns hörten wir das Klirren der Gewehre und die Befehle, die von den Offizieren an die Soldaten gegeben wurden.

Plötzlich, wie ein Blitz, durchzuckte mich der Gedanke: „Flieh!" Doch wo hätte ich hinfliehen sollen! So rasch wie die Soldaten schießen konnten, war ich in keinem Versteck. Also blieb ich an dem Graben vor den toten Gefangenen stehen, faltete die Hände, sah zu den Sternen hinauf und betete im Stillen, oder besser gesagt – ich seufzte im Stillen. „Vater, ich danke dir, daß ich weiß, wenn einst die himmlischen Posaunen erschallen, wirst du mich aus diesem Graben von den Toten auferwecken! Amen."

Ich wurde ganz ruhig. Es kam sogar eine gewisse Freude in mir auf. Ich zählte mich schon zu den Toten und konnte dafür danken, daß ich bald daheim war...

Aber da kam der Befehl: „Nicht schießen! Laßt sie am Leben!"

Hatten sie Mitleid mit uns? Waren sie plötzlich barmherzig geworden? – Keines von beiden. In ihrer Betrunkenheit waren sie zu faul, die Toten zuzuschaufeln, deshalb ließen sie uns am Leben. Sie drückten uns Spaten und Schaufel in die Hand und erteilten den Befehl: „Zuscharren!"

Wir gehorchten. Doch welch ein Schreck durchfuhr mich! Als wir die ersten Schaufeln Erde und Schnee auf die Häftlinge warfen, bewegten sich einige wieder. Sie seufzten und stöhnten sogar! Sie waren von den betrunkenen Soldaten in der Dunkelheit nicht richtig getroffen worden und lebten noch. Jetzt wurde nochmals mit den Maschinengewehren in den Graben gefeuert. Aber richtig tot waren alle Gefangenen noch immer nicht. Als wir weiter schaufelten, bewegte sich die Erde über ihnen noch leicht.

Dann, als das Massengrab so zugeschaufelt war, wie die Offiziere es wünschten, führte man uns, den kleinen Rest, wieder ins Gefängnis. Der neue Tag brachte uns aber nichts Neues, sondern wieder die gewohnten Plagen. Wir mußten auf den Ellenbogen zum Teich kriechen und wurden diesmal, – wie mir schien, – noch heftiger geschlagen als sonst. Wollte man uns etwa die Erinnerung an die schreckliche Nacht ausprügeln?

Nach dem Empfang der zweihundert Gramm Brot, – die wir, obwohl sie für drei Mahlzeiten gedacht waren, auf einmal verschlangen, – wurden wir wieder zu dritt vor den Wagen gespannt und es ging zu dem Bauernhof, Wasser holen. Während wir das Faß mit einer Handpumpe füllten, verschwand unser Wachsoldat im Haus und unterhielt sich mit den Bauersleuten. Rasch lief ich in den Stall, erwischte die Laterne und kippte mir das Petroleum über den Kopf, um mich von den Läusen zu befreien.

Als der Soldat zurückkam, schnupperte er kurz und wußte sofort, was geschehen war. Natürlich erhielt ich die unvermeidliche Strafe: Prügel, Prügel und nochmals Prügel. Ich hatte mir die Ruhe vor den Läusen teuer erkauft.

Selbst als wir uns schon auf dem Rückweg befanden, drosch der Soldat noch erbarmungslos auf mich ein. Für die beiden Gefangenen, die mit mir vor den Wagen gespannt waren, war das von Vorteil, sie bekamen diesmal keine Schläge ab. Aber sie hatten Mitleid mit mir und zogen eifrig, daß wir möglichst schnell zum Gefängnis kamen und ich von dem Quälgeist in Ruhe gelassen wurde.

Kurz bevor wir unser Ziel erreichten, kamen uns zwei Männer auf einer Pferdekutsche entgegen, die mich kannten. Als sie sahen, wie ich mißhandelt wurde, waren sie so entsetzt, daß ihnen die Tränen kamen. Ich konnte mich aber nicht weiter mit ihnen verständigen, weil sich das Gefängnistor öffnete, und wir eilend hindurchgetrieben wurden. Dann schloß es sich wieder hinter uns.

Doch als wir am nächsten Tag von der Wasserfahrt zurückkamen, stand die besagte Pferdekutsche auf dem Gefängnishof und ich wurde zum Offiziersstab beordert. Mit einem komischen Gefühl im Magen machte ich mich auf den Weg. Als ich den Raum betrat, in dem sich die Herren versammelt hatten, sah ich an den Wänden Gummiknüppel, Peitschen, Dolche und noch andere Waffen hängen. Jetzt wurde mir Angst und Bange. Stand mir eine neue Folter bevor?

Schon bald beruhigte ich mich aber wieder. Ich entdeckte nämlich die beiden Bekannten und hörte, daß sie mit den Offizieren über mich sprachen. Es schien um einen Handel zu gehen. Bald waren sie sich einig und unterschrieben einen Vertrag. Ich verstand in diesem Moment nur so viel, daß ich freigekauft war, und freute mich im Stillen darüber. Natürlich hätte ich gerne gewußt, was ich den Offizieren wert war, und den Preis erfahren. Der wurde mir aber verschwiegen.

Als wir im Hof die Kutsche bestiegen, baten mich meine Bekannten, die Gralik und Baranowskij hießen, nur: „Nimm Leine und Peitsche und fahr uns nach Hause."

Ich tat es – und kam mir wie im Traum vor. Als wir das Gefängnistor passierten, drehte ich mich noch einmal um. Aus den Fenstern sah ich die Gefangenen mit Taschentüchern und Mützen mir nachwinken und weinen. Ich winkte kurz zurück und konnte ihre Traurigkeit gut verstehen.

Als ich in Pozolkowo ankam, nahm mich meine Mutter in die Arme. Wir drückten und küßten uns, eine ganze Zeit lang. Auch dabei flossen Tränen, aber es waren Tränen der Freude. Wie mich Mutter dann näher betrachtete, konnte ich an ihren Zügen ablesen, daß sie mein Aussehen erbärmlich fand.

„David", sagte sie mit einem Mal, „eine weitere Haft wirst du nicht überleben."

Damals dachte ich ebenso, aber heute weiß ich, daß es ein Irrtum war. Ich überstand noch einige Verhaftungen, die nicht weniger grausam waren als diese.

Obwohl ich noch sehr schwach war, mußte ich schon am nächsten Tag im Kollektiv arbeiten. Der Vorsitzende sagte mir in einem Gespräch: „Daß du Bescheid weißt, wir haben dich für zwei Wagen Hafer freigekauft."

Jetzt wußte ich, was ich den Gefängnisoffizieren wert war. Nicht sehr viel. Aber zwei Wagen Hafer stellten immerhin noch einen höheren Wert dar als eine Kugel. Die hätte ich unter gewissen Umständen in der berüchtigten Nacht ja auch bekommen können.

Mit diesem Auf- und Abwägen beschäftigte ich mich aber nicht lange. Wesentlicher war mir, daß mich Christus vom Bann der Sünde freigekauft hatte. Das war etwas ganz Wunderbares! Der Sohn Gottes hatte sein Leben für mich gegeben! Hatte ich da nicht auch mein Leben ihm zu geben?...

* * *

Im September 1945 – der Krieg war schon einige Monate zu Ende – wurde Mutter mit uns Kindern in ein Sammellager nach Thorn gebracht. Hier wurde ich von den Russen dienstverpflichtet und von meiner Mutter und den Geschwistern getrennt. Ich mußte in einem landwirtschaftlichen Kollektiv arbeiten, und kam erst im Oktober wieder in das Sammellager zurück.

Doch – welch ein Schreck! – ich fand meine Mutter mit den Geschwistern nicht mehr vor. Wo waren sie hin? Aufgeregt suchte ich den Raum ab, in dem sie gewohnt hatten. Aber so intensiv ich auch forschte, ich fand keinen Hinweis auf ihren Verbleib. Weder an den Wänden noch an den Möbelstücken konnte ich eine eingeritzte Nachricht entdecken, von einer schriftlichen Mitteilung ganz zu schweigen.

Schließlich sprach ich bei dem Kommandanten vor und erfuhr: „Sie sind in die Heimat, nach Rußland geschickt worden."

Wesentlich froher stimmte mich diese Auskunft nicht. Rußland ist groß, und wo in dem Riesenreich hatte man sie untergebracht? Wo sollte ich nach ihnen suchen? Am liebsten wäre ich sofort nach Rußland gereist und hätte mit den Nachforschungen begonnen. Aber das wurde mir nicht erlaubt. Ich mußte noch bis zum Februar 1946 warten. Erst dann durfte ich die „Heimreise" mit dem Zug antreten.

Wie sich wohl denken läßt, wurde mir kein Platz in der ersten Klasse reserviert. Ich wurde mit Kindern, Greisen und vor allem Frauen in einen Güterwagen gesperrt. Er trug wie alle Wagen, in denen Rußlanddeutsche verschickt wurden, außen die Aufschrift: „Zur Heimat! – Befreit aus der faschistischen Sklavenherrschaft!"

Aber kaum hatte der Zug die russische Grenze passiert, mußten wir feststellen, daß man in der „Heimat" keinen Willkommensgruß für uns hatte. Wir wurden mit Flüchen und Beschimpfungen empfangen wie: „Fritze!" und „Faschisten!"

Neben der Kälte und der schlechten Verpflegung waren solche Bemerkungen alles andere als mutmachend. Da uns auf dem Transport auch keine ärztliche Betreuung zur Verfügung stand, fielen immer mehr Kranke dem Tod zum Opfer. Rein menschlich betrachtet, war das für die Betreffenden ein trauriges Ende. Aber wir haben die Toten manchmal beneidet. Waren sie nicht besser dran als wir? Sie brauchten alle Schmerzen und Nöte, alle Demütigungen und Quälereien nicht mehr über sich ergehen zu lassen...

Als ich in Nowyj Slatoust, im Uralgebiet ankam, war es bereits März geworden. Ich erfuhr, daß ich nicht heim, sondern in die Verbannung gekommen war. Neben aller Arbeit und den Unannehmlichkeiten, die täglich auf mich warteten, richtete sich mein Bemühen hauptsächlich darauf, den Aufenthaltsort meiner Mutter ausfindig zu machen. Nach einiger Zeit war dieses Bemühen von Erfolg gekrönt und ich trat in schriftliche Verbindung mit ihr.

Etwa ein Jahr später, im Februar 1947, floh ich aus Slatoust und machte mich auf den Weg zur Mutter, die in Umrewo, Kreis Ojasch, etwa achtzig Kilometer von Nowosibirsk entfernt, wohnte. Die Flucht dahin, vor allem die Bahnfahrt, werde ich nie vergessen. Sie war furchtbar. Ich mußte mich bei der sibirischen Kälte außen an den Zug hängen, weil ich kein Geld besaß, um mir einen Fahrschein zu lösen. Das, sowie die mitgeführten Lebensmittel und mein Neues Testament, waren mir, – als ich einen Augenblick lang mal nicht aufmerksam genug war, – gestohlen worden.

Trotzdem, das Wiedersehen mit der Mutter und den Geschwistern war überwältigend. Wir lagen uns lange in den Armen und weinten vor Freude. Ich mußte dann gute sechs Wochen zu Hause auf der Pritsche liegen, um mich etwas zu erholen. Vor allem machten mir meine Füße zu schaffen, die, weil ich auf der Bahnfahrt Sommerschuhe trug, an verschiedenen Stellen Erfrierungen zeigten.

Als es mir wieder besser ging und ich erfahren hatte, daß in einem nahegelegenen Tal weiße Erde zu finden war, begab ich mich dort hin. Zuerst mußte ich den meterdicken Schnee beiseite schaffen, dann eine Schicht des gefrorenen Bodens abtragen und schließlich fand ich, was ich gesucht hatte. Dann, als mein Handschlitten mit weißer Erde beladen war, die zum Anstreichen der Häuser benötigt wurde, zog ich mit meinen Brüdern ringsum in die russischen Dörfer und tauschte sie auf Kartoffeln ein.

Wie froh waren wir, Mutter und sieben Kinder, als es Frühling wurde! Kaum war der Schnee auf den Feldern geschmolzen, gingen wir die noch gefrorenen Kartoffeln und Ähren sammeln, die im vergangenen Jahr auf den Äckern liegengeblieben waren. Leider wurde uns diese Nahrungsbeschaffung aber nicht gegönnt. Sobald die Russen Deutsche, insbesondere Kinder, auf den Feldern sahen, so konnte es geschehen, daß sie ihnen die gefrorenen Kartoffeln wegnahmen und sie obendrein noch schlugen.

Das Ährensammeln war von den sowjetischen Behörden sowieso verboten. Manche Mutter, die dabei ertappt wurde, mußte vor Gericht erscheinen und erhielt eine zehnjährige Haftstrafe.

Deshalb waren wir sehr erleichtert, als das Gras so groß war, daß wir es abrupfen konnten. Das stand nämlich nicht unter Strafe und wir durften so viel davon essen, wie wir wollten. Um nicht zu verhungern, taten wir es auch.

Natürlich versuchten wir auch an Milch und Butter zu kommen. Und weil wir auf dem Land lebten, legten wir uns eine Kuh zu. Das taten auch noch andere Leute. Allerdings war das nicht im Sinne des Staates, und so wurde die Kuhhaltung mit hohen Steuern belegt. Als Folge schafften die Leute die Kühe wieder ab, und sich Ziegen an. Zu diesen Leuten gehörten auch wir. Aber kaum hatten wir zwei Ziegen gekauft, ließen sich die damaligen Kreml-Herren ein neues Gesetz einfallen. Für jede Ziege mußte dem Staat pro Jahr eineinhalb Fell abgeliefert werden, wo doch jedem klar ist, daß eine Ziege nur ein und nicht eineinhalb Fell hat.

Aber weil die Herren nun mal beschlossen hatten, Privateigentum zu verhindern, scheuten sie selbst vor solch hirnrissigen Vorschriften nicht zurück.

Als die Steuern, die auf allem, was nur nach „privat“ roch, lagen, ständig höher geschraubt wurden, hing eines Morgens eine tote Henne an der Türklinke des Kreishauses in Ojasch. Sie hatte einen Zettel um den Hals, auf dem zu lesen war: „Ich habe gelegt und gelegt, und konnte den Plan nicht erfüllen.“

* * *

Obwohl ich von Umrewo nicht nach Slatoust zurückgeschickt wurde, war ich hier aber nicht grenzenlos frei. Ich galt weiterhin als Verbannter und durfte mich nur in einem bestimmten Umkreis bewegen. Das war so, weil auch meine Mutter und die Geschwister als Verbannte galten und einem Kommandanten unterstellt waren, der nun auch mich unter seine Fittiche nahm.

Zunächst wurde ich als Hirte auf der Kolchose eingesetzt, und übte diesen Beruf etliche Jahre aus. Dann wurde ich einer Traktorenbrigade als Landvermesser und Tankwart zugeteilt.

Meine Aufgabe bestand darin, die von den Traktoren bearbeiteten Felder auszumessen und deren Größe auszumessen und zu errechnen, und somit die Leistung der Traktorführer zu ermitteln. Zum anderen hatte ich die einzelnen Zugmaschinen zu betanken, was zur damaligen Zeit drei- bis viermal am Tag erforderlich war. Um meiner Aufgabe nachzukommen, mußte ich in einigen Fällen sogar mit einem Motorboot den an dieser Stelle zwei Kilometer breiten Fluß Ob überqueren.

Über Langeweile hatte ich da nicht zu klagen. Im Gegenteil, ich unterlag einem erheblichen Streß.

In den Stoßzeiten war die Brigade Tag und Nacht im Einsatz, und führte einen Wohnwagen zu den jeweiligen Einsatzorten mit sich. In diesem ging es allerdings sehr bunt zu. Die Brigade setzte sich nämlich aus männlichen und weiblichen Arbeitskräften zusammen. Allein diese Tatsache war schon Nährboden genug für die Versuchung. Aber es kam noch fördernd hinzu, daß der Staat ein Gesetz erließ, wonach alle Personen über zwanzig Jahre, die keine Kinder hatten, höhere Steuern zahlen mußten.

Das war als Mittel gedacht, um die enormen Menschenverluste während des Zweiten Weltkrieges baldmöglichst wieder auszugleichen. Benachteiligt waren hierbei aber die Mädchen. Wo sollten sie Ehepartner herbekommen, wo doch Frauenüberschuß bestand, weil viele Männer im Krieg gefallen waren, und unter den Gefallenen die jungen Männer den größten Anteil stellten! Die Aussichtslosigkeit in der Frage der Heirat führte dazu, daß sehr viele Mädchen alle Scham ablegten und sich den Männern regelrecht an den Hals warfen. Das erwähnte Gesetz trug zu dieser Entwicklung noch bei. Der Unmoral war damit Tür und Tor geöffnet.

Mir, der ich geschlechtlich rein in die Ehe gehen wollte, wurde manchmal Angst und Bange. Ich fürchtete, mit meinem Vornehmen nicht durchzukommen. Auch der Gläubige besteht noch aus Fleisch und Blut, das in dieser Beziehung sehr versuchlich ist, weil es, wie es im Römerbrief heißt, dem Gesetz Gottes nicht zu gehorchen vermag.

Als die Schamlosigkeit immer mehr zunahm und ich mich der Situation allein nicht mehr gewachsen fühlte, verließ ich eines abends die Brigade. Nicht für immer, nur für einige Stunden. Ich setzte mit dem Boot über die Ob, nahm am anderen Ufer ein Fahrrad und strampelte vierzig Kilometer durch die Taiga. Als ich den Zielort erreichte, fand ich meinen Seelsorger, Heinrich Balau, bei der Arbeit. Ihm war der Posten eines Nachtwächters in einem Obstgarten übertragen worden.

Der Glaubensbruder, unter dessen Predigt ich in Demkowze zum ersten Mal innerlich wachgerüttelt wurde, hatte zu diesem Zeitpunkt, wegen seines Zeugnisses für Jesus, schon zehn Jahre Gefängnishaft hinter sich und viele Erfahrungen gesammelt. Ihm schüttete ich nun mein Herz aus, erzählte ungeschminkt, welchen Anfechtungen und Versuchungen ich ausgesetzt war.

Dieses zweistündige Nachtgespräch im Obstgarten ist mir noch gut in Erinnerung geblieben. Wir dachten über die Geschichte nach, die Joseph in Ägypten mit der Frau des Potiphar erlebte und wie er sich ihren Verführungskünsten zum Ehebruch entzog. Ich kannte die Geschichte und wußte, daß sie in etwa meine Situation traf. Deshalb sah ich in ihr auch eine gute Belehrung und konnte sie ohne Abstriche als Richtschnur akzeptieren.

Aber ich brauchte jetzt etwas mehr. Ich mußte jemand haben, der bedingungslos hinter mir stand und bereit war, auch die nächste Zeit ganz gezielt für mich zu beten. Bruder Balau versprach und tat es, und ich verspürte die Kraft seiner Fürbitte, denn mich brachte die Anfechtung nicht zu Fall. Sicherlich haben mich auch die Gebete meiner Mutter gestützt, die ständig für mich betete, nicht nur in dieser Situation. Wie frohmachend war doch die damalige Erfahrung für mich, daß es nicht nur eine errettende, sondern auch eine bewahrende Gnade gibt. Doch sie wird nur denen zuteil, die sich ermahnen lassen und gehorchen.

Auferbauend wirkte sich auch der Briefkontakt aus, den ich zu einem Mädchen hatte, das in Kronsweide mit mir zur Schule ging und jetzt im Gebiet der Nördlichen Dwina wohnte. Während der versuchlichen Zeit intensivierte ich diesen Kontakt, weil ich, als Verbannter, keine Möglichkeit hatte, sie zu besuchen. Mit unserem Ausweis durften wir uns nur in einem bestimmten Bezirk frei bewegen.

Durch dieses Mädchen, das sich auch für Christus entschieden hatte, erfuhr ich davon, daß in ihrer jetzigen Heimat eine Erweckung stattfand und nahm über die Entfernung von etwa viertausend Kilometer auch zu anderen Glaubensgeschwistern brieflichen Kontakt auf. Mehr und mehr fühlte ich mich zu einer Glaubensschwester in besonderer Weise hingezogen. Das erzählte ich meiner Mutter und einem Prediger. Beide versprachen, die Sache betend zu bedenken. Nach einer gewissen Zeit fragte ich bei der betreffenden Glaubensschwester an, ob sie ein Ja zu mir finden und meine Frau werden könnte.

Nach einigen Wochen hielt ich ihre Antwort in den Händen. Sie schrieb sehr lieb. Aber das war mir kein Trost – oder zumindest nur ein geringer. Die Mitteilung, daß sie verlobt sei und bald zu heiraten gedenke, traf mich wie ein gewaltiger Schlag. Er streckte mich sogar nieder und riß mich in tiefste Tiefen. Mir fehlte jede Kraft zur Gegenwehr und – als stünde ich nicht im Glauben, als hätte ich Christus nicht auf meiner Seite, – ließ ich es zu, daß der Gegenspieler Gottes nach mir griff und mir den niederträchtigsten Gedanken eingab, den ein Menschenhirn hervorbringen kann: „Mach doch Schluß mit deinem Leben! Es hat jetzt keinen Sinn mehr!"

Ich hatte auch schon einen Plan, wie ich aus dem Leben scheiden wollte. „Zunächst", so dachte ich mir, „schreibst du einen Abschiedsbrief und bindest ihn dem Haushund ans Halsband." – Dann malte ich mir aus, was geschehen werde wenn man den Brief fand und nach mir suchte...

Mich hatten die finsteren Mächte damals so in ihren Bann gezogen, daß ich selbst in der Nacht keine Ruhe mehr fand. Ich schlief sehr unruhig, träumte furchtbare Träume und schrie oft so laut, daß ich darüber aufwachte.

Ich war damals siebenundzwanzig Jahre alt, arbeitete als Obermaschinist in einem Elektrizitätswerk der Transsibirischen Eisenbahn in Ojasch, und hatte bei Familie Rempels ein kleines Zimmer gemietet. An einem Tag, an dem ich morgens wieder durch mein Schreien aufgewacht war, fand ich abends ein Heftblatt an der Wand über meinem Bett, auf dem das Bibelwort stand: „Du, Gott, siehst mich."

Ich forschte nach und erfuhr, daß Jakob Rempel in der Erwartung diesen Spruch geschrieben hatte, mir damit eine Freude zu machen. Das war ihm aber nicht gelungen, zumindest zunächst nicht. Ich erinnerte mich nämlich, daß der Spruch aus der Geschichte in 1. Mose 16 stammte, wo Abraham die Hagar verstieß.

„Du bist auch verstoßen", dachte ich da. „Du mußt ledig bleiben. Dich will kein Mädchen haben." Aber dann fiel mir ein, daß die Worte über meinem Bett von Hagar gesprochen wurden, als sie in tiefem Elend saß. Und wenn Gott seine Augen von ihr nicht abgewandt hatte, dann wandte er sie auch von mir nicht ab. Denn er war gerecht, und stellte sich nicht dem einen zur Seite, um den anderen im Stich zu lassen. Diese Einsicht machte mich getrost. Trotzdem gab es noch manche Stunde, in der ein hartes Ringen stattfand.

Dann, nach langem auf und ab, sah ich am Horizont wieder einen Silberstreifen und durfte erleben, daß Gott auch die Verheißung aus Psalm 97 Vers 11 wahrmacht: „Dem Gerechten muß das Licht immer wieder aufgehen, und Freude den frommen Herzen."

Die Wende bahnte sich dadurch an, daß eine deutsche Frau krank wurde und von den Ärzten empfohlen bekam, sich in Nowosibirsk behandeln zu lassen. Als Verbannte konnte sie aber nur mit einer Sondergenehmigung des Kommandanten dorthin gelangen. Der erteilte ihr die Genehmigung, und weil die Frau des Russischen nicht mächtig war, wählte er mich zu ihrem Dolmetscher aus. Auf diese Weise kam auch ich nach Nowosibirsk. Und wo ich schon einmal dort war, nutzte ich die Gelegenheit, am Gottesdienst der Gemeinde teilzunehmen, die sich in der Shurinskaja 37 versammelte.

Als ich dort erschien, war der Raum schon überfüllt, und ich drückte mich an einen Platz neben der Tür. Zum Schluß des Gottesdienstes wurde zur Gebetsgemeinschaft eingeladen, an der auch ich mich beteiligte, allerdings nur im Stillen.

Mein Gebet lautete: „Herr, du kennst meine Not, du weißt, wie ich mich nach einem Mädchen sehne, das meine Frau werden kann. Nach der erlebten Enttäuschung habe ich aber nicht mehr den Mut, noch eine Glaubensschwester anzusprechen und um ihre Hand zu bitten. Aber dich möchte ich bitten, wenn es dein Wille ist, daß ich heiraten soll, mir ein gläubiges Mädchen zu schicken. Herr, ich vertraue dir, daß du das tust. Die ledige Glaubensschwester, – das möchte ich als Zeichen nehmen, – die mir jetzt als erste die Hand gibt, soll es sein. Amen."

Als sich die Versammlung aufzulösen begann, war es schon spät geworden. Der Glaubensbruder neben mir fragte mich, wo ich übernachten werde.

„Das weiß ich noch nicht", sagte ich.

„Dann bist du mir herzlich willkommen", lud er mich ein.

Ich zögerte etwas. Wie sollte sich mein Gebet erfüllen, wenn ich das Angebot des Bruders annahm? Wir standen an der Tür und waren schnell draußen. Mir konnte kein Mädchen mehr begegnen. Aber durfte ich ihm sagen: „Bruder, ich komme gerne mit. Habe nur noch etwas Geduld, bis alle Mädchen aus der Versammlung an mir vorübergegangen sind, denn ich habe eben soundso gebetet"? Nein, das war nicht möglich. Also nahm ich die Einladung an und ging mit dem Bruder davon.

Wir hatten uns ein Stück vom Versammlungsraum entfernt, als wir eilige Schritte hinter uns hörten. Der Gangart nach mußte es eine Frau sein. Als die Schritte neben uns waren, sahen wir uns nicht getäuscht. Es war eine junge Glaubensschwester, die mit meinem Nachbarn noch etwas bereden wollte. Ehe sie damit begann, reichte sie mir die Hand.

„Das Zeichen!" durchzuckte es mich und ich mußte denken: „Mädchen, wenn du jetzt wüßtest, was du mir werden sollst!" Ihr Gesicht konnte ich leider nicht betrachten, weil es dunkel und die Straße unbeleuchtet war.

Als das Mädchen in die entgegengesetzte Richtung wieder davonging, versuchte ich mit Erfolg, nähere Informationen über sie zu bekommen. Am nächsten Tag fuhr ich wieder nach Ojasch zurück.

Eine ganze Zeit hütete ich dieses Geschehen als mein Geheimnis. Dann kam ein Morgen, an dem die Sonne mit ihrer ganzen Pracht in mein ärmliches Zimmer strahlte, und es in einem angenehmen Licht erscheinen ließ. Ich erhob mich von meinem Lager, wusch mich und hielt den Morgensegen. Das Bibelwort für diesen Tag lautete: „Der Geist und die Braut sprechen: Komm!"

Mich durchzuckte es, und ich hatte plötzlich die Gewißheit: Jetzt hat der Herr grünes Licht gegeben! Wenn du das Mädchen aus der Gemeinde in Nowosibirsk um seine Hand bittest, wird es einwilligen!

Sofort ging ich zum Elektrizitätswerk und bat den Direktor um drei Tage Urlaub. Ohne Widerspruch wurde meine Bitte erfüllt. Ich mußte noch nicht einmal den sonst üblichen Antrag ausfüllen. Für mich war das eine weitere Bestätigung dafür, daß der Herr nun wirklich alle Türen in Richtung Heirat geöffnet hatte.

In Nowosibirsk angekommen, begab ich mich zunächst zu dem Glaubensbruder Edel Waldemar. Aber ich konnte ihm mein Herz nicht öffnen. Also suchte ich Friedrich Neudank auf, der mir auch ein Bruder im Herrn war. Doch bei ihm erging es mir nicht besser. Ich brachte meinen Mund nicht auf, zumindest nicht in der Sache, wegen der ich die Reise unternommen hatte.

Als der letzte Urlaubstag anbrach, verabschiedete ich mich von Edel und Friedrich und besuchte einen weiteren Bruder, der in der Nähe des Flughafens wohnte. Als ich ihm gegenüberstand, fragte er: „Na, David, sag mal, was für ein Wind hat dich zu mir gebracht?"

„Der Heiratswind!" erklärte ich kurz und wunderte mich, daß ich ihm das so sagen konnte.

„Hei - ra - ra - ten?" wiederholte er stotternd und sah mich groß an. Dann kam die Frage: „Na, wen denn?"

„Elisabeth Janzen."

„Elisabeth Janzen? Wie sieht sie denn aus? Was hat sie für Haare?" forschte er nachdenklich.

„Schwarze – sag ich mal. Ich hab sie damals ja nur nach dem Abendgottesdienst im Dunkeln gesehen und da waren ihre Haare schwarz", erklärte ich.

„Im Dunkeln sind alle schwarz, auch die blonden", lachte der Bruder.

Ich nickte und trug ihm auf, zu erkunden, wie es um Elisabeth stehe, und ihr, falls sie noch frei sei, in meinem Namen einen Heiratsantrag zu machen.

Wieder in Ojasch, war ich nicht zufrieden. Ich hatte mir von der Reise mehr versprochen. Ich hoffte, mit einer festen Zusage von Elisabeth zurückzukehren. Doch ich mußte weiter warten, und das Warten war so zermürbend.

Hinzu kam noch, daß ich wegen zwei Briefen, die ich nach meiner Rückkehr zu Hause vorfand, in bittere Anfechtung fiel. Ich las die einleitenden Sätze des ersten und begann ihn dann rasch zu überfliegen. Mit einem Mal stutzte ich. Da stand doch schwarz auf weiß geschrieben: „...Denk nur nicht, daß du ein Kind Gottes bist."

Das wirkte wie ein Schlag auf mich. Ich wollte den Brief nicht mehr weiter lesen, legte ihn beiseite und griff nach dem nächsten.

Wieder las ich nur die einleitenden Sätze intensiv und überflog die übrigen Zeilen nur flüchtig. Und wieder kam ich ins Stutzen. Ungefähr in der Mitte des Blattes stieß ich doch auf den gleichen Satz wie im vorigen Brief: „...Denk nur nicht, daß du ein Kind Gottes bist!"

Diesmal warf es mich im wahrsten Sinne des Wortes um. Ich sank auf den Fußboden und schrie voller Verzweiflung zu Gott: „Herr, du weißt doch, daß ich dich liebe, und dir mit Ernst dienen möchte. Ich wiederhole es noch einmal, daß ich dir mein ganzes Leben zur Verfügung stelle!"

Trotzdem blieb ein Rest von Unruhe zurück. Wahrscheinlich deshalb, weil mich die Frage nicht losließ, weshalb mir die Glaubensschwestern unabhängig von einander solche Sätze schrieben. Hatten sie vielleicht eine Ungereimtheit in meinem Leben entdeckt, die mir bisher verborgen geblieben war?

Nach Tagen des Kampfes entschloß ich mich dazu, die Briefe gründlich zu lesen, vom Anfang bis zum Ende. Vielleicht wurde ja der wunde Punkt in meinem Leben erläutert.

Doch welche Überraschung erlebte ich! Als ich den ersten Brief im Zusammenhang las, lautete der anstößige Satz doch wie folgt: „Lieber David, ich freue mich darüber, daß du dich dem Herrn Jesus zugewandt hast. Aber wundere dich nicht, wenn sich jetzt der Versucher an dich heranmacht und dir einflüstert: Denk nur nicht, daß du ein Kind Gottes bist!.."

Als ich den zweiten Brief las, fand ich die gleiche Formulierung vor und konnte jetzt sogar dankbar für die Situation sein, in die ich durch das Mißverständnis geraten war. Es hatte dazu geführt, daß ich mein Verhältnis zu Jesus noch einmal – dazu sehr gründlich – überprüfte.

Dann, nach etwa zwei Wochen, kam wieder ein Brief. Diesmal von dem Bruder, der in der Nähe des Nowosibirsker Flughafens wohnte. Mit zitternden Fingern öffnete ich den Umschlag und las, daß Elisabeth zu ihm gekommen sei und sich zur Taufe angemeldet habe. Ich freute mich darüber, daß sie auch das äußere Zeichen der Nachfolge Jesu an sich geschehen lassen wollte. Rasch überflog ich die Zeilen weiter, bis zu der Stelle wo es hieß: „...'Gut', sagte ich ihr, 'ich werde deine Taufe im Auge behalten und dich zum gegebenen Zeitpunkt benachrichtigen. Aber jetzt habe ich noch eine Frage an dich...'

Elisabeth war ganz gespannt und ich forschte: 'Bist du noch frei?' Elisabeth lief rot an, schlug die Augen nieder und sagte: 'Ja.'

'Weißt du', fuhr ich fort, 'ich frage deshalb danach, weil ein junger Mann, namens David Klassen, mich beauftragt hat, dich zu fragen, ob du seine Frau werden möchtest.'

Sie wurde wieder rot und sagte mir, daß sie mit ihrer Mutter darüber reden wollte..."

Es vergingen Wochen bangen Wartens. Dann kam die Antwort, daß sie bereit sei, mir das Ja-Wort zu geben. Das stimmte mich so froh, daß ich am liebsten mein Bündel gepackt und sofort zu ihr gefahren wäre. Aber das ging aus zwei Gründen nicht. Zum einen war mir ihre Anschrift nicht bekannt, und zum anderen lag die übliche Einladung nicht vor.

Beides erhielt ich aber erst Tage später und machte mich frohgestimmt auf den Weg zu Elisabeth. Als ich vor ihrem Haus stand, wurde mir komisch zumute, weil sich auf dem Hof ein Scherenschleifer postiert hatte, den einige Frauen umstanden. Unter ihnen befand sich Elisabeth. Ich raffte allen Mut zusammen, ging nach kurzem Zögern auf sie zu und reichte ihr die Hand. Elisabeth wurde rot und hatte nur das eine im Sinn, möglichst schnell von den anderen wegzukommen. Deshalb drehte sie auf dem Absatz um, und ging mit mir, ohne ihre Schere schleifen zu lassen, in die Wohnung.

Diese bestand aus einem Raum, der zwar nur ärmlich eingerichtet, aber sehr sauber war. Nachdem mich Elisabeths Mutter und ihre Geschwister begrüßt hatten, fand ich Zeit, die Geliebte in Augenschein zu nehmen. Ich sah jetzt, daß sie blonde und keine schwarzen Haare hatte, wie ich dem Glaubensbruder vor einiger Zeit erzählte. Aber das bereitete mir keine Gewissensbisse, denn es war keine Lüge. Ich hatte

Elisabeth bis dahin ja nur im Dunkeln zu Gesicht bekommen, in dem bekanntlich ja alles schwarz ist.

Meine Blicke gleiteten zum Fenster. Plötzlich bemerkte ich an einer Blume auf dem Fensterbrett einige blonden Haare. Weil Elisabeths Schwester dunkles Haar hatte und die Mutter bereits ergraut war, konnte es sich nur um ihr Haar handeln. In meinem Herzen stieg ein Jubel auf: Offensichtlich hatte Elisabeth immer wieder aus dem Fenster geschaut, ob nicht ihr doch recht unbekannter Bräutigam endlich auftauchen würde, dabei war sie wohl mit den Haaren der Blume zu nahe gekommen – Sie hatte auf mich gewartet!

Dann wurde ich zu Tisch geladen. Zu Beginn wurde gebetet, was mir sehr wichtig war. Das Brot und der Kaffee schmeckten ausgezeichnet. Ob das wohl daher kam, daß Elisabeth den Tisch gedeckt hatte? – Wahrscheinlich. Die Liebe versüßt ja alles. Aber sie machte mich nicht blind. Ich war noch in der Lage, ihren Gehorsam zu testen. Als ich meine Tasse geleert hatte, wollte Elisabeth neu einschenken. Ich sagte ihr, daß ich keinen Durst mehr hätte. Trotzdem goß sie mir die Tasse voll. Ich nahm aber keinen Schluck mehr davon, und Elisabeth wußte für später, daß bei mir das Ja ein Ja und das Nein ein Nein ist.

Da in der Einzimmerwohnung keine Möglichkeit zu einem Gespräch unter vier Augen bestand, man uns ein solches aber ermöglichen wollte, boten uns Glaubensgeschwister mit einer größeren Wohnung, ein Zimmer an. Die Stunden, die wir in ihm zusammen waren und einander unsere Lebensgeschichten und vieles mehr erzählten, vergesse ich nie. Sie waren voller Seligkeit und wir verloren jedes Zeitgefühl. Als wir schließlich wissen wollten, wie spät es war, blickten wir zur Wanduhr und stellten fest, daß sie nicht ging.

„Den Glücklichen eben schlägt keine Stunde“, sagte ich und wir lachten.

Am 15. August 1955 wurden wir dann standesamtlich getraut und sechs Tage später gaben wir uns in der Nowosibirsker Gemeinde vor Gott das Ja-Wort. Als Trautext erhielten wir aus dem sechsten Kapitel des Galater-Briefes den zweiten Vers: „Einer trage des anderen Last, so werdet ihr das Gesetz Christi erfüllen.“

* * *

Die folgende Zeit war für uns sehr schön. Wir lebten zwar nicht im Reichtum, aber wir waren zufrieden. Und weil wir zufrieden waren, waren wir glücklich. Wir konnten uns an der geschenkten Gemeinsamkeit ungetrübt freuen und erfuhren, welcher Segen darauf liegt, wenn auch in der Ehe Gottes Wort als Richtschnur gilt.

Leider mußten wir aber schon bald feststellen, daß in der Nowosibirsker Gemeinde, die wir als unsere geistliche Heimat ansahen, ein unguter Geist einzog. Der Leiter dieser registrierten, also staatlich anerkannten Baptistengemeinde, Superintendent Ariskin Samuel Gawrilowitsch, errichtete eine Menge Schranken und erteilte viele Verbote, die das geistliche Leben einengten. Als Folge begann die Zahl der Gottesdienstbesucher ständig zu schrumpfen.

Viele Glaubensgeschwister, darunter Jakob Esau, ich und meine Frau, waren nicht bereit, das einfach so hinzunehmen. Schließlich hatten wir uns bekehrt, hatten den Kreuzestod Jesu für uns in Anspruch genommen und somit Vergebung der Sünden erhalten. Wir standen damit im Auftrag Jesu, das Evangelium auszubreiten so wie es in der Bibel verankert ist, und ließen uns von den Schranken und Verboten des Superintendenten nicht einengen.

Neben den Gottesdiensten in der offiziellen Gemeinde richteten wir Versammlungen, Gebets-, Bibel- und Singstunden in Privatwohnungen ein, wo das unverfälschte Wort der Bibel gelehrt und gepredigt wurde. Wir feierten auch Geburtstage und Hochzeiten, und führten Beerdigungen durch.

Wir wußten zwar, daß dieses Vorgehen weder vom Superintendenten noch vom Staat gebilligt wurde, daß es sogar ein Gesetz gab, wonach Zusammenkünfte unserer Art verboten waren. Aber durften uns Mißbilligungen und Verbote zum Schweigen bringen? – Wir fanden: nicht, weil sie menschliche Anweisungen waren. Und menschliche Anweisungen standen dem Göttlichen immer entgegen. Also machten wir weiter und wurden reich gesegnet.

Die Zeiten und Orte der von uns angesetzten Versammlungen wurden von Mund zu Mund weitergegeben. Und jedesmal kamen mehr Leute. Die einfachen, klaren Predigten trafen die Herzen und viele kamen zum Glauben. Schließlich entstand eine echte Erweckung.

In die offizielle Gemeinde konnten wir nur schlecht hineinwirken. Begann in ihr mal etwas Positives zu keimen, so wurde es durch den Zugriff der sowjetischen Behörden gehemmt oder sogar zerstört. Und das Niederschmetternde dabei war, daß der Gemeindeleiter auf die

Forderungen der Behörden einging und sich gegen die Gläubigen stellte.

Deutlich wurde das an der Geschichte der beiden Gemeindedirigenten. Sie waren fähige Leute und versahen ihren Dienst schon viele Jahre. Vor allem aber standen sie im Glauben, was ja Voraussetzung zum Dienst in der Gemeinde ist. Eines Tages war der Superintendent mit ihrem Wirken aber nicht mehr zufrieden, und setzte der Gemeinde eine Dirigentin aus der Oper vor. Sie war allerdings nicht dazu bereit, ihre Tätigkeit für einen Gotteslohn auszuüben und weil die Gemeindekasse nicht belastet werden sollte, mußte jedes Chormitglied zwanzig Rubel bezahlen. Wahrlich, in vieler Hinsicht keine gute Entscheidung.

Als Friedrich Neudank, der oft zum Verkündigungsdienst eingesetzt wurde, in einer Predigt die Geschichte von einem Bauern erzählte, der einen Zaun um seinen Garten machte, damit die Schweine nicht seine Kartoffeln auswühlten, bekam er von der roten Seite die „Rote Karte“ gezeigt. Dem Superintendenten war das Beispiel nämlich ungut aufgestoßen. Er sah in dem Schwein die Operndirigentin, in den Kartoffelsträuchern die Gemeinde und sich selbst als den unklugen Bauer, der den Zaun wegriß, um dem Schwein Zugang zum Garten zu verschaffen.

Bruder Neudank bekam von dem Superintendenten mitgeteilt, daß er begnadigt und wieder in den Predigtdienst eingesetzt werden könnte, wenn er Buße tue und sich für das gebrauchte Beispiel öffentlich entschuldige. Wahrscheinlich war dem Bruder das Predigtamt wichtiger, als das Festhalten an der Wahrheit. Er geriet ins Wanken und fügte sich schließlich dem Willen des Superintendenten. Dadurch wurde unser brüderliches Verhältnis gestört, es entstand sogar eine tiefe Kluft zwischen uns.

Das muß Friedrich zu schaffen gemacht haben, denn als wir uns wieder einmal begegneten, zog er einen Hundertrubel-Schein aus dem Geldbeutel, hielt ihn mir unter die Nase und stieß hervor: „Sag mir ein Wort!“

Wir sahen uns fest in die Augen. Mir kamen die Tränen. Ich wußte, was Friedrich hören wollte, aber ich konnte ihm unter diesen Umständen nicht sagen, daß er noch ein treuer Bruder war. Er mußte den Schein wieder in den Geldbeutel zurückstecken. Zugegeben, es fiel mir schwer, Friedrich gegenüber standhaft zu bleiben. Aber nicht des Geldes wegen. Wenn es mir darum gegangen wäre, hätte ich viel höhere Summen kassieren können. Die Kommunisten traten einige Male mit verlockenden Angeboten an mich heran, um mich als Spitzel zu gewinnen. Mir wurde aber jedesmal die Kraft geschenkt, um ihnen sagen zu können: „Ich heiße David und nicht Judas!“

Wie sehr der Superintendent mit seinem zwanzigköpfigen Bruderrat der Sache des Herrn und damit dem Wachstum der Gemeinde im Wege stand, zeigte sich auch bei der Taufe. In den vorangehenden Prüfungsgesprächen wurde vor allem den Schwestern das Herz schwer gemacht. Obwohl sie das vorgesehene Alter von fünfundzwanzig Jahren erreicht und eine eindeutige Entscheidung für Christus getroffen hatten, wurde ihnen dennoch die Taufe verweigert. Der Grund: sie konnten eine Frage nicht mit „Ja“ beantworten, und diese Frage lautete: „Bist du bereit, deine sowjetische Heimat mit der Waffe in der Hand zu verteidigen?“

Die Krankenschwestern unter den Taufbewerberinnen begründeten ihr „Nein“ damit, daß sie schon von berufswegen nicht bereit seien, auf Menschen zu schießen. Wenn sie tätig würden, dann wollten sie Menschenleben retten. Daraufhin fällte der Bruderrat die Entscheidung, sie nicht zu taufen.

Als ich das erfuhr und hörte, daß aus diesem Grund immer mehr Gläubige nicht zur Taufe zugelassen wurden, ging ich zu den Brüdern und fragte: „Was macht ihr denn? Was hat die Verteidigung der Sowjetunion mit der Taufe zu tun?“

„Bruder David“, wurde mir gesagt, „wenn es dir hier nicht gefällt, dann richte ein Bittgesuch an uns, daß du aus der Gemeinde ausscheiden möchtest.“

„Liebe Brüder, solange ich noch das Lied singe: ‘Ich liebe, Herr, dein Haus, die Stätte da du thronst. Ich lieb dein Volk, das du erkauft, bei dem du selber wohnst...’ kann ich ein solches Bittgesuch nicht stellen. Überhaupt, ich kann aus der Kolchose austreten, aber nicht aus der Gemeinde.“

„Dann komm, wir werden mit dir reden“, wurde mir angeboten und man führte mich ins „Bruderzimmer“. Zu diesem Gespräch wurde auch Jakob Esau gebeten.

Der Superintendent ließ sich gewichtig auf seinem Platz nieder, setzte die Amtsmiene auf und dozierte: „So, ihr Brüder! Wer hat euch denn erlaubt, ringsum in den Dörfern zu predigen?“

„Samuel Gawrilowitsch, wir haben nicht nur die Erlaubnis, sondern sogar den Befehl, das Wort Gottes zu verkündigen. Er lautet: ‘Gehet hin und predigt...' Und dieser Befehl stammt von Jesus, dem Sohn Gottes!" erklärte ich und Jakob stimmte mir zu.

„Aber Brüder, von der Regierung wurde es doch streng verboten, so zu predigen, wie ihr das tut!" hielt der Superintendent dagegen.

„Samuel Gawrilowitsch, es steht geschrieben: Man muß Gott mehr gehorchen als den Menschen", sagte ich.

Der Superintendent holte tief Luft und polterte los: „David Klassen! Jakob Esau! Ihr seid Konterrevolutionäre! Wißt ihr überhaupt was ihr macht? Euch wird es so gehen wie dem Heinrich Balau, der in Bolotnoje die sowjetische Fahne vom Dach des Gemeindehauses geholt hat. Euer Predigen ist nämlich genauso gegen den Staat gerichtet wie sein Vorgehen. Durch euch sind schon eine ganze Anzahl Komsomolze zum Glauben gekommen und aus ihrer Organisation ausgetreten. Mir drohen jetzt die Behörden damit, das Gebetshaus zu schließen. Wißt ihr auch weshalb? – Wegen euch!"

Im „Bruderzimmer" ging es nun hart hin und her. Zum Schluß diktierte der Superintendent seiner Sekretärin in meiner Gegenwart ein scharfes Protokoll, das alle Brüder des Bruderrates vorbehaltlos unterschrieben. Jakob Esau kam glimpflich davon. Sein Name wurde in dem Schriftstück nicht erwähnt.

Kurze Zeit später ging ich in Urlaub und nutzte ihn zur Evangelisation in verschiedenen Orten. Es war eine gesegnete Reise und viele Menschen fanden zum Frieden mit Gott. Doch eines Tages wurde mir ein Telegramm zugestellt. Es kam vom Wehramt in Nowosibirsk und enthielt die Aufforderung, die Reise sofort abzubrechen und mich beim Amt zu melden.

Ich ahnte, was auf mich zukommen würde, und machte mich innerlich mit den entsprechenden Konsequenzen vertraut. In Nowosibirsk angekommen, meldete ich mich bei dem Wehramt und wurde zu Oberst Smirnow geführt. Der fragte mich: „Weißt du, weshalb du vorgeladen bist?"

„Ich ahne es", antwortete ich.

Jetzt stellte sich heraus, daß der Superintendent das vom Bruderrat unterzeichnete Protokoll dem Wehramt übergeben hatte. Wahrscheinlich wollten die „Brüder", daß ich, der ich dagegen vorgegangen war, daß sie die Schwestern bei den Taufprüfungen auf die Verteidigung des Vaterlandes festlegten, nun selbst zum Gewehr greifen sollte, obwohl ich schon dreißig Jahre alt war und nach den Vorschriften nicht mehr zum Wehrdienst herangezogen werden konnte.

Auch diese Vermutung bestätigte sich. Smirnow erklärte nämlich: „Klassen, wir wollen dich militärisch ausrüsten und dir in Manövern beibringen, wie gekämpft wird."

„Genosse Oberst", sagte ich, „das habe ich hinter mir. Ich bin schon ausgebildet. Ich bin mit vierzehn Jahren freiwillig zur militärischen Ausbildung gegangen und habe z. B. das Abzeichen 'Junger Woroschilow-Schütze' erhalten."

Smirnow winkte ab. „Das war nur die Grütze. Bei uns wirst du die Soße zur Grütze erhalten, die besondere Zutat!"

„Genosse Oberst, ich bin inzwischen Christ geworden. Ich werde kein Gewehr anfassen und schon gar nicht schießen."

„Was, du wirst nicht schießen? Willst du dich hinter den Schultern eines Onkels verstecken, wenn uns der Feind überfällt?" schrie Smirnow.

„Nein, Genosse Oberst, ich bin bereit als Sanitäter das Leben von Menschen zu retten, aber ich werde keinen Menschen töten. Ich frage Sie: Was ist gefährlicher, in einem Schützengraben zu stehen und auf den Feind zu schießen, oder einen verwundeten Kameraden unter feindlichem Feuer vom Schlachtfeld zu holen?"

„Natürlich ist das zweite gefährlicher", meinte Smirnow.

„Sehen Sie, Genosse Oberst, ich bin bereit, mein Leben für das Leben eines anderen zu geben. Ich bin bereit das zu tun, was Sie als gefährlicher eingestuft haben. Also ein Feigling bin ich nicht..."

„Klassen, reden wir nicht länger", unterbrach mich der Oberst. „Ich begleite dich jetzt zur orthodoxen Kirche, dort bekommst du weitere Anweisungen."

Zur orthodoxen Kirche? Ich wunderte mich im Stillen. Was sollte mir dort eröffnet werden? War der Oberst insgeheim gläubig und wollte jetzt mit mir beten? Ich war gespannt.

Dann tauchte der Zwiebelturm mit dem Kreuz auf, das in den blauen Himmel ragte. Ein schönes Bild. Aber es fesselte mich in diesem Augenblick nicht. Ich dachte vielmehr an den Frieden, der am Kreuz von Golgatha errungen wurde.

Als wir näherkamen, meinte ich nicht richtig zu sehen. Rings um die Kirche waren Kanonen und schwere Artilleriegeschütze postiert. Welch ein Gegensatz! Oben das Zeichen des Friedens, unten Kriegsmaterial. Wie paßte das zusammen? Was ging hier vor?

Mir blieb jedoch keine Zeit, weiter darüber zu grübeln. Der Oberst drängte mich in die Kirche und ich erschrak. In dem Raum deutete nichts mehr auf Andacht hin. Man hatte in ihm von der einfachen Flinte über die berühmten Raupenpanzer bis hin zu den modernen Atomwaffen alles Kriegsgerät aufgestellt.

Und von der Kanzel, von der einst das Gebot Gottes verkündigt wurde: „Du sollst nicht töten...", sprach jetzt ein hoher Offizier über die Verteidigung. Unter anderem erklärte er: „Wenn ihr alle Munition verschossen habt, nichts mehr da ist, dann rollt mit den Panzern über den Feind, zerquetscht ihn mit den Raupen."

Mir lief ein Schauern über den Rücken, und ich konnte es nicht fassen, daß mich ein Fetzen Papier, der dazu noch von Glaubensbrüdern geschrieben worden war, in eine solche Situation brachte. Vor meinen Augen tauchten die Glaubensschwestern auf, denen man die Taufe verweigerte, und mußte denken: „Sie haben ihre Prüfung vor dem Superintendenten und seiner Gefolgschaft bestanden, wirst du die deine hier auch bestehen?" Ich war fest entschlossen, dem Herrn die Treue zu halten.

Der Superintendent, – ach ja, – der trieb sein verwerfliches Spiel weiter, unberührt von allem, was mit mir geschah. Als er meiner Frau in der Stadt begegnete, tippte er sich mit dem rechten Zeigefinger an die Stirn und sagte: „Was denkt sich dein Mann, der geht ja ins Gefängnis!"

Einige Zeit später, es war an einem Sonntag nach dem Abendmahl, wurde den Versammelten bekanntgegeben, daß der Allunionsrat in Moskau mich und Jakob Esau aus der Nowosibirsker Baptistengemeinde ausgeschlossen habe und wir beide nicht mehr als Kinder Gottes angesehen würden. Begründet wurde der Beschluß damit, daß wir beide außerhalb des Versammlungshauses predigten.

Daraufhin wollte ein Bruder wissen: „Haben die beiden in ihren Predigten das Wort verfälscht?" „Nein, das haben sie nicht", gab einer aus dem zwanzigköpfigen Bruderrat ehrlicherweise zu. „Aber es ist verboten, außerhalb des Versammlungshauses zu predigen."

Das löste in der Gemeinde einen großen Aufruhr aus und führte schließlich zu ihrer Spaltung. Der Teil, der sich abspaltete, bestand nun als „nichtregistrierte Gemeinde" weiter, in der das Wort Gottes ungekürzt verkündigt und in die Tat umgesetzt werden konnte. Etwa vier Wochen später wurde ich mit Bruder Seel von dieser Gemeinde abgeordnet und in Jurga ordiniert.

Unsere Versammlungen in Nowosibirsk fanden in einer „Semljanka", einem Erdbunker, statt. Es waren gesegnete Stunden, die wir da unter der Erde in Liebe und Eintracht zusammen verbrachten. Es dauerte auch nicht lange, und die Gemeinde begann zu wachsen. Selbst in den umliegenden Ortschaften entstanden Kreise, die sich im Verborgenen trafen. Das Wort Gottes läßt sich eben nicht gefangennehmen. Gerade dort, wo man es versucht, bricht es mit um so stärkerer Kraft auf.

Mit dem Anwachsen der Gemeinde waren natürlich auch Taufen verbunden, weil der auferstandene Herr im Missionsbefehl die Anordnung gab: „Geht hin...macht zu Jüngern...und tauft..."

Am 13. Juli 1958 wurde ich bei einer solchen Taufe, die wir in der Ob durchführten, – es war etwas mehr als ein Jahr seit meiner Ordination vergangen, – direkt am Flußufer festgenommen. Offensichtlich hatten die Sicherheitsorgane einen Hinweis erhalten. Wie hätte sie sonst gerade zu dieser Stunde und an dieser Stelle des Flusses auftauchen können!

Von der Taufe weg wurde ich geradewegs in eine psychiatrische Anstalt gebracht und dem sogenannten „Idiotentest" unterzogen, den eine Gruppe von sechs Ärzten durchführte. Zunächst wurde ich von ihnen ausgehorcht, sie waren dabei sehr aufmerksam. Ich erzählte freimütig über meine kommunistische Erziehung in der Schule und meine diesbezüglichen Aktivitäten. Ebenso freimütig schilderte ich auch, wie ich zum Glauben an Jesus fand und er mein Leben veränderte. Was dabei in den Ärzten vorging, blieb mir verborgen. Ich hatte nur das Empfinden, daß sie sich mühten, keine Regung zu zeigen.

Nach meinem Zeugnis wurde ich einem Kreuzfeuer von Fangfragen ausgesetzt. „Nehmen wir mal an", begann einer der Ärzte, „der Hahn würde über den Zaun in Nachbarsgarten fliegen und ein Ei legen. Wem gehört nun das Ei?"

„Keinem. Der Hahn legt keine Eier", erwiderte ich.

„Wenn man nun ein weißes Seidentuch in das Schwarze Meer taucht, wie sieht es aus, wenn man es wieder herauszieht?" wollte ein anderer wissen.

„Genosse Doktor", sagte ich, „ein afrikanischer Neger ist nicht deshalb schwarz, weil er im Schwarzen Meer gebadet hat, ein Indianer nicht deshalb rot, weil er im Roten Meer gebadet hat, ein Chinese ist nicht deshalb gelb, weil er im Gelben Meer war, und ein Weißer nicht deshalb weiß, weil er im Weißen Meer war."

Als sie merkten, daß sie mich mit solchen Fragen nicht fangen konnten, weil ich ihnen vernünftige Antworten gab, stellten sie um und setzten mich durch die verschiedensten Äußerungen einem psychologischen Druck aus.

Selbst meine Frau wurde in diesen Prozeß mit einbezogen. Man holte auch sie in die Anstalt und stellte ihr Fragen wie: „Sind Sie schon mal von Ihrem Mann verprügelt worden?“ – „Hat Ihr Mann schon mal vor Wut Geschirr zerschlagen?“

Alle diesbezüglichen Fragen konnte sie mit „Nein“ beantworten und versicherte: „Wir lieben uns und leben in Frieden und Eintracht unter dem Wort Gottes zusammen.“

Nach einiger Zeit konnte ich feststellen, daß ich vor den schlimmsten Quälereien, die in dieser Anstalt praktiziert wurden, verschont blieb. Warum das so war, wußte ich nicht und konnte es mir auch nicht erklären. Dann aber erfuhr ich, daß die Behörden herausgefunden hatten, daß ich in Kanada, den USA, Brasilien und woanders im Ausland Verwandte hatte. Hatten sie Angst bekommen, sich vor dem Ausland zu blamieren, wenn eine entsprechende Nachricht über meine Behandlung dahin gelangt wäre?

Bald darauf wurde ich aus der Psychiatrie entlassen.

* * *

Am 14. Oktober 1958, etwa drei Monate nach meiner Entlassung, mußte ich mich vor das Gericht in dem Nowosibirsker Stadtteil Kriwoschtschokowo stellen.

Drei Tage davor besuchte ich die registrierte Gemeinde, weil ich den Wunsch hatte, vor der Verurteilung noch einmal einige Geschwister zu sehen. Dort traf ich unmittelbar mit dem Superintendenten Ariskin zusammen.

Er lud mich zu einem Gespräch unter vier Augen in das Bruderzimmer ein. Dort erklärte er, daß er in Bezug auf das mir bevorstehende Gericht unschuldig sei. Und er wolle von mir als von einem Glaubensbruder mit einem heiligen Kuß Abschied nehmen.

Ich war bereit, ihm die Hand zu reichen. Was den heiligen Kuß betraf, mußte ich ihm erklären, daß das unmöglich sei. Immerhin hätte die Leitung der Gemeinde in einer öffentlichen Versammlung vermeldet, ich sei aus der Gemeinde ausgeschlossen und könne nicht mehr als Gotteskind angesehen werden.

Wie froh und dankbar war ich, als ich im Gerichtssaal drei Tage danach viele Gemeindeglieder sah, die für mich beteten!

Mir wurde zur Last gelegt, daß ich Erwachsene, Jugendliche und Kinder durch meine Predigten zum Glauben „überredet" hätte. Außerdem war ich angeklagt, gegen das Verbot der Taufe, der Trauung und anderer Handlungen, die eben zum Leben einer Gemeinde gehören, verstoßen zu haben.

In dem Schriftstück, in dem meine Verurteilung begründet wurde, stand unter anderem zu lesen, daß ich nicht zum Arbeiten bereit und somit ein „Tunejadez", ein „Schmarotzer", sei. Nach Darlegung aller Anklagepunkte wurde mir eine Strafe von drei Monate Gefängnishaft zuerkannt.

Nach der Urteilsverkündung wurde ich sofort von einem Milizbeamten in Empfang genommen und abgeführt. Ich drehte mich noch einmal um und sah die anwesenden Glaubensgeschwister mir zum Abschied zuwinken, einige brachen sogar in Tränen aus.

„Ihr Lieben", rief ich mit lauter Stimme, „ich grüße euch mit Philipper 1,27-30."

Der Beamte führte mich aus dem Gerichtssaal. Nicht lange, und ich befand mich unter einigen Ganoven, mit denen ich in ein unterirdisches Gefängnis gesperrt wurde. Am Abend erfolgte die Verlegung in das Hauptgefängnis, wo ich in Zelle 55 zu den Schwerverbrechern kam. Schon bei ihrem Anblick war mir klar, daß sie alles andere interessierte als das Evangelium. Trotzdem ließ ich mir die Kraft schenken, es ihnen zu verkündigen. Denn auch sie hatten die Erlösung nötig.

Aber sie sahen das nicht so und bedachten mich zunächst mit entsprechenden Blicken. Das trug nicht gerade zur Aufmunterung bei und mir wurde klar, daß sie mich drangsalieren könnten, wenn sie sich einig würden. „Bist du ein Priester?" wurde ich schließlich gefragt.

Noch bevor ich mich recht besinnen konnte, rief ein anderer: „Jungens, Tabak her! Wir treiben ihm seine Frömmigkeit aus."

Schon packten sie mich an den Händen, drehten sie mir auf den Rücken und versuchten, mir gewaltsam den Mund zu öffnen. Mit aller mir zur Verfügung stehenden Kraft preßte ich die Zähne aufeinander. Da holten sie einen Löffel, suchten zwischen meinen Ober- und Unterzähnen einen Ansatzpunkt und schlugen den Stiehl hindurch. Danach drückten sie mir die Zähne auseinander und stopften mir die Mundhöhle voll Tabak.

„So, du Heiliger, jetzt haben wir dir den Schnabel gestopft", meinten sie. „Jetzt bist du ein Sünder, weil du Tabak in der Fresse hast. Wehe dem, du machst das Maul noch mal auf und predigst uns!"

Ich ging zum Toilettenkübel und spuckte den Tabak aus.

In diesen Augenblicken wurde mir noch deutlicher, daß der Mensch nur so lange Mensch ist, wie er mit Gott in Verbindung bleibt. Löst er diese Verbindung, wird er zur Bestie...

Die Kerle, die sich Pfeile, Dolche, Teufel und Engel auf ihre Nakken hatten tätowieren lassen, führten nun so vulgäre Reden, daß ich sie nicht mehr mit anhören konnte, und hielt mir die Ohren zu. Nicht lange und sie stachen mit Nadeln so auf mich ein, daß ich die Finger wieder aus den Ohren nahm.

Sie gönnten mir noch nicht einmal im Bett die Ruhe. Kaum war ich eingeschlafen, ließen sie mich „Radfahren", wie sie sagten. Dieses „Radfahren" sah so aus, daß sie mir Papier zwischen die Zehen steckten und es anzündeten. Als das Feuer an meine Füße kam, begann ich zu strampeln, was die Ganoven zu Lachkrämpfen hinriß.

Während ich zur Abnahme der Fingerabdrücke wieder einmal vom Gefängniswärter abgeholt wurde, heckten die Kriminellen einen furchtbaren Plan aus. Bei meiner Rückkehr wurde ich von einigen frontal angerempelt. Sie drehten mir in bewährterweise die Hände auf den Rücken, während mir andere die Hosen herunter rissen. Ich begriff, daß sie mich homosexuell mißbrauchen wollten. Gott sei Dank, – wirklich, Gott sei Dank, – kam es nicht dazu. Der Herr ließ es nicht zu, nur so kann ich es mir erklären, sonst wäre es geschehen. Ich hätte mich gegen die Meute nicht wehren können. Später erfuhr ich, daß solches Vorgehen, gerade gegenüber Gläubigen, von dem Staatssicherheitsdienst geschürt wurde.

Leider fanden sich immer wieder Häftlinge, die bereit waren, sich in dieser Weise von den Behörden benutzen zu lassen. Ich vermute, daß sie es in der Annahme taten, sich dadurch den Vorteil der Verlegung in eine bessere Zelle verschaffen zu können. Denn auch ihnen behagte es in den vollgestopften Räumen nicht. Auch sie waren darum bemüht, möglichst oft und lange außerhalb zu sein.

Um dieses Ziel zu erreichen, wurden die unglaublichsten Dinge angestellt. Eine der schrecklichsten Sachen, die ich in diesem Zusammenhang erlebte, war die mit dem Gefangenen, der eine Rasierklinge mit in die Zelle geschmuggelt hatte. Eines Tages entblößte er den Oberkörper, kramte die Rasierklinge hervor und schlitzte sich mit ihr den Bauch so auf, daß das Gedärm aus ihm herausquoll. Damit es nicht ganz herausfiel, drückte er es mit beiden Händen zurück und trat mit voller Wucht gegen die Zellentür, daß es nur so dröhnte.

Wenig später war ein Wärter an der „Futterklappe" und fragte: „Was willst du denn?"

„Was fragst du so!" empörte sich der Gefangene. „Siehst du nicht, daß mir die Därme heraushängen? Ich will ins Lazarett! Schnell, beeil dich!"

Der Wärter betätigte den Alarmknopf, es kam Verstärkung und der Häftling wude abtransportiert. Er hatte nun, was er wollte, aber war der Preis, den er dafür bezahlte, nicht zu hoch?

* * *

Der 30. Dezember 1958 neigte sich seinem Ende zu und wir, die Gefangenen der Zelle 55, wurden vom Wärter zur Toilette geführt. Diese war ein größerer Raum, an dessen Stirnseite sich eine Anzahl Plumpsklo befanden.

Plötzlich wurde die Tür aufgerissen und der Wärter rief: „Klassen!" Ich gab Antwort und er fuhr fort: „Mach schnell! Du hast Besuch!"

Ich erinnerte mich, daß meine Frau am Vortag kommen wollte, aber nicht erschienen war, und dachte, daß sie jetzt draußen stehe. Sofort sprang ich hoch. Ich wollte sie keine Minute länger warten lassen und malte mir schon die Begrüßung aus. Wir würden uns in die Arme fallen, uns herzlich drücken und küssen...

Doch als ich die Toilette verlassen hatte, war meine Enttäuschung riesengroß. Ich wurde nicht von meiner Frau, sondern von vier KGB-Männern in Empfang genommen, die mich mit den Worten begrüßten: „Sie sind verhaftet!"

Mir kam vor, ich sei vom Blitz getroffen. Schlimmer hätte es mich in dem Moment wohl nicht treffen können. Ich fing an zu zittern, kalter Schweiß lief mir den Rücken hinunter. Mir wurde plötzlich alles klar.

Die KGB-Männer nahmen mich mit in meine Zelle und legten mir einen neuen Haftbefehl vor. Mir wurde „religiöse Propaganda" nach Artikel 58 II-10 zur Last gelegt.

Das bedeutete, daß mir ein Freiheitsentzug bis zu fünfundzwanzig Jahren bevorstand, daß ich außerdem für fünf Jahre in die Verbannung mußte und mir für weitere fünf Jahre das Stimmrecht entzogen wurde. Ich wußte das, weil wenige Monate zuvor Bruder Solodjankin aus unserer Gemeinde wegen der gleichen Sache zu 20 Jahren Haft verurteilt wurde...

Die KGB-Beamten befahlen mir, mich auszuziehen. Ich kam ihrem Befehl nach, und sie untersuchten meinen Körper sehr genau. Selbst in den Mund, die Nase und in die Ohren wurde mir gesehen, damit ich nur ja nichts Verbotenes bei mir trug. Dann durfte ich mich wieder anziehen und wurde abgeführt.

Auf dem Gang sah ich meinen Nachbarn Harry Unger, der wegen eines Verkehrsunfalls einsaß. Als wir aneinander vorbeigingen, trafen sich unsere Blicke und ich sagte: „Ich bin verhaftet!" Ich sagte das in der Hoffnung, daß er bald entlassen würde und meiner Frau Bescheid geben könnte. Aber ich sah ihm an, daß er nicht verstand. Wer konnte das auch verstehen! Trotzdem war es mir eine Stärkung, ihn gesehen zu haben.

Nach kurzer Zeit saß ich in einem jener Fahrzeuge, die „schwarze Raben" genannt wurden und zum Transport von Gefangenen dienten. Man brachte mich in das sogenannte „Innere Gefängnis", wo ich in die Zelle 13 kam, über die ich schon zu Beginn erzählte. In ihr begann ich das Jahr 1959 und tröstete mich mit dem Liedvers:

Keiner wird zu zuschanden,
welcher Gottes harrt;
sollt ich sein der erste,
der zuschanden ward?
Nein, das ist unmöglich,
du getreüer Hort!
Eher fällt der Himmel,
eh mich täuscht dein Wort...

* * *

Am 16. März 1959 wurde ich zum Gebietsgericht gebracht. In einer mehrstundigen Sitzung, zu der niemand zugelassen wurde, auch nicht meine Verwandten, wurde meine Sache verhandelt. Von der Pflichtverteidigerin sagte ich mich von Anfang an los. „Sie sind zu spät gekommen", erklärte ich ihr. „Ich habe schon einen Verteidiger. Mein Fürsprecher ist Jesus Christus".

Während der Untersuchungshaft wurde das Strafgesetz geändert, und so bekam ich nicht jene erwartete 25 Jahre Haft, sondern „nur" 4 Jahre Freiheitsentzug – ohne zusätzliche Verbannung und ohne Entzug des Stimmrechts. Zur Verkündung des Urteils wurden allerdings meine Frau, Mutter und noch zwei Gläubige hineingelassen. Ach ja, anwesend waren da noch die 20 bewaffneten Wachsoldaten, die mich nicht aus den Augen ließen. Bevor der Richter das Verlesen des Urteils begann, kniete ich nieder und bat beim Herrn in stillem Gebet um Kraft, das mir von Ihm zugedachte Urteil aus seinen Händen anzunehmen.

Am nächsten Tag wurde ich zu ungewöhnlicher Stunde aus der Rattenzelle geführt und wunderte mich. Was hatte man jetzt mit mir vor? Aber mir wurde keine Erklärung gegeben. Mit bangem Herzen gelangte ich zu dem Zimmer, in dem der Geheimdienst residierte.

„Aha, es wird wieder ein Verhör mit den üblichen Quälereien geben", dachte ich.

Als jedoch der Gefängniswärter die Tür öffnete, wäre ich fast in einen Jubelruf ausgebrochen. Ich erblickte meine Frau Elisabeth mit Anni, unserem jüngsten Töchterchen, und meiner Schwiegermutter. Freudig ging ich auf sie zu und es gab eine herzliche Begrüßung.

„Es wird nur Russisch gesprochen und nichts aus dem Gefängnisleben erzählt!" Barsch kam die Anordnung des KGB-Mannes, der uns zu bewachen hatte.

„Bürger Oberst, mit meiner Frau und meiner Schwiegermutter kann ich Russisch reden, wie Sie das wünschen. Aber mit meiner kleinen Tochter halt nicht, sie versteht kein Russisch. Mit ihr müßte ich schon Deutsch reden und ich möchte doch so gerne auch mit ihr sprechen", erklärte ich. „Gut, mit ihr kannst du Deutsch reden!" erlaubte er nach kurzem Überlegen.

Sofort wandte ich mich dem Kind zu. Anni war damals ein Jahr und sechs Monate alt. Von mir wollte sie aber nichts wissen. Das lag daran, daß sie mich schon sechs Monate nicht mehr gesehen hatte, ich kahlgeschoren und unrasiert war, denn aus Sicherheitsgründen durften wir uns nicht selbst rasieren. Trotzdem redete ich in einem deutschen Dialekt eifrig auf das Kind ein. Ich hatte das Plattdeutsch gewählt, weil ich mir nicht sicher war, ob der Oberst nicht doch das Schriftdeutsch verstand.

Auf diese Weise erzählte ich der Kleinen nun so manches, vor allem aber wie es mir erging und was man im Gefängnis mit mir anstellte. Das hörten natürlich auch meine Frau und meine Schwiegermutter mit.

Zwischendurch sprach auch Elisabeth mit Ännchen. Sie erzählte ihr, was sich draußen so alles ereignet hatte. Und jetzt hörte ich zu. So konnten wir ganz gut über Dinge reden, die nicht nach dem Willen des

KGB-Mannes waren. Ich erfuhr zum Beispiel, daß mein Glaubensbruder Heinrich Balau, der die sowjetische Fahne vom Dach des Gebetshauses der registrierten Baptistengemeinde in Bolotnoje heruntergeholt hatte, die auf Geheiß des Gemeindeleiters dort angebracht worden war, nun im gleichen Gefängnis saß wie ich.

Zum Schluß des Besuchs legte ich meiner Tochter die Hände auf und segnete sie in Gegenwart des Oberst. Während mein Besuch das Gefängnis verließ, wurde ich wieder in die Rattenzelle geführt.

Eine Woche später durfte ich meine Frau Elisabeth wiedersehen. Diesmal hatte sie Lenchen, unsere älteste Tochter, und meine Mutter mitgebracht. Und wie wir vorigesmal mit Ännchen sprachen, redeten wir diesmal mit Lenchen und konnten uns so ungestört auf dem Laufenden halten, trotz der Bewachung durch einen Geheimdienstler.

Am 27. März, nach insgesamt achtundachtzig Tagen Einzelhaft, wurde ich nachts aus der Rattenzelle geholt. Man gab mir ein Stück nasses Schwarzbrot und einige Salzheringe. Dann wurde ich mit anderen Häftlingen in bereitstehende „Schwarze Raben“ verfrachtet und zum Bahnhof gebracht. Hier mußten wir durch ein dichtes Spalier bewaffneter Soldaten von den Autos zum Zug gehen, der sich nach Stunden in Bewegung setzte und uns in eine unbekannte Zukunft brachte.

Nach einiger Zeit begannen viele Gefangene, einen Teil ihres Brotes und ihrer salzigen Fische zu essen. Ich biß auch in das Brot, verzichtete aber auf die Fische, obwohl mich danach verlangte. Aber ich sagte mir: „Wenn du sie ißt, wirst du Durst bekommen und die Soldaten werden uns bestimmt das Wasser verweigern.“ Ich kannte inzwischen schon ihre Methoden.

Wie gedacht, so geschah es auch. Schon nach kurzer Zeit begannen die ersten um Wasser zu bitten. Doch vergeblich. Die Soldaten dachten nicht daran, dieser Bitte nachzukommen. Die Häftlinge schrien und bettelten: „Reicht uns Schnee durch die Gitter!“

Aber auch darauf gingen die Soldaten nicht ein. Schließlich wurden die Gefangenen rasend und warfen sich gegen die Wagengitter, daß es nur so dröhnte.

Mir wurde dabei angst und bange. Ich hätte nie gedacht, daß Menschen so werden könnten. Ich hatte schon wilde Tiere im Zoo gesehen, doch sie gaben sich nicht so, wie hier die Gefangenen. Aber den Tieren wurde ja auch Wasser gereicht, damit sie ihren Durst stillen konnten!

Schließlich begannen einige, an den von Rauhreif überzogenen Schrauben der Wagenwände zu lecken. Sofort klebten ihre Zungen daran fest. Sie zogen und die Haut riß ab. Es floß das Blut und ihr Durst war trotzdem nicht gestillt. Dann – ich wage es kaum zu schreiben, aber es war wirklich so, – tranken einige aus Verzweiflung ihren Urin...

Am nächsten Tag überquerten wir den großen sibirischen Fluß Jenissej. Die Fahrt ging jedoch weiter in Richtung Norden nach Tajschet. Ich erinnerte mich, daß mein Vater hier seinen Zivildienst ableistete, und nun kam ich als Verbrecher und mußte hier beim Ausbau der transsibirischen Eisenbahn schwersten Sklavendienst leisten. Zu allem Überfluß wurden wir am Tag noch von den Mücken gepeinigt und nachts von den Läusen und Wanzen. Außerdem hatten wir ständig Hunger, weil es nur sehr wenig zu essen gab.

Obwohl die Geburt unseres jüngsten Kindes erst drei Monate zurücklag, besuchte mich meine Frau in diesem schrecklichen Lager. Zu meiner Überraschung kam sie nicht allein. Sie hatte auf die beschwerliche, eintausendfünfhundert Kilometer lange Reise unsere drei Kinder mitgenommen. Und die Gemeinde stellte ihr Schwester Melita Friesen als helfende Begleiterin zur Seite. Das war eine besondere Freude für mich.

Schon wenige Tage nach meiner Einlieferung fand ich heraus, daß unserem Lager gegenüber, nur durch die Straße getrennt, das Gebetshaus einer registrierten Baptistengemeinde stand. Oft, wenn sich die Gemeinde versammelte, stieg ich auf das Dach unserer Baracke und sah durch die geöffneten Fenster, wie die Glaubensgeschwister ihre Bibeln und Liederbücher in den Händen hielten. Dann hörte ich sie die wohlbekannten Glaubenslieder singen, und mir wurde dabei weh ums Herz. Wie gerne wäre ich inmitten der Gemeinde gewesen! Und mich bedrängte die Frage: „Warum mußtest gerade du verhaftet werden?“

In den Stunden solcher Versuchung war es mir jedoch immer wieder Trost und Kraft, wenn ich eine Predigt lesen konnte. Und die Möglichkeit dazu war mir gegeben. Ich erhielt viele Predigten, die im benachbarten Gebetshaus gehalten wurden. Sie gelangten auf eine ganz einfache Weise ins Lager, weil der Herr überall seine Boten hat.

In diesem Fall hieß der Bote Nikolaj Galij aus Chabarowsk. Er war ebenfalls Häftling, Schneider von Beruf. Nikolaj nähte aber nicht nur schöne Kleider für die Frauen der Lageroffiziere, sondern auch für die Glaubensschwestern aus der Baptistengemeinde. Und diese Schwestern legten, sooft sie etwas zu schneidern hatten, handgeschriebene und sogar gedruckte Predigten zwischen die mitgebrachten Stoffe. Und Nikolaj gab sie an uns weiter.

Wegen der schlechten Ernährung kam es eines Tages zu einem Aufstand in unserem Lager. Ich erinnere mich heute noch mit Schrekken daran. Es spielten sich furchtbare Szenen ab. Aber der Aufstand dauerte nicht lange. Er wurde mit Waffengewalt beendet. Dabei gab es auch Tote. Und diese Tote lösten in den umliegenden Straflagern eine Revolte aus. Man verlangte nämlich nach ihnen, um sie anständig beerdigen zu können, was die Lagerverwaltung zunächst nicht zulassen wollte.

Trotz allem Bemühen war es der Verwaltung aber nicht gelungen, den Aufstand geheim zu halten, und so erschien eine Moskauer Delegation von Offizieren im Lager, um die Verhältnisse zu prüfen. Offensichtlich erschienen sie auch diesen Herren zu schlecht, zumindest was die Ernährung betraf, denn nach ihrem Besuch bekam jeder Häftling dreiundachtzig Gramm Milch pro Tag.

Mir wurde nach der Niederschlagung des Aufstandes sehr ungut zumute. Ich hatte mich an ihm nicht beteiligt und fürchtete nun, von den Gefangenen entsprechend bestraft zu werden. Unter ihnen galt nämlich der gleiche Grundsatz, den ich schon bei der Hitlerjugend erfahren hatte: Einer für alle, alle für einen. Aber meine Befürchtungen erfüllten sich nicht. Ich wurde in Ruhe gelassen.

Nach einiger Zeit wurde mir von der Lagerleitung wie von den Gefangenen angetragen, in der Küche zu arbeiten. Das war ein verlokkendes Angebot, trotzdem lehnte ich es ab, weil ich um die damit verbundenen Gefahren wußte. In diesem Lager gab es nämlich kriminelle Vereinigungen, die das Küchenpersonal zwangen, ihnen die besten Brocken zu geben. So wußte ich zum Beispiel, daß sie einen Koch mit dem Messer bedrohten. Weil er ihren Forderungen nicht nachkam, schlugen sie ihm schließlich den Kopf ab und warfen ihn in einen großen Kessel mit kochendem Wasser. Einer solchen Gefahr wollte ich mich nicht aussetzen.

Aber die Gefangenen ließen mir keine Ruhe. Sie redeten mir immer wieder gut zu und am Ende willigte ich doch ein. Ich versuchte, nach bestem Wissen und Gewissen die Speisen auch gerecht zu verteilen. Den Gefangenen, die aus irgendeinem Grund in den Karzer gesteckt wurden, lieferte ich die Milch nach. Allerdings war das nur während der kalten Jahreszeit möglich. Ich goß ihre Portionen täglich in eine

Schüssel und ließ sie gefrieren. Wenn die Häftlinge nach zehn oder fünfzehn Tagen wieder freigelassen wurden, steckte ich ihnen die Eismilch nach und nach zu. Dafür waren sie sehr dankbar und mir blieb jede Bedrohung erspart.

* * *

Im Frühjahr 1960 wurde eine Gruppe von zweitausend Gefangenen von Asien nach Europa verlegt. Darunter war auch ich. Der Transport erfolgte unter strenger Bewachung. Trotzdem ließen sich die Häftlinge nicht einschüchtern und forderten die ihnen zustehenden Rechte, wie Heizung und Nahrung.

„Wenn nicht, werden wir den Zug umkippen!" erklärten sie und das Wachpersonal wußte, daß es keine leere Drohung war. Die Gefangenen hatten nämlich die Möglichkeit, diese Ankündigung in die Tat umzusetzen.

In jedem Eisenbahnwagen befanden sich hundert Häftlinge. Und wenn die sich an einem bestimmten Punkt zusammenstellten und in gleichem Rhythmus hin- und herschaukelten, kamen die Wagen so ins Wanken, daß sie am Schluß gekippt wären.

„Wir werden den Zug aber nicht auf freier Strecke umwerfen, sondern in einem Dorf oder in einer Stadt, damit es auch die Leute sehen und die Sache bekannt wird!" drohten sie weiter und hatten Erfolg damit. Wir brauchten über Heizmaterial und Nahrungsmittel auf der Fahrt nicht zu klagen.

Anfang Mai trafen wir auf der Bahnstation Sosnowka in Mordowien ein und kamen in das Straflager „Jawas 385-7". Hier begegnete ich einigen Personen aus der sogenannten „höheren Schicht". Unter ihnen befand sich Stalins General Tschernow und der Sekretär von Berija.

Zu meiner Verwunderung gab es in diesem Lager einen Speisesaal mit kleinen runden Tischen, auf denen Blumensträuße standen. Außerdem lagen Speisekarten aus und man konnte sich zu den Mahlzeiten die tollsten Gerichte bestellen: gebratenes Geflügel, verschiedene Fischsorten, Schweine- und Rindfleisch, Frikadellen, Schnitzel, Sülze, Hühnereier, frische und dicke Milch, Butter, Gemüse wie Tomaten, Gurken, Radieschen und vieles mehr. Wären der Stacheldraht und die Wachttürme nicht um das Lager gewesen, man hätte denken können, wir befänden uns im Schlaraffenland.

„Wie ist es möglich, daß sich so etwas Straflager nennt? – Wie ist es, daß es ein solches Lager überhaupt gibt?“ Das waren Fragen, auf die ich keine Antwort wußte, zumindest zunächst nicht.

Dann kam ich dahinter, daß „Jawas 385-7“ ein Vorzeige-Straflager war, in das ausländische Delegationen geführt wurden, um ihnen den humanen Strafvollzug in der Sowjetunion zu demonstrieren. Und vor allem die westlichen Delegationen ließen sich in ihrer Naivität nur zu gerne Sand in die Augen streuen.

Wie schon im vorigen Lager, arbeitete ich auch hier in der Küche mit. Von ihr wurden auch Einrichtungen wie Kindergärten und Schulen außerhalb des Lagers versorgt, und eine meiner Aufgaben bestand darin, ihnen das Essen zu bringen. Als Transportmittel wurde mir ein Pferdewagen zur Verfügung gestellt.

Außerdem oblag mir die Milchversorgung unseres Lagers, und ich errichtete im Dorf eine entsprechende Annahmestelle. Sie bestand aus einer Bude mit Spanplatten. In ihr stellte ich ungefähr zehn Milchkannen auf, von denen jede vierzig Liter faßte, da im Lager täglich zirka zwei- bis dreihundert Liter Milch benötigt wurden.

Jeden Morgen um sieben war ich in der Annahmestelle und wartete auf die Lieferanten. Meistens kamen Frauen und Kinder. Ich maß die angelieferte Menge nach und trug das Ergebnis unter den entsprechenden Namen in eine Liste ein. Nach diesen Eintragungen erfolgte am Monatsende die Abrechnung.

Schon am ersten Tag sagte ich den Lieferanten: „Ich möchte, daß wir nicht auf der Basis der Kontrolle, sondern des Vertrauens zusammenarbeiten. Ich werde deshalb eure Milch nicht nachmessen, sondern die Menge eintragen, die ihr angebt. Seid ihr damit einverstanden?“

„Ja, wird sind es“, wurde mir von allen versichert und ich merkte, daß sie froh waren, von mir nicht als Betrüger angesehen zu werden.

Natürlich war ich mir des Risikos bewußt, das ich damit einging, und war selbst gespannt darauf, wie der Versuch ausging. Schon der folgende Tag brachte die Überraschung. Es war mehr Milch in den Kannen, als ich nach den Eintragungen der Frauen und Kinder hätte haben müssen. Dabei blieb es auch. An jedem Tag konnte ich im Lager fünf bis acht Liter Milch mehr abliefern. Mir war etwas gelungen, was den sowjetischen Behörden trotz ihrer Kontrollen nur schwerlich gelang: eine Übererfüllung des Solls. Nun hätte ich ja, von dem was mehr geliefert wurde, mir einen Teil abzweigen können. Aber ich nahm keinen Schluck davon weg.

Nach einer gewissen Zeit kamen zwei Offiziersfrauen auf mich zu und fragten sehr nett, ob es nicht vorkomme, daß ich mehr Milch abliefere als in meiner Liste verzeichnet sei.

„Ich habe immer mehr", gab ich ehrlich zu.

„Weißt du was, schreib doch die übrige Milch so auf, als ob wir sie geliefert hätten. Am Monatsende, wenn wir das Geld dafür bekommen, teilen wir uns den Betrag", schlugen sie vor.

„Nein", sagte ich und schüttelte den Kopf. „Das mach ich nicht. Ich bin nämlich Christ, ich fürchte Gott und werde nicht betrügen. Das, was ihr von mir verlangt, ist aber Betrug."

„Dein Vorgänger hat es aber gemacht", hielten die Frauen dagegen.

„Das ist seine Sache. Ich werde es nicht tun!" lehnte ich entschieden ab.

Die Frauen schlugen verlegen ihre Augen nieder und ließen von mir ab.

Einmal befand ich mich mit den gefüllten Milchkannen auf der Rückfahrt zum Lager, als mir in wilden Sprüngen ein Kalb entgegen kam, dem man einen alten Eimer an den Schwanz gebunden hatte, der ein furchtbares Getöse machte. Dadurch erschrak mein Pferd, sprang zur Seite und der Wagen kippte um. Von allen Kannen sprangen die Deckel ab und die Milch ergoß sich in einem weißen Strom über die Straße.

So rasch es mir möglich war, hob ich die Kannen wieder auf. Aber der Verlust war enorm. Ich erfuhr danach, daß Wachsoldaten dem Kalb den Eimer an den Schwanz gebunden hatten, weil es in die verbotene Zone um das Lager gelangt war, wo viel Gras wuchs. Um es dem Kalb abzugewöhnen, hatten sie sich diesen Scherz erlaubt. Mir jedoch war nicht zum Scherzen.

Als ich im Lager den kümmerlichen Rest vorzeigte, wurde ich gefragt: „Und wie willst du jetzt abrechnen?"

Ich zuckte hilflos mit den Schultern. „Das weiß ich nicht."

„Weißt du was! Gieß doch jeden Tag etwas Wasser in die Milch, dann kriegst du die Menge schon wieder raus, auch wenn es Wochen dauert", wurde mir geraten.

„Das ist Betrug, und als Christ werde ich nicht betrügen", hielt ich dagegen.

„Willst du die fehlende Milch vielleicht bezahlen? Das kannst du mit den knapp zwei Rubeln nicht, die du im Monat bekommst. Gewiß, offiziell verdienst du mehr, aber die anderen Rubelchen werden dir abgezogen. Die sind für die Soldaten, die dich bewachen, damit du nicht wegläufst. Die müssen ja auch bezahlt werden."

„Laßt mich in Ruhe!" wehrte ich ab. „Ich weiß zwar nicht, wie ich die Milch abrechnen und bezahlen soll. Aber eines weiß ich ganz sicher: ich möchte ein reines Gewissen haben."

Am Abend faltete ich die Hände und sagte Gott alles, was mein Herz beschwerte. Dann legte ich mich zur Ruhe. Wie üblich, begann auch am nächsten Morgen mein Tagewerk um sechs Uhr. Nachdem ich mich dem Herrn im Gebet anbefohlen hatte, ging ich zum Stall, führte das Pferd heraus, spannte es vor den Wagen und fuhr zur Milchannahmestelle im Dorf. Schon aus einiger Entfernung sah ich, daß an der Bude eine Menge Leute standen.

Als ich anhielt, erfuhr ich, daß mein Mißgeschick vom Vortag schon über die Grenzen des Lagers hinaus bekannt geworden war. Ein älterer Mann rief mir nämlich zu: „Na, David, was haben wir gehört! Du bist gestern verunglückt?" „So ist es", nickte ich.

„Sei nicht traurig", sagte er. „Wir haben eben wegen dieser Sache eine Versammlung abgehalten und beschlossen, dir heute die Milch zu schenken. Damit ist dein Verlust gedeckt. Hast du verstanden?"

„Ja, hab ich. Aber ich kann das nicht annehmen, weil hier auch Kinder sind. Sie werden von ihren Eltern geschimpft, wenn sie nach Hause kommen und sagen, daß sie die Milch verschenkt haben."

„David, deine Sache ist es jetzt, die Kannen zu öffnen und unsere Sache ist es, die Milch hineinzugießen", hielt der Alte dagegen.

Ich befolgte seine Anweisung und war betroffen. Mir wurde mehr Milch gegeben, als verlorengegangen war. „Serdetschno blagodarju" (ich danke herzlich), konnte ich nur noch sagen und war sehr bewegt. Ich wußte, daß dieses Entgegenkommen der Leute die Erhörung meiner Gebete war. Ihre Herzen wurden vom Erschaffer der Welt zu dieser Tat gelenkt.

Bald danach war Ostern. Als ich mich am ersten Feiertag, der ein Arbeitstag wie jeder andere war, der Milchsammelstelle näherte, sah ich, daß im Vergleich zu sonst nur wenige Leute gekommen waren. Diese begrüßten mich zu meiner Überraschung mit dem Gruß: „Christos woskres!" (Christus ist auferstanden.)

„Er ist wahrhaftig auferstanden!" entgegnete ich.

Danach schenkten mir die Lieferanten bunte Eier. Von meinen Kannen wurden aber nur zwei gefüllt, und als ich ins Lager kam, fragte ein Offizier: „Warum hast du heute nur so wenig Milch?"

„Bürger Offizier, ich bin in das Lager gesteckt worden, weil ich an die Auferstehung Jesu Christi glaube und das auch weitersage. Aber Ihre Leute feiern auch Ostern. Es waren heute nur wenige an meiner Bude im Dorf. Deshalb ist heute auch nur so wenig Milch", erklärte ich und mir wollte scheinen, daß dem Offizier diese Worte nicht schmeckten, aber er schwieg.

* * *

Während von der kommunistischen Propaganda in der Weltöffentlichkeit behauptet wurde, daß es in der Sowjetunion keine politischen Gefangenen gebe, – man gab sie eben als Verbrecher aus –, wurde im Herbst 1961 ein Gesetz zur Verschärfung des Strafvollzugs erlassen. In diesem Zusammenhang wurde auch ich von dem Straflager „Jawas 385-7" in das Lager „Jawas 385-1" verlegt. Alle Einsprüche der Verwaltung von „385-7", die mich im Vorzeigelager behalten wollte, blieben erfolglos.

Das Lager 385-1 wurde als „Experimentierlager der Heiligen" geführt, und wie jede Bezeichnung, hatte auch diese ihre tiefere Bedeutung. Sie stand, wie ich später erfuhr, im Zusammenhang mit dem leninschen Satz: „Die verbrecherische Welt wird sich selbst zerstören."

Lenin fand nämlich heraus, daß man mit Verbrechern am leichtesten fertig wurde, wenn man zwei rivalisierende Gruppen in einem Lager zusammensteckte. Sie lösten selbst das Problem, das man mit ihnen hatte, indem sie sich gegenseitig umbrachten. Auf dieser Basis versuchte der Geheimdienst nun auch ihr Problem mit den religiösen Gruppen zu lösen. Deshalb waren in „Jawas 385-1" neben den christlichen Glaubensgemeinschaften auch die verschiedensten Sekten vertreten.

Doch was den Kommunisten bei den Kriminellen gelang, blieb ihnen im „Experimentierlager der Heiligen" versagt, zumindest bei denen, die mit Ernst in der Nachfolge Jesu standen. Es gab zwar manches Durcheinander, aber letztlich siegte immer wieder die Verbundenheit in Christus. Wir fanden uns in der Wortbetrachtung, im Beten, Singen und Fasten zusammen. Wir hatten erbauliche Stunden und ermahnten uns auch gegenseitig.

Ageew, der leitende Offizier des Lagers, hatte, als Folge einer Verwundung im Zweiten Weltkrieg, einen schiefen Mund, den er nicht selten ziemlich voll nahm, wenn es darum ging uns zu kränken. Immer wieder dachte er sich Tricks aus, um uns zu fangen und dann einen Grund zur Bestrafung zu haben.

So versuchte er eines Tages, uns mit einer Bibel zu locken. Bibeln, Testamente und auch sonstige christliche Literatur, waren im Lager verboten. Deshalb gab es davon auch nicht viel und wurde von uns um so heißer begehrt. Wo wir etwas Gedrucktes fanden, und wenn es auch nur ein Blatt aus der Bibel war, nahmen wir es als eine Kostbarkeit an uns.

Dieses Verlangen machte sich der listige Offizier zu Nutzen und schenkte uns während der Arbeit eine Bibel. Wir nahmen sie dankbar an, wurden aber stutzig und fragten uns, was er damit bezwecken wollte. Daß er plötzlich umgekehrt und unser Freund geworden sei, konnten wir uns nicht vorstellen.

Dann reifte die Vermutung: er will uns hineinlegen. Er wird die Sache der Kontrolle am Lagereingang melden! – Deshalb nahmen wir die Bibel am Abend nicht mit, sondern versteckten sie, um sie zu einem späteren Zeitpunkt in unsere Unterkunft zu schmuggeln.

Als wir nach der Arbeit zum Lagertor kamen, wurden wir außergewöhnlich gründlich gefilzt und wußten, daß wir mit unserer Vermutung richtig lagen. Die Wachsoldaten waren darüber informiert, daß eine Bibel in das Lager gebracht werden sollte. Doch ihr Bemühen war umsonst und sie machten keinen glücklichen Eindruck.

Oft erlebten wir auch, daß wir von den Soldaten urplötzlich überfallen und gefilzt wurden, selbst während der Nacht. Doch für diese Tageszeit hatten wir einen zugkräftigen Schutz entwickelt. Einem von uns Häftlingen gelang es immer zur Stromleitung zu kommen und einen Draht darüber zu werfen, daß ein Kurzschluß entstand. Bis die Ursache gefunden und wieder alles in Ordnung gebracht war, hatten wir unsere Schriften sicher verstaut.

Eines abends, ich kam gerade von der Arbeit, begegnete mir Peter Engbrecht im Lager und war ziemlich aufgeregt. Der Glaubensbruder war Lehrer, kam aus einer Mennoniten-Brüdergemeinde und stammte aus der Gegend von Orenburg im Südural. Er brauchte nicht mehr zur Arbeit zu gehen, weil er lungenkrank war und als Invalide der zweiten Gruppe galt. „Was hast du?“ fragte ich.

„Bruder David“, sagte er, „heute Nachmittag ist ein neuer Transport hier angekommen und mit ihm ein komischer Häftling. Chrapow heißt er, wenn ich mich nicht verhört habe.“

„Wieso komisch?“ hakte ich nach.

„Weißt du, als ihn die Orthodoxen (Rechtgläubigen) fragten ob er orthodox sei, sagte er: „Ja, ich bin rechtgläubig". Dann kamen die Adventisten und wollten wissen ober er Adventist sei und er sagte: „Ja, ich warte auf die Wiederkunft meines Herrn". Den Pfingstlern gab er zur Antwort: „Ja, ich bin mit dem Heiligen Geist getauft". So ging das mit anderen noch weiter.

Ich hab das aus einiger Entfernung mitgehört, Bruder David. Als dann mal niemand bei ihm war, bin ich zu ihm gegangen und habe gefragt: „Könnten wir mal miteinander reden?" Ich wollte ein Gespräch mit ihm, weil ich ihn einfach nicht verstand. Ich wollte von ihm wissen, wo er nun eigentlich hingehört. Aber er war nicht dazu bereit, sich mit mir zu unterhalten. Da stimmt doch etwas nicht...

Jetzt ist er beim Friseur. Und der Iwan Fedorowitsch kommt aus der registrierten Gemeinde in Frunse, der wird dem Chrapow bestimmt nicht nur den Bart rasieren, sondern nebenbei auch noch das Herz bearbeiten."

„Bruder Engbrecht", sagte ich beruhigend, „ich habe den Chrapow zwar noch nicht gesehen, aber wenn er ein Bruder in Christus ist, gibt ihm der Herr das nötige Unterscheidungsvermögen, und er wird sich in dem hiesigen Chaos zurechtfinden. Komm, gönnen wir ihm heute seine Ruhe. Er hat eine lange Reise hinter sich und ist bestimmt müde. Außerdem ist es auch Zeit, daß wir zum Abendbrot gehen."

In den folgenden Tagen fanden alle Brüder Gelegenheit, mit Chrapow zu reden, ich dagegen nicht, obwohl ich mit ihm im gleichen Raum war und im Bett über ihm schlief. Weshalb es bis dahin noch zu keinem Gespräch zwischen uns gekommen war, weiß ich nicht genau. Vielleicht lag es an meiner Zurückhaltung.

Dann ergab sich aber die Gelegenheit, daß auch wir unter vier Augen miteinander reden konnten. Wir saßen auf einer Bank im Freien, und Chrapow stellte eine Frage nach der anderen, bis er meinen Lebenslauf kannte. Ich erfuhr leider wenig über ihn, konnte mir nur anhand seiner Fragen ein Bild über ihn machen.

Zum Schluß des Gesprächs legte er seine linke Hand auf mein rechtes Knie und erklärte: „Bruder David, wir haben zwei Dinge gemeinsam: den Glauben an den Herrn Jesus Christus und den gleichen Verräter. Der Mensch, der dich verraten hat, hat auch mich verraten. Und das Schlimme ist, er ist ein Verwandter von mir."

Aus diesen Gemeinsamkeiten entstand eine sehr enge Verbindung zwischen uns, und ich erfuhr nun mehr über ihn, als alle anderen im

Lager. Besonders beeindruckte mich sein Fleiß, mit dem er die deutsche Sprache in Wort und Schrift erlernte. Er war schon nach verhältnismäßig kurzer Zeit in der Lage, Schriftstücke vom Deutschen ins Russische zu übersetzen. Sehr gerne, weil sie so glaubensstärkend waren, habe ich auch die Gedichte gelesen, die er schrieb.

Dann erinnere ich mich an einen wunderbaren Tag im Mai 1962. Die Sonne schien so warm, daß wir unsere Barackentür weit geöffnet hatten. Chrapow hatte Durst und trank abgekochtes Wasser, während ich auf dem Rand seines Bettes saß und aus dem Neuen Testament vorlas.

„Er kommt! Er kommt!“ flüsterte Chrapow plötzlich.

Rasch klappte ich das Testament zu und steckte es in den linken Ärmel meiner Wattejacke.

„Vergebens! Vergebens!“ rief der Aufseher und kam mit festen Schritten auf mich zu. „Steh auf!“ forderte er. Seine Stimme klang unerbittlich hart. „Wo hast du das Buch versteckt?“ wollte er wissen.

„Su-su-su-suchen Sie doch“, stotterte ich und zitterte am ganzen Körper.

„Was zitterst du?“ forschte er und ließ mich nicht aus den Augen.

Ich hatte Angst, aber nicht vor der Bestrafung, obwohl auf den Besitz von christlicher Literatur mindestens zwei Wochen verschärfter Karzer stand. Meine Angst galt dem Neuen Testament, aus dem ich täglich soviel Kraft schöpfte. Ich befürchtete, er könnte es finden und mir wegnehmen.

Anstatt eine Antwort zu geben, flehte ich im Stillen zu Gott: „Herr, es ist dein Wort, das mir lieb und wert ist, das ich täglich brauche. Du weißt es! Aber ich bin nicht im Stande, es jetzt zu schützen. Das mußt du tun! Schlage den Aufseher mit Blindheit, wenn er mich abtastet! Amen.“

Der Aufseher faßte mir unter die Arme und betastete meinen Oberkörper. Als er zu den Schultern griff, um die Jackenärmel von oben nach unten zu befühlen, lockerte ich die Muskeln und ließ das Testament in meine Hand rutschen. Einen Augenblick lang meinte ich, das Herz bliebe mir stehen. Doch der Aufseher bemerkte nichts. Er bückte sich und betastete meinen Unterkörper. Im selben Moment wurde es laut im Raum, weil die anderen Häftlinge miteinander sprachen, und ich schleuderte das Testament über den Aufseher hinweg in den Raum. Es landete einem Mitgefangenen vor den Füßen. Der trat dagegen, daß es bis zur Türschwelle rutschte. Da stand er auf, ging ruhig zum Ausgang, hob das Testament schnell auf und verschwand hinter der Tür. Mein Testament war gerettet und ich wurde wieder ruhig.

Als der Aufseher seine Filzung erfolglos beendete, schrie er mich an: „Mensch, ich habe das Buch doch in deinen Händen gesehen! Wo hast du es hingebracht? Ich stecke dich in den Karzer!“

Doch ich machte von der Aussageverweigerung Gebrauch und schwieg. Ich war bereit, den Preis der Bestrafung mit all ihren unangenehmen Begleiterscheinungen wie Post- und Besuchsverbot für den weiteren Besitz von Gottes Wort zu zahlen.

Ich setzte alles daran, um das Wort zu behalten und suchte, nachdem es der Gefangene mir wieder gegeben hatte, nach einem sicheren Versteck. Aber wo war hier ein solcher zu finden? Die Möglichkeiten waren sehr begrenzt. Zum einen stand uns nur wenig Raum zur Verfügung auf dem wir uns bewegen konnten, und zum anderen waren zu viele Menschen da, auf die man sich nicht verlassen, die einen verraten konnten.

Dann, als ich wieder einmal nachdenklich auf meiner Pritsche saß und den gemauerten Ofen mitten im Raum vor Augen hatte, kam mir eine Idee. „Wenn es dir gelänge einen Ziegelstein aus dem Mauerwerk zu lösen, hättest du einen sicheren Versteck für dein Testament. Du könntest es in die Lücke geben und den Stein wieder davor setzen.“

Aber womit sollte ich einen Stein lösen, wo mir das entsprechende Werkzeug fehlte? – Nicht lange, und ich meinte, für dieses Problem eine Lösung gefunden zu haben. „Du hast einen Löffel“, dachte ich, „der läßt sich nicht nur als Ess-, sondern auch als Schabwerkzeug benutzen, zumindest der Stiel. Mit ihm müßte es dir gelingen, den Mörtel um einen Stein herauszukratzen.“

Ich weihte zwei Glaubensbrüder in meinen Plan ein und sie fanden ihn ebenfalls gut. Sie boten sich sogar an, aufzupassen, wenn ich arbeitete, und mich mittels einer Parole zu warnen, sobald sich ein Aufseher nahte.

Jetzt ging ich ans Werk und begann unten am Ofen, dort wo nicht jeder gleich hinsah, einen Stein zu lösen. Ohne unangenehmen Zwischenfall konnte ich das Vorhaben beenden und hatte nun ein sicheres Versteck für meine geistliche Speise, das Wort Gottes.

Jedesmal wenn ich mit den Brüdern in dem Neuen Testament lesen wollte, stellten sich die beiden wieder auf die Lauer, und ich kratzte mit dem Löffelstiel schnell den Mörtel aus den Fugen. Die wurden nämlich mit einem Kalkspeis neu ausgefüllt.

Ich war aber nicht nur darauf bedacht, das Wort zu behalten, sondern nutzte auch jede Gelegenheit, um anderen gläubigen Häftlingen dessen Lesen zu ermöglichen. Daran änderte sich auch nichts, als ich den Auftrag erhielt, den Gefangenen, die außerhalb des Lagers arbeiteten, und denen in der besonderen Abteilung des Straflagers das Mittagessen zu bringen. Es wurde in große Thermosbehälter gegeben, die ich auf einem Pferdewagen zu den jeweiligen Orten zu bringen hatte.

Schon sehr bald kam ich dahinter, daß die Behälter aus zwei Teilen bestanden: dem Außenmantel und dem Topf. Und zwischen beiden befand sich ein Hohlraum, in den Holzklötze gesteckt waren. Sofort hatte ich eine Idee, wie sich diese Gegebenheit zum Transport der vorhandenen Bibeln und Neuen Testamenten nutzen ließ. In unbeobachteten Augenblicken zog ich den bereits leeren Topf aus dem Mantel und legte das entsprechende Buch in den Hohlraum.

Natürlich galt es dann noch, ein entscheidendes Hindernis zu überwinden, bevor ich, vor allem in der besonderen Abteilung des Straflagers, das aus dem Versteck herausgenommene Buch an den Mann bringen konnte. Hier wurde ich am Tor nämlich jedesmal gründlich gefilzt. Und bevor die Filzerei losging, wurde ich gefragt: „Was bringst du?“

„Speise“, gab ich zur Antwort.

„Wirklich? Sonst nichts?“ hakte der Kommandeur der Soldaten nach.

„Nein, sonst nichts“, blieb ich bei meiner Aussage und kam mir auch nicht als Lügner vor, weil Jesus das Wort Gottes auch als eine Speise bezeichnet hatte. Das Pferd wurde genauso gründlich wie ich durchsucht: Abgetastet wurden die Mähne, der Schwanz, unter jeden Lederriemen wurde gefühlt. Dann kam der Wagen dran und zum Schluß auch die Thermosbehälter. Man rührte jedesmal die Suppe um, um festzustellen, ob da etwas versteckt sei.

Und weil das Versteck in den Thermosbehältern nicht entdeckt wurde, konnte ich neben der leiblichen auch die geistliche Speise austeilen...

Obwohl wir immer auf der Hut sein mußten, um bei der Beschäftigung mit dem Worte Gottes nicht erwischt zu werden, lebten wir aber nicht in ständiger Angst wenn wir es taten – gerade dann nicht. Das sieht wie ein Widerspruch aus, ist aber keiner, weil von dem Wort ein unerklärbarer Trost ausgeht, den jeder erfahren kann, der sich vorbehaltlos mit ihm einläßt.

Und bei den Wortbetrachtungen, die Bruder Chrapow hielt, war es so gut wie ausgeschlossen, Vorbehalte zu haben. Er sprach so anschaulich, wußte alles mit Begebenheiten aus dem Leben zu untermauern.

Ich erinnere mich da an die Behandlung des Themas „Reinigung und Heiligung“. Chrapow erläuterte es ausführlich anhand verschiedener Bibelstellen und schob dann ein persönliches Erlebnis nach.

„Brüder“, sagte er, „niemand kann heil werden, wenn nicht alles was unrein, was an Sünde in ihm ist, herauskommt. Das ist so, wie ich das im Straflager Magadan auf Kolyma erlebte. Eines Tages, als wir wieder in einer Gruppe zur Arbeit außerhalb des Lagers geführt wurden, hörten wir plötzlich ein eigenartiges Geräusch und sahen, wie sich hinter dem Gebüsch an unserem Weg ein großer Bär aufbäumte. Mit mächtigem Gebrüll stürzte er auf unsere Gruppe zu, packte mit seiner Tatze einen neunzehnjährigen Häftling im Genick und riß ihm die Kopfhaut bis in die Stirn los, daß sie ihm wie ein behaartes Stoffstück ins Gesicht hing.

Als die Wachsoldaten den Bär erschossen hatten, bemühten wir uns, den Schädel des Jungen zu säubern. Einfach war das nicht, weil der Gefangene vom Bär gewälzt und die Wunde dabei total verdreckt wurde. Als sie nach unserem Gutdünken gereinigt war, zogen wir die Kopfhaut wieder zurück.

Inzwischen hatten einige Gefangene aus langen Stöcken eine Trage gefertigt. Sie legten den Verletzten darauf und trugen ihn unter Bewachung von zwei Soldaten zum Fluß. Hier wurde er in ein Boot geladen und auf dem Wasserweg zum nächsten Krankenhaus gebracht. Der Transport dauerte drei Tage.

Im Krankenhaus angekommen, stellte der Arzt fest, daß die Kopfhaut schon etwas angewachsen war, und faßte den Entschluß, sie zur gründlichen Reinigung der Wunde nicht wieder abzutrennen. Das wäre allerdings klüger gewesen, denn die wirkliche Heilung erfolgte erst, nachdem der zurückgebliebene Schmutz aus der Wunde herausgeeitert war.

So, ihr lieben Brüder“, schloß Chrapow die Wortbetrachtung, „ist es auch in unserem Leben. Wir werden erst dann wirklich heil, wenn wir uns gereinigt, allen Sündenschmutz herausgerückt haben.“

Natürlich haben wir auch zusammen gelacht, – herzhaft sogar. Gelegenheit dazu gab es immer wieder. Eine davon ergab sich durch Peter Engbrecht, der ein guter Deutsch-Lehrer war, aber mit der russischen Sprache seine Schwierigkeiten hatte. Als er eines Tages aufgrund seiner Krankheit Dickmilch erhielt, die ihm sehr gut schmeckte, erzählte er den russischen Glaubensbrüdern begeistert von der „tolstoje Moloko“ und wunderte sich, daß sie lachten und ihm unterstellten, er wollte ihnen einen Bären aufbinden. Erst nach einer Aufklärung begriff er, daß es den Begriff „dicke Milch“ im Russischen nicht gibt, daß die Dickmilch „saure Milch“ heißt und die Brüder annahmen, er wollte ihnen weismachen, es gäbe Kühe, aus deren Euter dicke Milch käme.

Ein anderes Mal leistete ich mir einen Schnitzer. Während einer Wortbetrachtung wandten wir uns dem Begriff „Slastoljubiwyj“ zu und ich gestand Bruder Chrapow, daß ich ein „Slastoljubiwyj“ sei, also einer, der gerne Süßes ißt. Heute weiß ich natürlich, daß „Slastoljubiwyj“ nichts mit Zucker und Honig zu tun hat, sondern Wollust bedeutet.

* * *

Eines Tages wurde Chrapow zur Lagerleitung gerufen. Als er zurückkam, hatte er Tränen in den Augen. Das war etwas Besonderes. Wir hatten ihn noch nie weinen gesehen, ganz gleich was ihm auch angetan wurde.

„Nikolaj Petrowitsch, was ist los?“ fragten wir besorgt.

Er erzählte uns, daß seine Frau zu Besuch gekommen sei und man in ihrem Gepäck ein Neues Testament gefunden habe. Jetzt werde der Besuch gestrichen, und sie habe den zweitausendfünfhundert Kilometer langen Weg von Taschkent hierher umsonst gemacht.

„Komm, Nikolaj Petrowitsch, wir beten“, schlug jemand vor.

Damit waren alle Brüder einverstanden. Wir stellten uns in einen Kreis und beteten laut. Als der letzte Bruder sein Gebet gesprochen hatte, sagten wir alle „Amen“.

„So, Nikolaj Petrowitsch, jetzt geh zum Lagerleiter und rede noch einmal mit ihm. Wir beten inzwischen weiter“, schlug ein Bruder vor und wir anderen stimmten zu.

Chrapow wischte sich mit der Hand die Tränen ab und ging zum Wachhaus. Nicht lange und er kam mit weit ausholenden Schritten und erhobenem Haupt zurück. „Brüder“, sagte er und lächelte dabei, „meine Frau darf mich besuchen – wir dürfen zusammensein! Nur von dem, was sie mitgebracht hat, darf sie mir nichts geben.“

„Nur mutig, Nikolaj Petrowitsch. Grüß deine Frau von uns und wir werden weiter beten“, ermutigten wir ihn.

Mit beschwingten Schritten eilte er davon. Wir falteten die Hände, dankten für das, was schon geschehen war, und befahlen die beiden weiterhin der Führung des Herrn an.

Als die Sonne untergegangen war, machte ich mich auf den Weg zum Wachhaus, um mit dem leitenden Offizier zu reden, zu dem ich, wie zu allen wachhabenden Soldaten, ein gutes Verhältnis hatte. Das war aber nicht durch Anschwärzen der Mitgefangenen zustandegekommen, sondern dadurch, daß ich ihnen mit dem Pferdefuhrwerk Heu für ihre Kühe und Holz zum Heizen herbeischaffte.

„Wissen Sie“, sagte ich, als ich dem Offizier gegenüberstand, „das können Sie dem Chrapow doch nicht antun, daß er die Sachen, die seine Frau mitgebracht hat, nicht bekommt. Der gute Mann sitzt schon viele Jahre im Gefängnis, nur weil er an Jesus glaubt. Und, sind Sie mal ganz ehrlich, Sie wissen doch genau, daß wir nichts Böses tun. Also, seien Sie doch so gut, und erlauben Sie, daß der Mann die Sachen, die seine Frau so viele Kilometer transportiert hat, in Empfang nehmen darf. Sie liebt doch ihren Mann und auch er liebt sie!“

Ich hatte mich auf ein längeres Gespräch eingestellt. Aber zu meinem Erstaunen wurde meine Bitte von dem Offizier sofort erfüllt. „Laßt ihn zu dem Chrapow rein, daß er ihm wegen der Sachen von seiner Frau Bescheid geben kann“, befahl er den Soldaten.

Bevor ich den Raum verließ, wandte ich mich noch einmal um und sagte zu dem Offizier: „Wissen Sie, ich hab da noch eine Bitte.“

„Was denn?“ fragte er nicht besonders freundlich, und mir wollte schon der Mut schwinden, fortzufahren.

Doch ich überwand mich und erklärte: „Wissen Sie, der Chrapow hat hier im Lager für seine Kinder Geschenke gebastelt. Erlauben Sie ihm doch, daß er die seiner Frau mitgeben darf.“

„Gut, er darf!“ sagte er kurz zu mir und, an die Soldaten gewandt, befahl er: „Los, jetzt bringt ihn in das Besuchszimmer!“

Ich wußte, daß ich nun keine Bitte mehr hätte äußern dürfen. Aber ich hatte ja auch keine mehr.

Entschlossen klopfte ich an die Tür und hörte Bruder Chrapow „Herein“ sagen. Als ich eintrat, verschlug es den beiden die Sprache. Bevor sie die wiedergefunden hatten, teilte ich ihnen die Bewilligung des Offiziers mit und sie wurden so froh, daß sie in einer Weise zu reden begannen, die ich ihnen nie zugetraut hätte, die Worte sprudelten nur so aus ihnen hervor. Ich ließ mich von der Freude anstecken und wir redeten frei drauf zu, manchmal auch durcheinander.

Als wir uns etwas beruhigt hatten, dankten wir Gott dafür, daß wir die Erfüllung seines Wortes erleben durften, daß er „Menschenherzen wie Wasserbäche leitet“. Für uns stand nämlich fest, daß ohne das Eingreifen des himmlischen Vaters, der Offizier niemals so weitreichende Zugeständnisse gemacht hätte.

* * *

Dann kam der 28. Dezember 1962 und ich erhielt die Mitteilung, daß ich am folgenden Tag entlassen werde. Spontan veranstalteten die Brüder am Abend eine Abschiedsfeier. Es berührte mich, daß jeder einen Beitrag dazu lieferte. Erinnerungen an gemeinsame Leiden und Freuden wurden wach...

Zum Schluß ergriff Chrapow das Wort. „So, Bruder David“, sagte er, „wir lassen dich ziehen, wie Eltern ihre Tochter zur Hochzeit ziehen lassen: Sie lieben sie und geben sie dennoch dem Bräutigam. Wir haben uns kennen- und liebengelernt. Wir haben glückliche Stunden miteinander erlebt. Der Herr hat uns auch durch dich gesegnet. Wir würden dich gerne hier behalten oder mit dir ziehen. Aber das letzte ist nicht möglich und das erste dürfen wir nicht verlangen. Deshalb zieh zu deiner Gemeinde und zu deiner Familie und diene dem Herrn. Gott segne dich.“

Ich verabschiedete mich von allen mit Umarmung und dem Bruderkuß.

Dann wandten wir uns dem Stacheldraht zu, der das Lager umgab, und sangen mit gefalteten Händen und bewegter Stimme einen Gebetshymnus von Bruder Chrapow: „Sakat obagrilsja...“ – „Blutrot sank die Sonn' am Horizont...“

Am nächsten Morgen, nach dem gemeinsamen Gebet, reichte ich Chrapow mein Neues Testament mit den Worten: „Hier, Nikolaj Petrowitsch, nimm es, es soll von heut an dir gehören.“

Chrapow verweigerte jedoch die Annahme mit der Erklärung: „Nein, nein, nimm es nur mit in die Freiheit.“

„Bruder, laß uns nicht noch im letzten Augenblick unseres Zusammenseins streiten und dazu noch über Gottes Wort“, bat ich. „Du kennst doch das russische Sprichwort: ‘Holz fährt man nicht in den Wald.’ In der Freiheit gibt es mehr Testamente als hier.“

Chrapow beharrte jedoch auf seinem Standpunkt und bat mich nun seinerseits: „Nimm es mit und verfasse einen Bericht darüber, wie es mit dir durch dick und dünn gegangen ist und welchen Segen du von ihm gehabt hast. Du kannst in der Freiheit zwar wieder ein Neues Testament bekommen, das ist wahr, aber du wirst keines mehr erhalten wie das hier. Das hier vermittelt dir nicht nur Gottes Wort, es spricht auch von einem entscheidenden Teil deiner Lebensgeschichte."

Ich behielt das Testament und mir wurde eigenartig zumute. Ich wußte nämlich, daß man mich beim Verlassen des Lagers wieder gründlich filzen würde. Und wenn man das Neue Testament bei mir entdeckte, konnte es geschehen, daß ich trotz der Entlassungspapiere nicht nach Hause durfte, sondern erneut eingesperrt wurde.

Ich teilte meine Befürchtung Bruder Chrapow mit. Er verstand mich zwar, war aber trotzdem nicht bereit, das Testament an sich zu nehmen, sondern sagte: „David, wir werden für dich beten. So wie der Herr beim Besuch meiner Frau eingriff, wird er auch bei dir eingreifen. Du wirst in die Freiheit gelangen – mit dem Testament."

Ich wußte, daß er recht hatte, und dennoch beschlich mich eine geheime Furcht. Grübelnd ging ich umher und überlegte, wie ich das Testament am geschicktesten verstecken könnte. Schließlich meinte ich, eine Lösung gefunden zu haben. Ich sah mich um, daß ich von keinem Spitzel beobachtet wurde, und nähte das Testament in meinen Schal. Dann legte ich ihn um und wurde von einem gewissen Unbehagen gepackt. Sofort nahm ich ihn wieder ab, trennte das Testament heraus, steckte es in die Gesäßtasche meiner Hose und sprach ein Schutzgebet:

„Herr, es ist dein Wort", sagte ich, „und du hast durch den Propheten Jeremia zugesagt, daß du darüber wachen willst. Ich halte dir jetzt dein Versprechen vor. Herr, schlage die Wachsoldaten mit Blindheit, daß sie das Testament nicht finden."

Nach dem „Amen" machte ich mich unter Begleitung der Brüder auf den Weg zum Wachhaus. Als ich es betrat, zuckte ich kurz zusammen. Ich sah nämlich, daß ein Gefangener, der ebenfalls entlassen werden sollte (er war ein Zeuge Jehovas), sehr genau unter die Lupe genommen wurde.

„Du liebe Zeit, wenn sie auch bei dir so vorgehen, kannst du gleich hier bleiben", mußte ich denken. Trotzdem sagte ich gefaßt: „Dobroje utro!" (Guten Morgen!) und besah mir die Gepäckstücke des anderen, die in wildem Durcheinander auf dem Fußboden lagen.

Plötzlich sah mich einer der Aufseher an und fragte: „Rukopissi jestj?“ (Hast du Handschriften?)

„Nein“, versicherte ich und es gelang mir, meiner Stimme einen entschiedenen Ton zu verleihen. Schließlich war mein Testament ja auch nicht mit der Hand geschrieben, sondern von einer Maschine gedruckt worden.

Der Aufseher zeigte mit dem Finger auf den durchschnittenen Griff des Koffers des Zeugen Jehovas. Aus beiden Teilen steckten Teile des eng zusammengerollten „Wachtturms“ heraus, der damals aus den U.S.A. geschmuggelt wurde. „Wenn du etwas Verbotenes hast, dann gib es lieber gleich heraus. Wir finden es doch!“ Als ich noch immer nicht reagierte, kam die Anordnung:

„Zieh die Wattejacke aus!“

Ich gehorchte und sie wurde von dem Aufseher peinlich genau untersucht. Dasselbe geschah anschließend mit meinen Filzstiefeln. Doch er konnte auch darin nichts finden und sagte: „So, jetzt kommt die Hose dran!“

Die durfte ich anbehalten und er faßte mir nacheinander in die Seitentaschen. Mein Herz schlug in diesem Augenblick so wild, daß ich dachte, er müßte es pumpen hören und Verdacht schöpfen. Als er auch in ihnen nichts Verdächtiges finden konnte, kam der Befehl: „Zieh dich wieder an!“

Er hatte die Gesäßtasche übersehen und ich atmete erleichtert auf. Inzwischen war auch mein Koffer durchsucht worden. Da auch in ihm nichts Verbotenes gefunden wurde, stand meiner Entlassung nichts mehr im Wege.

„Herr, ich danke Dir, daß Du über Deinem Wort gewacht hast“, sagte ich im Stillen.

Als ich dann auf dem Weg zum Bahnhof mit den anderen Freigelassenen und den uns begleitenden Offizieren, außen am Lagerzaun entlang ging, hörte ich plötzlich eine Stimme. „Na, Bruder, ist alles gut gegangen?“

Ich fuhr herum und entdeckte Chrapow auf dem Schindeldach unserer Baracke. Mit der linken Hand hielt er sich am Schornstein fest und winkte mir mit der anderen. Das Dach war von einer Eisschicht überzogen und ich fürchtete, er könnte abstürzen. Ihm war die Gefahr doch auch bewußt. Weshalb war er, dazu noch als Greis, trotzdem hinaufgestiegen? Als Erklärung kam mir ein Wort aus der Bibel in den Sinn: „Die Liebe Christi dringt uns also.“

„Ja, es ist alles gutgegangen!“ rief ich zurück und winkte. Wir wünschten uns ein gesegnetes Neues Jahr – es war der 29. Dezember 1962, ein Samstag – und er winkte zurück. Dann bog ich mit den anderen um eine Kurve und wir sahen uns nicht mehr.

Am Bahnhof gestand ich den Offizieren: „Ihr wißt doch, vor dem Wachhaus, der ersten Baracke, steht eine große Birke. Unter ihr, im Wurzelwerk, habe ich ein Taschenmesser mit Korkenzieher und noch weiteren Extras vergraben. Ich habe es nun vergessen und ihr dürft es euch holen. Es ist mein Abschiedsgeschenk an euch.“

Die Offiziere sahen sich verwundert an. „Sagt mal, weshalb hielten wir einen solchen Menschen jahrelang eingesperrt?“ fragte einer. Mit freundlichem Handschlag verabschiedeten sie sich von mir.

Dann ruckte der Zug und die Fahrt durch den „Busch“ begann. Mit dem Busch sind allerdings keine Sträucher, sondern die Ansammlung von Straflagern gemeint, von denen es hier so viele gab, daß der Zug etwa eine halbe Stunde brauchte, um aus ihrem Bereich herauszukommen. Übrigens war diese Bahnstrecke nirgends verzeichnet, weil sie als Sonderstrecke nur für diese Straflager angelegt wurde.

Doch ich fuhr nicht sofort zu meiner Familie, sondern habe einen Umweg über Moskau gemacht. Nicht, daß mir Frau und Kinder gleichgültig gewesen wären. Ich hatte große Sehnsucht nach ihnen! Aber ich stand im Wort von Bruder Chrapow.

Ich hatte ihm, der zu den Mitbegründern des Bundes nichtregistrierter Gemeinden gehörte, versprochen, mich in Moskau mit Brüdern zu treffen, und ihnen verschiedene Informationen und Überlegungen zu übermitteln. Und das Wort, das man einem Bruder, der in der Haft zurückblieb, gegeben hatte, konnte man nicht brechen. Das war klar.

Auf diesem Umweg traf ich auch noch mit der Mutter von Bruder Chrapow zusammen. Erst dann fuhr ich nach Kasachstan, wo zu dieser Zeit meine Frau mit den Kindern und der ganzen Verwandtschaft lebte. Man schrieb bereits den 6. Januar 1963, als ich bei ihnen eintraf, und es gab ein überaus frohes Wiedersehen.

* * *

Schon am Abend nach meiner Rückkehr besuchte ich mit meiner Frau die Gebetsstunde in der Gemeinde. Unterwegs begegnete uns eine Glaubensschwester. Sie faßte mich am Arm und fragte: „Bruder David, wo gehst du hin?“

„Zur Gebetsstunde", entgegnete ich und wunderte mich über diese Frage.

„Ja, Bruder, denk doch von woher du eben erst gekommen bist! Sie werden dich wieder ins Gefängnis stecken!" bedrängte sie mich.

„Liebe Schwester, ich bin und bleib auf dem schmalen, dornigen Weg, der aber heim ins Vaterhaus führt", erklärte ich.

Am nächsten Tag besuchte uns Schwester Löwen und erzählte von drei Glaubensschwestern im Altenheim, denen das Abendmahl schon lange nicht mehr gereicht wurde. Sie bat mich, ihnen diesen Dienst zu erweisen.

„Schwester Löwen", sagte ich, „ich bin gerade aus dem Straflager gekommen und sollte das nicht auf eigene Faust tun, sondern erst mit den Brüdern aus der Gemeinde darüber reden. So viel ich weiß, sind hier doch zwanzig Brüder, die zum Dienst ordiniert wurden. An denen vorbei sollte ich nicht handeln."

Schwester Löwen zeigte Verständnis und bedrängte mich nicht weiter. Nach einigen Tagen erschien sie aber wieder bei uns und sagte mir, daß eine der Schwestern heimgegangen sei, ohne das Abendmahl erhalten zu haben, nach dem sie sich jedoch sehr gesehnt hatte.

Jetzt wurde ich hellhörig und mutig zugleich. Vielleicht deshalb, weil ich mir inzwischen über das, was in der Gemeinde getan und nicht getan wurde, einen besseren Überblick verschafft hatte. Ich hatte erkannt, daß in ihr eine gewisse Lähmung vorhanden war, die mit der Verhaftung von drei Glaubensbrüdern zusammenhing. Meine Frau hatte mir schon kurz vor meiner Entlassung in einem Brief darüber berichtet.

Einer dieser Brüder, er hieß Zorn, hatte sich während des Gerichtsprozesses von der Gemeinde distanziert und war sofort freigelassen worden. Außerdem hatte man der Gemeinde das Gebetshaus enteignet und angeordnet, daß es nur noch als Wohnhaus genutzt werden durfte. Ja, die Menschenfurcht ging hier um. Einige Geschwister suchten nun in der registrierten Baptistengemeinde Zuflucht, die anderen versammelten sich wieder in kleineren Hauskreisen.

„Ich werde mit dir gehen und mit den beiden Schwestern das Abendmahl feiern. Ihnen soll es nicht auch so ergehen wie der Verstorbenen", sagte ich und machte mich mit Schwester Löwen auf den Weg zum Altenheim.

Nach dem Abendmahl, das ich den beiden Schwestern von da an noch öfter gab, haben wir noch etwas zusammengesessen, und eine der beiden, sie hieß Elisabeth, erzählte von dem letzten Liebesdienst, den die Verstorbene an ihr getan hatte.

„Sie hat neben mir gesessen, weil es ihr im allgemeinen besser ging als mir. Sie hat mir die Fliegen vom Gesicht gejagt, die Nase geputzt und die Brille sauber gemacht. Dann hatte sie ihre letzten Kräfte gesammelt und kniete neben mir nieder zum Gebet. Während des Gebets wurde sie von den ungläubigen Altenheimbewohnern mit Füßen getreten. Und so, während des Gebets, ist sie eingeschlafen", berichtete Elisabeth.

Dieses Zeugnis packte mich. Es wurde mir groß, daß das Verscheuchen von Fliegen und das Putzen der Nase und der Brille als Gottesdienst gesehen wurde. Ich sah diese Schwester in der Spur Jesu, der einfache Tätigkeiten, die in seinem Namen getan wurden, ebenfalls hoch schätzte, indem er sagte: „Wer einen dieser Geringen nur mit einem Becher kalten Wassers tränkt darum, daß der mein Jünger ist, wahrlich, ich sage euch, es wird ihm nicht unbelohnt bleiben."

Nach nicht all zu langer Zeit hatte es sich herumgesprochen, daß ich mit zwei Glaubensschwestern im Altenheim Abendmahl feierte, und ich wurde von den leitenden Brüdern der Gemeinde zu einer Aussprache gebeten. Es wurde lange hin und her geredet, bis man mich fragte: „Was hast du denn zu dieser Sache zu sagen?"

„Brüder", erklärte ich, „der Fisch beginnt vom Kopf an zu stinken. Wem habe ich denn einen Dienst weggenommen? Ich bin doch nur in eine Aufgabe getreten, die ihr nicht mehr wahrgenommen habt, – aus Furcht, man könnte euch nachstellen. Oder?"

Man gab mir zwar recht, aber die Lage blieb weiterhin gespannt. So wurde ich oft zu einem Bruder geladen, der das Evangelium früher klar und entschieden predigte, aber jetzt umgestellt hatte. Vor allem handelte er nicht mehr so gradlinig wie einst.

Wenn ich von diesen Gesprächen nach Hause kam, war mir jedesmal elender zumute, als nach den Verhören durch den Geheimdienst. Ich hatte es hier ja nicht mit irgendwem zu tun, sondern mit einem Bruder. Und es tat weh, sich mit ihm, weil er offensichtlich der Menschenfurcht erlegen war, nicht mehr eins zu wissen.

Auf der anderen Seite wurde ich um immer mehr Dienste gebeten, nicht nur von Leuten aus der eigenen Gemeinde. Wenn ich sie nach ihren Beweggründen fragte, kam bei allen die Not über das vorsichtige Taktieren der Gemeindeleitung zum Ausdruck. Deshalb entzog ich mich den Bitten der Glaubensgeschwister nicht. Trotz der verbüßten

Strafen war ich bereit, weiterhin Verantwortung zu übernehmen, mich dem Gebot der Schrift zu stellen: „Du sollst Gott mehr gehorchen als den Menschen."

Ich war in Hauskreisen wie in Gemeinden zu finden. Ich übernahm Beerdigungen, Taufen, Abendmahlsfeiern, Trauhandlungen und sehr viele Seelsorgedienste. Außerdem war ich zur Verbreitung des Evangeliums oft mit dem Zug und dem Flugzeug unterwegs. Selbst Glaubensgeschwister in der Verbannung wurden nicht vergessen. Einige Male habe ich solche im fernen Sibirien besucht.

Einen Besuch, den ich mit meiner Frau bei der Familie von Heinrich Wiebe in Saranj (das war allerdings nicht in Sibirien) machte, habe ich noch besonders gut in Erinnerung. Als wir ihre Wohnung betraten, trafen wir weitere Geschwister an, die, wie wir, zum trösten gekommen waren.

Mitten im Gespräch erschien ein weiteres Ehepaar, das alle mit dem Bruderkuß begrüßte. Da ich am weitesten von der Tür entfernt saß, wurde ich als letzter begrüßt. Dann nannte der Mann seinen Namen.

Als ich „Zorn" hörte, zuckte ich. – Das war doch der, der sich bei der Gerichtsverhandlung von der Gemeinde distanzierte und im Gegensatz zu den anderen Brüdern nicht eingesperrt wurde! Ich räusperte mich kurz und sagte vor allen Anwesenden: „Wenn ich gleich gewußt hätte, daß du Bruder Zorn bist, hätte ich dir den Bruderkuß nicht gegeben."

Einen Augenblick lang herrschte betretenes Schweigen. Dann sagte Zorns Frau: „Bruder David, ich bin Gott sehr dankbar, daß Er dir die Kraft gegeben hat, dies meinem Mann ins Gesicht zu sagen. Andere Brüder tun das nicht. Sie heucheln und schaden meinem Mann, anstatt ihm zu helfen. Und den Gefallenen sollen wir doch helfen, wenn sie sich helfen lassen wollen."

Ich gab der Frau recht und sagte zu ihrem Mann, der einen traurigen Eindruck machte: „Wenn du wieder glücklich werden willst, mußt du an die Stelle zurückkehren, an der du den Frieden verloren hast, und deine Schuld bekennen."

Wie ich später erfuhr, hat er diesen Rat befolgt und wieder Herzensruhe und -frieden gefunden.

Nach einer gewissen Zeit wurde mir klar, daß ich in Karaganda, meinem neuen Wohnsitz, der Gemeinde beizutreten hatte. Ich schrieb an die Gemeinde in Nowosibirsk und bat um ein entsprechendes Zeugnis.

Nach verhältnismäßig kurzer Zeit traf es bei mir ein und ich legte es der nichtregistrierten russischen Gemeinde vor. Sofort wurde ich gebeten, das Amt des Ältesten zu übernehmen, was ich auch tat.

Da ich eine Wohnung in der Nachbarschaft meiner Mutter erhielt, und sich zwischen beiden Häusern ein ausgedehnter Hof befand, besorgte ich zum ersten Mai 1966 ein großes Zelt und stellte es in diesem Hof zur Durchführung eines Kinderfestes auf. Unserer Einladung folgten viele Gäste, nicht nur kleine. Und sie kamen nicht nur aus Karaganda, sondern auch aus den umliegenden Städten und Dörfern.

Wir hatten ein umfangreiches, interessantes Programm zusammengestellt, in dessen Mittelpunkt aber die fundamentale Botschaft von Jesus Christus stand. Die Kinder gingen begeistert mit und wurden im Glauben ermutigt und die Erwachsenen freuten sich – sehr sogar.

Mit einem Mal waren auch Vertreter der staatlichen Machthaber da. Sie kamen ungerufen – und ihnen gefiel unser Tun in keiner Weise. Sie wunderten sich nur, daß so viele Kinder im Zelt waren und von uns auch verköstigt wurden.

„Wo hast du die Milch her? – Du hast ja eine ganze Menge davon", forschte ein Milizbeamter.

„Wo soll ich sie herhaben! Von sowjetischen Kühen natürlich", sagte ich. Den Beamten gefiel diese Antwort nicht. Aber sie sagten nicht mehr viel und gingen wieder weg.

Doch am anderen Tag wurde ich zum Verhör beim höchsten Parteigremium in Karaganda geladen. Als erstes wollten die Herren von mir wissen: „Weshalb hast du während der offiziellen Demonstration der Werktätigen eine Gegenveranstaltung gestartet?"

„Das habe ich nicht", hielt ich dagegen. „Die Demonstration war um zwölf Uhr zu Ende, und erst dann haben wir mit unserer Veranstaltung begonnen. Also waren wir nicht gleichzeitig."

Ohne darauf einzugehen, fragten die Herren weiter: „Weshalb habt ihr eure Versammlung unter offenem Himmel veranstaltet?"

„Das Kinderfest fand nicht unter offenem Himmel statt, sondern in einem Zelt", erklärte ich und hörte wie einer sagte: „Wir müssen schnell hin und das Zelt abbauen!"

„Da kommt ihr leider zu spät", klärte ich ihn auf. „Das Zelt ist schon abgebaut und wieder dorthin gebracht worden, wo es vorher war."

„Wo war es denn bevor du es aufstelltest?" forschten die Herrn.

„Das kann ich euch nicht sagen."

„Kannst oder willst du nicht?“ wurde ich aufgefordert, konkreter zu werden. „Ich will es nicht“, entgegnete ich, ohne lange zu überlegen.

Die Herren dagegen legten eine Denkpause ein. Sie hatten mit soviel Mut wohl nicht gerechnet und schienen zumindest erstaunt. „Klassen“, begann schließlich einer, „wenn du dich den sowjetischen Gesetzen nicht fügen willst, dann wandere aus – egal in welches Land. Du hast die freie Wahl. Du kannst deine ganze Familie mitnehmen, aber betrete nie wieder sowjetischen Boden! Hast du verstanden?“

„Verstanden schon“, erklärte ich, „aber ich will nicht ins Ausland ziehen. Ihr dürft mir auch nicht verbieten hier zu leben, weil Gottes Wort sagt, daß die Erde des Herrn ist. Und weil ich mich auf die Seite des Herrn gestellt habe, kann ich überall leben; es sei denn, der Herr schickt mich fort.“

„Klassen, wenn du nicht freiwillig gehst, wirst du zwangsläufig ausgewiesen!“ kam die Drohung.

„Das könnt ihr tun. Das kann ich nicht verhindern. Aber freiwillig geh ich nicht“, sagte ich entschieden. „Ihr könnt mich nur ausweisen wie das Stalin mit Trotzkij gemacht tat...“

„Trotzkij ist geflüchtet und nicht ausgewiesen worden!“ wurde mir entgegengehalten.

„Das könnt ihr sonst jemandem erzählen, aber nicht mir!“ stieß ich hervor. „Ich kenne die Geschichte der Kommunistischen Partei...“

Sie konnten mich offensichtlich nicht mehr ertragen, packten mich und schoben mich zur Tür hinaus.

„Noch nicht mal ‘Auf Wiedersehn’ haben sie gesagt“, dachte ich als ich draußen stand und fand: „Es kann auch ein gutes Zeichen sein, wenn sie dich nicht wieder sehen wollen.“

* * *

Zwei Wochen später, am 17. Mai 1966, fand in Moskau der XV. Komsomolkongreß statt. Zur gleichen Zeit fuhren auch Abgeordnete verschiedener baptistischer Gemeinden aus der Sowjetunion in die Hauptstadt, um auf das Unrecht aufmerksam zu machen, das der Staat den Gläubigen antat, obwohl er die Glaubensfreiheit in seiner Verfassung verankert hatte.

Zu den Delegierten gehörten wie Brüder so auch Schwestern. Unsere Gemeinde vertrat ich, mit Bruder Paul Böse aus Kiewka flogen wir am 15. Mai in Karaganda ab.

Auf dem Moskauer Flughafen Domodedowo wurden wir von den Töchtern unseres Glaubensbruders Krjutschkow begrüßt. Unauffällig drückten sie uns einen Orientierungsplan in die Hand, den wir genau befolgten.

Neben den Delegierten der Gemeinden trafen auch die der Komsomolzen in Moskau ein. Doch im Gegensatz zu den unseren, wurden sie auf den Bahnhöfen und Flughäfen mit Blumen und Musik empfangen.

Zu Paul Böse sagte ich: „Wir werden morgen unsere Begrüßung erfahren, wenn wir bei der Regierung vorsprechen werden. Ich bin schon gespannt darauf, wie sie aussehen wird."

Die Nacht verbrachten die Delegierten bei Geschwistern in Moskau und in Vorstädten.

Am folgenden Morgen, man schrieb den 16. Mai 1966, machten wir uns schon früh auf den Weg in das Zentrum von Moskau. Gegen halb zehn sammelten wir uns in einem der größten Supermärkte der Stadt, dem GUM, weil wir hier unter den vielen Menschen am wenigsten auffielen. Und auffallen durften wir im Vorfeld unter keinen Umständen, sonst wäre unser Vorhaben nicht zustande gekommen. Wir hatten nämlich erfahren, daß der Geheimdienst über unser Vorhaben informiert war, aber um keine Einzelheiten wußte.

Folglich waren wir gut beraten, unsere Aktion verdeckt zu halten und sie im letzten Augenblick rasch auszuführen. So brachen wir gegen 9,55 Uhr im Supermarkt auf und standen pünktlich um zehn am Haupteingang des Gebäudes, in dem das Zentralkomitee der KPdSU residierte.

Bruder Nikolaj Baturin klopfte an. Als die Tür geöffnet wurde, trug Bruder Baturin im Auftrag aller Delegierten der nichtregistrierten Baptistengemeinden vor, weshalb wir erschienen waren.

Der Wachsoldat erklärte, daß wir warten sollten, und schloß wieder die Tür. Nach einigen Minuten erschien ein hoher Offizier und Bruder Baturin verlas den von allen Delegierten unterzeichneten Aufruf und bat darum, den damaligen Generalsekretär der KPdSU, Breschnew, sprechen zu dürfen.

Dem Offizier war anzusehen, daß ihm unser Aufmarsch nicht gefiel, – um es gelinde auszudrücken – und er sagte barsch: „Genosse Breschnew ist nicht da. Ich gebe euch auch den guten Rat: fahrt zurück und stört den Komsomolkongreß nicht! Oder wollt ihr, daß er einen Schandfleck erhält?"

Wir gaben ihm zu verstehen, daß wir große Kosten aufwandten, um nach Moskau zu kommen. Deshalb würden wir solange warten, bis Genosse Breschnew erscheinen und uns anhören werde.

Der Offizier verschwand wieder und verschiedene Brüder begannen, abwechselnd das Wort Gottes zu lesen. Zwischendurch beteten wir. Das geschah unter dem freien Himmel von Moskau, wo sonst nur kommunistische Parolen laut wurden!

Nicht lange, und wir waren von ausländischen Journalisten umgeben, die eigentlich gekommen waren, um über den XV Komsomolkongreß zu berichten.

Fast gleichzeitig erschienen auch Agenten des sowjetischen Geheimdienstes und umstellten uns. Gegen 16 Uhr tauchten Reinigungsfahrzeuge auf. Unter dem Vorwand, den Platz vor dem Gebäude des Zentralkomitees säubern zu wollen, richteten sie ihre Wasserstrahle auf uns.

Obwohl einige gründlich naß wurden, wichen wir nicht vom Fleck, und gegen 18 Uhr brachten uns Moskauer Glaubensgeschwister das Abendessen. Es bestand aus Brot, Wurst, gekochten Eiern und anderem mehr.

Wir baten um den Segen und ließen es uns schmecken. Kaum hatten wir die letzten Bissen verzehrt, kamen Milizbeamte in Begleitung von Geheimdienstlern und verbreiteten die Nachricht, daß es während der Nacht regnen werde. Sie gaben sich wie große Menschenfreunde und baten uns, doch in den Hotels der Stadt zu übernachten.

Wir rochen sofort den Braten und gaben ihnen zu verstehen, daß wir den Regen nicht fürchteten, weil wir keine Zuckerpuppen seien, und schlossen den Tag mit Schriftlesungen und Gebeten ab. Dann brachten uns die Moskauer Geschwister Zeitungen, die wir statt Dekken auf dem Asphalt ausbreiteten, und legten uns nieder. Zu unserer Verwunderung marschierten die Roten Truppen nicht auf, um uns wegzuräumen. Wir sahen darin eine große Bewahrung.

Jene Delegierten der nichtregistrierten Gemeinden, die erst am 17. Mai in Moskau eintrafen, wurden schon an den Bahnhöfen und Flughäfen abgefangen und verhaftet. Aber nicht alle wurden erwischt, und unser Kreis wuchs auf etwa fünfhundert Personen an.

Am frühen Nachmittag begaben wir uns wieder zum Haupteingang des Gebäudes des Zentralkomitees. Diesmal wurden wir rasch von vier Männerreihen umstellt. Die erste Reihe bildeten Kremlmilizionäre, die zweite bestand aus Soldaten des Innenministeriums, in der dritten standen freiwillige Hilfsmilizionäre und den Außenring machten KGB-Beamten aus.

Kurze Zeit später erschienen der Chef des Geheimdienstes Semitschastnyj, der Innenminister Schelokow und ein Vertreter des Zentralkomitees. Die Brüder Baturin, Jakimenko und ich traten den drei bis auf einen Schritt entgegen.

„Wißt ihr, wer ich bin? Ich bin der Vorsitzende des Geheimdienstes!“ schrie Semitschastnyj. „Wenn ihr in zwanzig Minuten nicht verschwunden seid, ruf ich eine Kolonne von dreißig Autobussen herbei und ihr werdet gewaltsam weggeräumt!“

„Dazu sind wir nicht gekommen, um in wenigen Minuten wieder zu verschwinden“, entgegnete Bruder Baturin in entschiedenem Ton. „Wir sind Bürger der Sowjetunion und sind zu unsrer Obrigkeit gekommen, um ihr unsere Not vorzutragen, um sie darauf aufmerksam zu machen, daß wir gegen den Wortlaut der Verfassung unterdrückt werden.“

„Wenn ihr nicht sofort verschwindet, hetze ich euch die Miliz an den Hals!“ schrie nun der Innenminister wutentbrannt.

Da kam es von den Brüdern und Schwestern im Chor zurück: „Ist das Ihr Humanismus? Sieht so das Gesicht des sowjetischen Innenministers aus?“

Doch da tauchte schon die angekündigte Buskolonne auf. Die Fahrzeuge fuhren dicht an dicht und schoben sich zwischen uns und die vielen Menschen, die von der anderen Seite des Platzes uns beobachteten. Als wir begriffen, daß durch die Busse den Zuschauern die Sicht verdeckt werden würde, daß sie nicht sehen sollten, was man mit uns vor hatte, faßten sich die Brüder an den Händen und bildeten eine Kette um die Schwestern. Auch sie faßten einander an den Händen, so daß die ganze Delegation ein in sich verhaktes Knäuel war. Dann wurde das Lied aus voller Brust gesungen: „Sa jevangeljskuju veru“ (Für den Glauben des Evangeliums)...

Währenddessen schlugen die aufmarschierten Soldaten brutal auf uns ein. Bruder für Bruder und Schwester für Schwester wurden von unserem Block weggezerrt. Die Soldaten waren wie hungrige Wölfe, die sich auf eine Beute stürzen und Bissen für Bissen an sich reißen. Es war ihnen gleich, wo und wie sie die Leute packten. Hauptsache, sie kamen von dem Platz vor dem Gebäude des Zentralkomitees weg. Selbst an den Haaren wurden Brüder und Schwestern in die Busse gezerrt.

Als sich die Fahrzeuge in Bewegung setzten, glich der Platz, den wir bisher sauber gehalten hatten, einem Schlachtfeld. Kopftücher, Mützen, Schuhe, Taschen und noch vieles andere mehr lag wild verstreut herum.

„So also sieht das Werk von Ordnungshütern aus!“ mußte ich denken.

Die Brüder Baturin und Rumatschik waren mit mir in den gleichen Bus gesteckt worden. Während der Fahrt sah ich, daß man sie schwer mißhandelt hatte, und ihnen das Blut vom Gesicht auf die Kleider lief.

Erst als die Fahrzeuge anhielten, wußten wir, wo man uns hin verfrachtet hatte. Wir waren bei Marschall Budjonnyj, dem Befehlshaber der Kavallerie-Miliz gelandet und wurden wie Schafe zusammengetrieben und von berittenen Soldaten zusammengehalten.

Etwas später trafen die Sachen ein, die wir bei der rüden Festnahme auf dem Platz vor dem Gebäude des Zentralkomitees verloren hatten. Sie wurden von einigen Geschwistern in die Runde gezeigt und diejenigen, welche die jeweils gezeigten Stücke als ihr Eigentum erkannten, gingen hin und nahmen sie in Empfang. Alles geschah ohne Hast. Kein Rufen, kein Schreien war zu hören.

Plötzlich wurde ich von hinten mit „Lieber Bruder“ angesprochen. Ich drehte mich um und sah einer Glaubenschwester ins Gesicht, die ich nicht kannte. Sie hatte bei mir etwas festgestellt, das ich noch nicht bemerkt hatte. Wortlos zeigte sie auf mein verlängertes Rückgrat. Ich fühlte nach und erschrak. Die Soldaten hatten mir bei der Festnahme am Hinterteil meiner Hose eine „Lüftung“ beigebracht. Über diesen Dienst konnte ich mich aber in keiner Weise freuen, weil ich die Hose erst vor wenigen Wochen von Verwandten aus Kanada geschenkt bekam.

„Schade“, mußte ich denken, „amerikanischer Stoff, hält russischem Zugriff doch nicht stand.“

Inzwischen hatte die Glaubensschwester Nadel und Faden hervorgekramt und fragte: „Darf ich?“

Ich nickte und blieb reglos stehen, damit wirklich nur die Hose geflickt wurde.

Als die Schwester die Arbeit getan hatte, bedankte ich mich und fragte nicht nach ihrem Namen, sondern danach, woher sie kam.

„Von Saporoschje“, sagte sie.

„O! Togda my, Sestra, Semljaki! (O! Dann sind wir, Schwester, Landsleute!)“ freute ich mich.

Inzwischen hatten die verlorenen Gegenstände ihre Besitzer wieder gefunden und die mißhandelten Brüder und Schwestern ordneten ihre Haare, die bei einigen allerdings weniger geworden waren. Dann knieten wir nieder, befahlen uns dem an, der die Haare auf unserem Haupt gezählt hat, und sangen das Lied: „Näher mein Gott zu dir..."

Nachdem wir alle Verse gesungen hatten, erhoben wir uns von den Knien und Bruder Rumatschik, in dessen Gesicht noch immer die Spuren der Mißhandlung zu sehen waren, kletterte auf ein Gerüst, damit er besser verstanden werden konnte, und hielt eine evangelistische Predigt. Sie war nicht für uns gedacht, sondern für unsere Bewacher und auch für die Menschen, die sich auf Balkonen und Dächern der Nachbarhäuser drängten, um das Geschehen auf dem Milizgelände zu beobachten.

Während der Ansprache gesellte sich ein Beamter an meine Seite, der offensichtlich mit uns sympathisierte, und flüsterte: „Ein ausländischer Rundfunksender hat schon über euer Vorhaben berichtet. Kannst's ja weitersagen. Meine Großmutter ist übrigens auch Christin."

Kurz danach kam er mit einem anderen Milizbeamten wieder und brachte uns Wasser. „Poschalujsta pejte (Bitteschön, trink)", sagte er.

Da wir an diesem Tag fasteten, benutzten wir das Wasser zum Waschen.

Gegen achtzehn Uhr kamen Viehtransporter auf das Milizgelände gefahren. Uns war sofort klar, daß wir damit abtransportiert werden sollten.

„Nun", dachte ich, „diese Fahrzeuge entsprechen genau der Würde, die wir Christen vor der Welt haben. Aber es ist letztlich keine Schande. Vom Herrn heißt es ja auch: Er wurde wie ein Schaf zur Schlachtbank geführt..."

Mit einem Mal rollten die Viehtransporter wieder davon, ohne daß wir in sie verfrachtet wurden. Was war geschehen? Wir konnten es uns nur so erklären, daß die Machthaber wegen der ausländischen Radiomeldungen und den vielen Menschen, die uns von den Nachbarhäusern aus beobachteten, ihren Plan änderten, weil sie sich vor der Weltöffentlichkeit und dem eigenen Volk nicht blamieren wollten.

Ich ging zu Bruder Sacharow und sagte: „Pawel Frolowitsch, wir sollten jetzt das Lied „Workuta" singen. Es wäre noch ein gutes Zeugnis für die Menschen auf den Dächern und Balkonen, wenn sie noch von dieser Stadt im Eis hörten, in der die Christen wie in Ketten gefangen gehalten werden, aber trotzdem nicht verzweifeln, weil sie wissen, das die Sonne des Glaubens jede Kälte vertreibt. Laß uns dieses Lied singen, Pawel. Die Behörden werden bestimmt bald mit anderen Fahrzeugen anrücken und uns wegbringen."

Er war mit dem Vorschlag einverstanden, stimmte an und alle fielen mit ein, so daß ein gewaltiger Lobgesang entstand, dessen Echo von den Häusern in der Runde zurückschallte und den Gesang noch mächtiger erscheinen ließ.

Wie vermutet, kamen nach geraumer Zeit andere Fahrzeuge angerollt: es waren Busse. Uns wurde befohlen einzusteigen. Widerspruchslos folgten wir und sangen weiter. Wir sangen auf der ganzen Fahrt durch Moskau. Ein Lied folgte dem anderen.

Als die Busse anhielten, befanden wir uns an keiner gewöhnlichen Haltestelle. Wir sahen hohe Mauern und Wachttürme, und vor uns tat sich ein großes eisernes Tor auf. Die Busse zogen wieder an. Als sie erneut hielten, befanden wir uns auf dem Innenhof des berühmt berüchtigten Moskauer Gefängnisses „Lefortowo". Unweigerlich kam mir die Frage: „Was wird hier alles auf uns warten?"

* * *

Zunächst wurden uns Fingerabdrücke genommen und als „Gezeichnete" kamen wir in die „Schwarze Liste". Diese Eintragung erfolgte sehr sorgfältig. Dann wurden wir einzeln dem Untersuchungsrichter vorgeführt und sollten unterschreiben, daß wir Moskau innerhalb vierundzwanzig Stunden verlassen. Wer unterschrieb, wurde unter Bewachung an seinen Wohnort gebracht. Ich war einer von denen, die die Unterschrift verweigerten.

„Hau ihm ins Genick!" befahl der Milizoffizier dem Untersuchungsrichter und beobachtete mich, wie ich darauf reagierte.

Als sie merkten, daß ich mich nicht einschüchtern ließ und sie mit keiner Drohung zu dem erwünschten Erfolg kamen, wurde ich in ein Nebenzimmer geschickt. Hier traf ich auf Wachposten und eine Frau, die sich als Ärztin ausgab. Ohne mich nach irgendwelchen Beschwerden zu fragen, forderte sie mich auf, mich auszuziehen. Ich kam ihrer Forderung nach und mußte mich nach allen Richtungen beugen.

„Eine komische Untersuchung!" dachte ich und plötzlich war mir klar: „Hier geht es nicht um die Feststellung einer Krankheit, sondern um eine raffinierte Filzung."

Wie recht ich mit dieser Annahme hatte, zeigte sich, als die Dame im weißen Kittel ihre „Untersuchung" beendet hatte. Ich wurde nicht in ein Krankenzimmer gebracht, sondern in eine Gefängniszelle. Sie trug die Nummer 182 und beherbergte zwanzig Brüder aus den verschiedensten Gegenden der Sowjetunion.

Einer Eingebung folgend gab ich Bruder Paul mein Geld und meine Taschenlampe. Der sah mich eigenartig an und ich erklärte: „Nimm die Sachen nur. Dich werden sie nach Hause schicken, mich nicht. Gib alles meiner Frau und grüß sie recht herzlich von mir."

Paul zögerte. Doch nach einigem hin und her nahm er meine Sachen an, obwohl er mir noch immer nicht glaubte. Aber dann zeigte es sich, daß meine Ahnung kein Phantasie war. Er wurde entlassen, ich nicht.

Wir anderen blieben aber auch nicht so in der Zelle 182 zusammen, wie wir hineingesteckt wurden. Man riß uns auseinander und ich kam zunächst in Zelle 52, um schließlich im Erdgeschoß in Zelle 32 zu landen.

„Es ist wie in einem Sieb", mußte ich denken. „Du wirst solange gerüttelt, bis du nach unten gefallen bist."

Hier war ich mit zwei Juden und einem Russen zusammen, und alle drei waren Atheisten. Als ich das herausfand, wurde ich unsicher. Waren sie mir bewußt als sogenannte „Glucken" zugeordnet worden, die mich ausspionieren sollten?

Eines Tages öffnete sich die „Futterklappe" in der Zellentür und ich wurde aufgefordert, mit zum Untersuchungsrichter zu kommen. Als ich das entsprechende Zimmer betrat, wurde mir neben der Tür ein Hocker zugewiesen, den man mit Eisenwinkeln am Fußboden befestigt hatte. Das war aus Sicherheitsgründen geschehen, weil Hocker nicht selten als Waffe gegen die Richter benutzt wurden.

Dann trat der Wachsoldat, der mich in das Zimmer gebracht hatte, an den Schreibtisch des Richters und schob ihm ein Schriftstück zu. Aus ihm ging hervor, wer ich war. Der Richter bescheinigte, daß er mich erhalten hatte, und der Soldat verließ wieder den Raum.

In diesem Augenblick kam ich mir gedemütigt vor. „Du wirst ja wie eine Wahre behandelt!" schoß es mir durch den Sinn. „Es ist, als hätte der Soldat ein Paket gebracht und bekäme die vorschriftsmäßige Ablieferung bestätigt."

In meine Überlegungen hinein sagte der Richter, daß ich nach Artikel 142 Teil II des Strafgesetzbuches der RSFSR und Artikel 191[1] Teil

II des StGB der RSFSR angeklagt werde. Auf den ersten Anklageartikel stünden drei und auf der zweiten fünf Jahre Haft.

„So", fuhr er dann fort, „jetzt sagen Sie mal, wie Sie nach Moskau gekommen sind."

„Mit dem Flugzeug", antwortete ich wahrheitsgemäß.

„Mit wieviel Personen sind Sie gekommen?" wollte er wissen.

„Danach müssen Sie sich bei der Fluggesellschaft Aeroflot erkundigen, Bürger Richter. Ich kenne die genaue Zahl nicht."

„Ich meine doch nicht die Zahl derer, die im Flugzeug waren, sondern wieviel Gläubige mit Ihnen gekommen sind", verbesserte sich der Richter.

„Ich denke, Sie sind auch gläubig", sagte ich.

„Ich? Nein, ich bin Atheist", wehrte der Richter ab und fuhr fort: "Ich glaube an die Materie, an das, was ich sehen und betasten kann, – an sonst nichts!"

„Ich glaube daran, daß es Naturgesetze gibt, zum Beispiel das von Ebbe und Flut", erklärte ich.

„Selbstverständlich! Daran glaube ich auch", pflichtete er mir bei.

„Und wer hat diese Gesetze geschaffen?"

„Sie sind aus sich selbst entstanden", meinte er.

„Sehen Sie, das glaube ich nun nicht, weil von Nichts nichts kommt", hielt ich dagegen. „Sehen wir doch auf die sowjetischen Gesetze. Wer hat sie gemacht und wer hat sie bestätigt?"

„Bestätigt wurden sie von Nikolaj Viktorowitsch Podgornyj und Georgadse", sagte er nach kurzem Überlegen.

„Sehen Sie, Bürger Richter, die Gesetzte der Sowjetunion sind nicht aus sich selbst entstanden, sie wurden gemacht. Hinter ihnen stehen die Besten von den Besten des Volkes. Doch diese Gesetze sind nicht vollkommen und veränderlich. Aber die Naturgesetze sind weislich geordnet und von ewigem Bestand. Und die sollen aus sich selbst entstanden sein? Bürger Richter, das kann nicht sein!"

Einen Augenblick lang stutzte er. Aber er ließ sich nicht festlegen und wich aus: „Ich bin eben ein Materialist."

„Gut, frag ich eben mal was anderes", begann ich nach einer kurzen Pause. „In der russischen Sprache gibt es doch das Wort Gewissen. Oder?"

„Natürlich", nickte er.

„Nun, dann fragen Sie mal einen Professor der Chirurgie, ob er Ihnen das Gewissen zeigen kann. Und wie verhält es sich mit der Liebe und dem Verstand? Diese Dinge sieht man doch nicht, sind sie deshalb auch nicht da?“ forschte ich.

„Doch, schon. Aber sie sind geistige Produkte“, erklärte der Richter und schien nicht glücklich über die Unterhaltung zu sein.

„Genau, sie sind geistige Produkte“, pflichtete ich ihm bei. „Und wenn es geistige Produkte gibt, gibt es auch einen Geist und dieser Geist ist Gott.“

Es entstand eine längere Pause. „Wissen Sie was, David Davidowitsch“, fuhr der Richter fort, „ich habe schon viele Untersuchungen von Gläubigen geleitet, aber ein solcher wie Sie ist mir noch nicht untergekommen.“

Ich stutzte, daß er mich mit meinem Vor- und Vatersnamen ansprach, weil ich wußte, daß das ein Russe für gewöhnlich nur dann tat, wenn er seinem Gegenüber Anerkennung entgegenbrachte. Ich folgerte deshalb, daß im Herzen des Richters etwas in Bewegung geraten war.

„David Davidowitsch“, sagte er wieder, “kommen Sie doch aus der Ecke und setzen Sie sich an meinen Schreibtisch.“

Ich kam seiner Aufforderung nach und er blätterte in meinen Akten. Als er aufsah, fragte er: „Sagen Sie mal, wie können Sie eigentlich in einer so fortschrittlichen Zeit wie heute, wo wir schon in das Weltall fliegen, noch an Gott glauben?“

„Gerade weil der Mensch zu den Sternen fliegt, glaube ich um so fester an die Bibel“, entgegnete ich.

Er verstand nicht und schüttelte den Kopf. „Wie kommen Sie in diesem Zusammenhang auf die Bibel?“

„Weil sie auch von der Raumfahrt spricht.“ Er staunte.

„Ja“, fuhr ich fort, „schon achthundert Jahre vor unserer Zeitrechnung schrieb der Prophet Obadja: „Wenn du gleich in die Höhe führest wie ein Adler und bautest dein Nest zwischen den Sternen, dennoch will ich dich von dort herunterstürzen, spricht der Herr.“ Wenn das kein Grund ist, der Bibel zu glauben, dann weiß ich es nicht.“

„So etwas steht in eurer Bibel?“ Sein Staunen wurde größer, er griff zum Telefon und sprach mit jemand. Bald erschienen zwei Männer, die sich nicht vorstellten. Als sie Platz genommen hatten, sagte der Untersuchungsrichter: „Hört mal zu, ich habe hier einen Mann, der an Gott glaubt und behauptet, daß die Bibel von der Raumfahrt spricht, daß sie schon vor etwa dreitausend Jahren wußte, daß der Gagarin mal ins Weltall fliegen wird.“

Die Männer winkten ab und einer von ihnen sagte: „Hör nicht auf diesen Mann. Du weißt doch, die Bibel wurde von einem Dummkopf geschrieben..."

Da konnte ich nicht mehr an mir halten und fragte dazwischen: „Erlauben Sie mal! Wie können Sie so etwas sagen, daß die Bibel von einem Dummkopf geschrieben wurde?"

„Hör auf", meinte der eine von ihnen überlegen, „in deiner Bibel steht doch nur dummes Zeug. Da heißt es zum Beispiel, daß der Abraham den Isaak gebar, der Isaak den Jakob und so weiter und so weiter. Das ist doch absurd."

„Was halten Sie von Gogolj?" fragte ich.

Er schien nicht zu begreifen, weshalb ich in diesem Zusammenhang diese Frage stellte und wirkte irritiert, sagte aber: „Das ist ein berühmter Schriftsteller."

„In seinem Buch „Taras Buljba", entschuldigen Sie bitte, erzählt er von einem Jungen namens Andrej, der sich in eine Polin verliebte und sich deshalb von den Kosaken abwandte. Das rief den Zorn des Vaters hervor, und als der Vater mit dem Jungen zusammentraf, sagte er ihm: 'Ich habe dich geboren, und ich werde dich auch töten.' Also, der berühmte Schriftsteller Gogolj sagt das gleiche wie die Bibel", hielt ich dagegen.

Die Männer schwiegen betroffen. Nach wenigen Minuten verabschiedeten sie sich, nicht von mir, nur von dem Untersuchungsrichter, und gingen.

Als sie die Tür hinter sich geschlossen hatten, sagte ich: „Es tut mir leid, daß Ihre Kollegen so über die Bibel spotten, sie werden noch manchen harten Schicksalsschlag ertragen müssen. Der König Salomo sagt nämlich in den Sprüchen: 'Ein Narrenmaul wird geschlagen.' Wissen Sie, ich kenne einen Menschen, der so ähnlich über die Bibel spottete, wie diese beiden Männer eben. Ihn fragte man einmal: 'Wie ist das denn, daß der Kuhmist einem Pfannkuchen gleicht und der des Pferdes einem Apfel?' Der sonst so kluge Mann wußte keine Antwort und zuckte mit den Schultern. Und, Bürger Untersuchungsrichter, wissen Sie was man ihm sagte? 'Wenn du dich nicht einmal im Mist zurechtfindest, dann solltest du dir in keinem Fall ein Urteil über die Bibel erlauben.' Das hat man ihm gesagt."

Wieder entstand ein intensives Gespräch zwischen uns, und der Richter fand keine Zeit, ein umfassendes Protokoll über mein Verhör zu schreiben. Schließlich drückte er auf einen roten Knopf an seinem

Schreibtisch. Fast sofort erschienen die Wachsoldaten und brachten mich wieder in meine Zelle.

Kaum hatte sich die Tür hinter mir geschlossen, berichtete ein Mitgefangener über sein ausschweifendes Leben. Aus ähnlichen Situationen in der Vergangenheit wußte ich, daß hier kein Widerspruch half. Ich kniete deshalb nieder und betete und brauchte mich nicht schämen.

Am nächsten Morgen wurde ich wieder zum Verhör geführt, mußte auf dem bekannten Hocker neben der Tür Platz nehmen und wurde vom Richter sehr förmlich behandelt. Als die Wachsoldaten das Zimmer verlassen hatten, änderte sich das, und ich durfte mich erneut zu dem Richter an den Schreibtisch setzen. „Arme Menschen seid ihr", dachte ich. „Ihr habt unwahrscheinliche Angst voreinander."

Nachdem der Richter meine Akte auf dem Tisch ausgebreitet hatte, legte er ein Geständnis ab. „David Davidowitsch, wissen Sie, daß Sie mir Tag und Nacht vor Augen stehen? Am Tag habe ich es hier in meinem Büro mit Ihnen zu tun und nachts sehe ich Sie im Traum."

Ich war überrascht und schwieg.

Der Richter suchte ein neues Protokollblatt und füllte den Kopf aus. Als er damit fertig war, wollte er wissen: „Warum haben Sie es abgelehnt, ins Ausland zu gehen?"

Ich überlegte, wie ich ihm meine Entscheidung verdeutlichen konnte, und sah zur Decke. Als mir die Lampe in den Blick kam, wußte ich, wie ich das tun konnte und fragte: „Bürger Richter, warum haben Sie das Licht nicht eingeschaltet?"

Er sah mich mit großen Augen an und zeigte sich verwundert. Dann wandte er sich dem Fenster zu und erklärte: „Es ist doch heller Tag und die Sonne scheint!"

„Genau", bestätigte ich. „Nun, sehen Sie, weshalb sollte ich in ein Land gehen, wo die geistliche Sonne scheint? Aber hier, bei uns, ist es geistlich doch so dunkel."

So würde ich heute allerdings nicht mehr argumentieren. Denn das Land, wo die geistliche Sonne scheint, habe ich nicht gefunden, obwohl ich nun schon einige Jahre nicht mehr in Rußland lebe und viel herumgekommen bin.

Trotz dieses Bildes verstand mich der Richter damals nicht. Es ging für ihn nicht zusammen, daß ich diese Chance nicht nutzte, wo auf der anderen Seite so viele Menschen versuchten, ins Ausland zu kommen und die Erlaubnis dazu nicht erhielten.

Allen Widerwärtigkeiten der Verhaftung zum Trotz, war ich wunderbarerweise getrost. Doch dann erfuhr ich, daß man mir das Haus enteignen wollte und ein schwerer Druck legte sich auf mein Herz. – Wo sollte dann meine Familie unterkommen? – Nein, ich kam mit diesem Problem nicht zurecht und geriet ganz schön durcheinander. Dann erinnerte ich mich an das Wort im Hebräerbrief: „...denn ihr habt den Raub eurer Güter mit Freuden erduldet, weil ihr wisset, daß ihr eine bessere und bleibende Habe im Himmel besitzt." Dadurch wurde mein Blick wieder auf das Eigentliche gerichtet und ich konnte ruhig werden.

Die neugewonnene Ruhe währte aber nicht lange. Kurz bevor meine Frau zur Geburt unseres sechsten Kindes niederkam, erfuhr ich vom Untersuchungsrichter, daß man uns das Elternrecht aberkennen wollte. Dem war ich in keiner Weise bereit, mich zu fügen. Ich verlangte nun von dem Richter, daß die Seiten meines Protokolls fortlaufend numeriert wurden, damit niemand ein zusätzliches Blatt mit Beschuldigungen einfügen konnte, die Anlaß zur Aberkennung des Elternrechtes gegeben hätten. Ferner bestand ich darauf, daß jede nicht vollgeschriebene Zeile mit einem Strich geschlossen wurde.

Um uns die Kinder wegnehmen zu können, wurden auch Personen vorgeladen, von denen man annahm, daß sie gegen uns eingestellt waren. Wie wunderte ich mich da, daß eine Frau, die Mitglied des Komsomol war, ehrlich blieb und kein falsches Zeugnis gegen uns ablegte.

Obwohl mich der Untersuchungsrichter, wenn wir allein zusammen waren, an seinen Schreibtisch bat und mich mit David Davidowitsch anredete, was auf ein gewisses Vertrauen schließen ließ, bin ich letztlich aber nie ganz klug aus ihm geworden. So verstand ich nicht, daß er auf der einen Seite meinem Wunsch nachkam und mir ein Treffen mit Pawel Sacharow ermöglichte, dann aber, als wir zusammen waren, einen gemeinen Trick anwandte. Er verbot uns nämlich miteinander zu reden und verwies darauf, daß ich ja auch nur um ein Treffen gebeten hätte.

„Das gibt es doch nicht! Das darf doch nicht wahr sein, daß wir zusammen in einem Zimmer sitzen und nicht miteinander reden dürfen!" dachte ich und betete im Stillen: „Herr Jesus, Du hast es zugelassen, daß ich jetzt mit Bruder Sacharow zusammensein kann. Schenk doch auch, daß wir miteinander reden dürfen."

Mit einem Mal kam mir der Gedanke, den Untersuchungsrichter in ein Gespräch zu verwickeln, um ihn so vom Redeverbot abzulenken.

„Bürger Untersuchungsrichter“, sagte ich, „nächstes Jahr wird ein großer Feiertag sein.“

„Ich weiß, ich weiß. Wir feiern den fünfzigsten Jahrestag der Oktoberrevolution“, nickte er.

„Ja, schon. Aber das meine ich nicht.“

„Was gibt es denn noch?“ forschte er.

„Das hundertjährige Bestehen der Baptistengemeinden in Rußland.“

Der Richter hatte wohl mit einer solchen Antwort nicht gerechnet und war irritiert.

„Es gibt noch ein weiteres Jubiläum“, fuhr ich fort. „Vor hundert Jahren verkaufte Zar Alexander II Alaska an Amerika und erhielt dafür 7 200 000 Dollar.“

Jetzt begann der Richter eifrig zu reden, vergaß von seinem Verbot und merkte gar nicht, daß Bruder Sacharow sich mit in das Gespräch einschaltete. Schließlich konnte ich mich mit dem Bruder auch noch über andere Dinge kurz austauschen.

Dieses Treffen sollte auf dieser Erde das letzte zwischen uns beiden sein. Ich wurde später nach Norden in Richtung Workuta und er nach Naltschik im Süden transportiert. Bald nach seiner Freilassung ging er heim, in das himmlische Vaterhaus.

Nach Abschluß meiner Untersuchung bot mir der Richter einen Rechtsanwalt an.

„Den brauch ich nicht. Mein Rechtsanwalt ist Christus“, sagte ich.

Der Richter forderte mich auf, ihm meine Ablehnung schriftlich vorzulegen, was ich unverzüglich tat. Trotzdem wurde noch einmal versucht, mich umzustimmen. Ich wurde in den Keller, an den Todeszellen vorbei in ein Zimmer geführt. Hier trat mir ein Greis gegenüber, der mir eröffnete, daß er mein Rechtsanwalt sei.

„Sind Sie ein Kommunist?“ fragte ich.

„Ja“, bestätigte er.

„Wissen Sie“, fuhr ich fort, „solche Kommunisten wie Sie haben meinen Vater, meinen Großvater und viele Verwandte von mir in den dreißiger Jahren Nadeln unter die Fingernägel gejagt. Und Sie wollen mich verteidigen? Nein, das können Sie nicht.“

„Ich bitte Sie, sprechen Sie nicht so“, bat er, „das wird Ihre Situation verschlechtern.“

„Wissen Sie was, – mir geht es um die Wahrheit“, beharrte ich auf meinem Standpunkt. „Und die werde ich Ihnen auf den Kopf zu sagen...“

Die Wachsoldaten an meiner Seite ergriffen mich und führten mich zurück in die Zelle 32.

Anfang August 1966 wurde mir mitgeteilt, daß ich am 10. des Monats in Moskau vor Gericht gestellt werde. Die Verhandlung finde unter Ausschluß der Öffentlichkeit statt. Dagegen erhob ich Einspruch. „Der Richter“, so erklärte ich, „wird das Urteil im Namen des Volkes sprechen. Damit sagt er, daß ich etwas gegen das Volk getan habe, das er mit seinem Urteil wieder zurechtrücken möchte. Deshalb muß das Volk auch bei der Verhandlung dabei sein, um klar zu erfahren, was ich angerichtet habe. – Ich besteige lieber auf dem Roten Platz einen Scheiterhaufen, als daß ich im verborgenen erschossen werde.“

Einen Tag vor der Verhandlung nahm ich keine Nahrung entgegen. Sofort tippte der Gefängniswärter auf Hungerstreik, der verboten war, und sagte erbost: „Was, du willst nichts essen? – Na warte, wir haben ein feines Mittel und werden dir alles durch den After in den Magen pumpen!“

„Das ist kein Hungerstreik“, entgegnete ich. „Sie wissen doch, daß ich morgen vor Gericht gestellt werde. Und weil ich Christ bin, möchte ich mich mit Fasten und Beten darauf vorbereiten.“

„Dann ist das eine andere Sache!“ meinte er erleichtert und schlug die „Futterklappe“ zu.

* * *

Um acht Uhr dreißig wurde ich am folgenden Morgen von zwei Wachsoldaten zur Gerichtsverhandlung abgeholt. Die Aufseherin, die die Zelle aufgesperrt hatte, sah mich mitleidig an und sagte gütig: „Da blagoslowit was Gospodj. (Möge der Herr Sie segnen.)“

„Wperjod! (Vorwärts!)“ ertönte fast gleichzeitig der grobe Baß eines Soldaten.

Ich wurde durch einen notdürftig erleuchteten Flur geführt, aber in meinem Herzen war es hell. Dieses: „Der Herr möge Sie segnen“, hob das grobe „Vorwärts“ auf.

„Mensch“, sagte ich mir, „wie fällt es uns Christen doch manchmal so schwer, die Feinde zu lieben und jene, die uns fluchen, zu segnen, obwohl es schwarz auf weiß in der Bibel steht! Diese kommunistische Aufseherin aber, für die es nicht geschrieben steht, tut das, was ich eigentlich tun sollte. – Wie oft entlarvt man sich doch selbst! Wie oft erkennt man im Lichte Gottes, daß man total verkehrt ist und nur von der Vergebung leben kann!"

Wir waren zum „Schwarzen Raben" gekommen. Ich stieg ein und die Tür wurde hinter mir zugeschlagen. Während sich das Gefährt in Bewegung setzte, faltete ich die Hände und sagte Gott alles, was mich bewegte.

Nach kurzer Fahrt hielt der Wagen an. Ich hörte das Knarren eines schweren Eisentores. Der Gefangenentransporter fuhr ein kurzes Stück und hielt erneut. Dann wurde die Tür aufgerissen und weitere Häftlinge kamen herein.

„Wo sind wir?" fragte ich.

„In Matrosskaja Tischina", wurde mir gesagt.

Die Fahrt wurde fortgesetzt. Als der „Rabe" wieder anhielt, wurden weitere Gefangene eingeladen. So ging es noch einige Male, bis der Hauptladeraum des Wagens total gefüllt war und die neu dazu kommenden Häftlinge mit Fußtritten hineingepreßt wurden. Mir ging auf, daß wir von Gefängnis zu Gefängnis fuhren, – deren es zur damaligen Zeit vierzehn in Moskau gab, – und die Gefangenen sammelten, die an diesem Tag abgeurteilt werden sollten.

Beschwerden über die unsanfte Verladung wiesen die Wachsoldaten mit der Erklärung zurück: „Poslednego sobaki kusajut" (Den Letzten beißen die Hunde). In diesem Augenblick war ich froh, daß man mich in eine separate Gitterbox gesperrt hatte und ich so dem Schieben und Stoßen entnommen war.

Auf der weiteren Fahrt zum Gericht kam ich mit einigen Gefangenen ins Gespräch. Wir unterhielten uns über die verschiedensten Dinge. Plötzlich fragte einer: „Du sprichst so eigenartig, ganz anders als wir. Wer bist du eigentlich?"

„Ein Mensch wie ihr. Aber ich bin Christ geworden, das hat mich verändert."

„Wie?" wunderte sich ein anderer. „Nur weil du an Christus glaubst, hat man dich eingesperrt und will dich mit uns verurteilen?"

„So ist es", bestätigte ich.

„Das gibt es doch nicht! Wir haben gestohlen, geraubt und gemordet. Wir sind schuldig geworden, aber du doch nicht!"

Der „Schwarze Rabe" hielt an. Wir waren am Ziel. Die Tür wurde mit dem Kommando aufgerissen: „Aussteigen!"

Als ich später in den Gerichtssaal geführt wurde, meinte ich einen Augenblick lang nicht richtig zu sehen. Auf den Zuhörerplätzen entdeckte ich viele Glaubensgeschwister. Einige waren sogar aus dem Kaukasus gekommen. Ein warmer Strom durchzog mich. Ich war gerührt, froh und gestärkt zugleich. Wie gerne hätte ich einige Worte mit den Lieben gewechselt. Aber das war nicht möglich. Doch ich ließ meinen Blick auf ihnen ruhen und erkannte auf ihren Gesichtern die Zuversicht, die in ihren Herzen war. Wie anders sahen sie doch aus, als die Atheisten! Und obwohl weder meine Frau noch jemand von den Kindern im Saal zu sehen war, war ich durch die anwesenden Geschwister völlig getröstet.

Ich wurde zu dem vergitterten Platz gebracht, der für die Angeklagten vorgesehen war, und die üblichen Regularien nahmen ihren Lauf. Zum Schluß fragte der vorsitzende Richter ob ich mit allen Personen des Richtergremiums einverstanden sei.

„Nein, Bürger Richter“, entgegnete ich. „Ich lehne den Rechtsanwalt, der mir als Pflichtverteidiger zugedacht ist, ab. Ich verstehe auch nicht, daß er heute hier ist, wo ich schon im Gefängnis meine Ablehnung mündlich und schriftlich geäußert habe.“

„Angeklagter Klassen, weshalb lehnen Sie den Rechtsanwalt ab, der doch bereit ist, Ihnen zu Ihrem Besten zu verhelfen?“ hakte der Richter nach.

„Bürger Richter, dieser Rechtsanwalt ist nicht nur Atheist, sondern auch Kommunist, wie er mir bei unserem Treffen im Gefängnis selbst sagte. Atheismus ist aber Gottesleugnung und ein Kommunist hat sich mit allen Kräften gegen Gott und das, was mit Gott in Verbindung gebracht wird, einzusetzen. Ich weiß das aus eigener Erfahrung, weil ich selbst im ‘Bund der kämpferischen Gottlosen’ war. Und wie kann ein Mensch, der gegen Gottes Sache ist, mich heute verteidigen! Das ist doch ein Widerspruch. Das geht nicht!“

Der Richter neigte sich nach rechts und links und beriet sich flüsternd mit den Beisitzern. Dann fragte er mich, ob ich Willens und fähig sei, mich selbst zu verteidigen.

„Bürger Richter, mein Fürsprecher und Verteidiger ist Jesus Christus. Auf ihn verlasse ich mich ganz, auch in diesem Fall“, sagte ich und hatte den Eindruck, daß er mich für überspannt hielt. „Aber“, fuhr ich fort, „eines möchte ich zuvor noch sagen: Wenn der Rechtsanwalt im Saal bleibt, werde ich jede Aussage verweigern.“

Der Richter beriet sich wieder mit den Beisitzern und fragte anschließend den Staatsanwalt, was er von der Sache halte. „Sie müssen auf die Bitte des Angeklagten eingehen“, lautete sein Bescheid.

Der Richter tat es und der Rechtsanwalt verließ mit hängendem Kopf den Raum, ohne Aufwiedersehen zu sagen. Ich habe ihn auch nie wieder gesehen. Ich würde mich aber freuen, ihn im Himmel anzutreffen.

„Angeklagter Klassen", ergriff der Richter das Wort, „entsprechen die verlesenen Angaben zu Ihrer Person der Wahrheit?"

„Nein, Bürger Richter."

„Was stimmt nicht?"

„Bürger Richter, Sie haben verlesen, daß ich eine Frau und fünf Kinder habe. In Wirklichkeit habe ich aber sechs Kinder."

„Warum habe ich falsche Angaben erhalten?" fragte er.

„Bürger Richter, als ich verhaftet wurde, waren es fünf Kinder. Aber zwei Wochen später hat meine Frau das sechste Kind geboren."

„Das Kind ist vielleicht tot zur Welt gekommen", wandte der Richter ein, um recht zu behalten – so jedenfalls hatte ich den Eindruck.

„Nein, nein, das Kind lebt", hielt ich dagegen.

„Woher wollen Sie das wissen? Sie haben doch keine Verbindung nach draußen gehabt."

„Bürger Richter, wir führen eine gesegnete Ehe unter der Herrschaft Gottes. Deshalb weiß ich, daß das Kind nicht tot ist. Mir ist nur nicht bekannt, ob es ein Junge oder ein Mädchen ist."

Dem Richter war anzusehen, daß er meine Sicherheit nicht verstand. Er ließ mich aber mit dieser Frage in Ruhe und erklärte: „Angeklagter Klassen, stimmt das, daß Sie am 2. Mai in Karaganda eine Taufe durchgeführt haben?"

„Ja", bestätigte ich.

„Weiter werden Sie angeklagt, daß Sie einer inoffiziellen, nicht registrieten Sekte angehören. Mehr noch, daß Sie auch deren Leiter sind. Stimmt auch das?"

„Nein, das stimmt nicht!"

„Was stimmt nicht?"

„Bürger Richter, Sie haben mich praktisch einen Sektierer genannt und ein Sektierer ist ein Irrlehrer. Sie können mich zwar so nennen, deshalb bin ich es aber noch nicht, dazu fehlt die Bestätigung."

„Gut, was sind Sie denn?"

„Bürger Richter, ich gehöre einer nicht registrierten Baptistengemeinde an."

„Und weshalb haben Sie getauft?"

„Weil wir Baptisten sind. Baptisten heißt nämlich Getaufte."

„Warum haben Sie in kaltem Wasser getauft? Ich habe hier eine Bestätigung, daß das Wasser nur vier Grad Celsius hatte."

„Das ist interessant. Ich war mit im Wasser und habe getauft und Sie, die Sie dreitausend Kilometer von diesem Geschehen entfernt wohnen, wissen besser Bescheid als ich.

Aber ich will mit Ihnen über die Wassertemperatur nicht streiten, weil ich sie nicht gemessen habe. Aber eines steht für mich fest, daß ich nicht zu Unrecht gehandelt habe, nur gehorsam war und den Willen Jesu erfüllte, der uns auftrug: 'Gehet hin und taufet...' Außerdem, Bürger Richter, niemand von den Getauften ist krank geworden und gestorben."

„Warum lehnen Sie es ab, daß sich Ihre Gemeinde registrieren läßt?" schwenkte der Richter auf ein anderes Thema um.

„Darf ich das anhand eines Beispiels erklären?"

„Bitteschön", nickte der Richter.

„Sehen Sie, als ich in den Ehestand treten wollte, ging ich mit meiner Braut zum Standesamt und wir ließen uns registrieren. Dann gingen wir zum Gotteshaus und wurden getraut. Wir haben damit der Bibel gehorcht in der es heißt: 'Gebt dem Kaiser, was dem Kaiser ist und Gott, was Gott ist.'

Hätte man uns auf dem Standesamt nun gesagt: Ihr werdet nur registriert, wenn ihr versprecht nicht mehr als drei Kinder zu haben und bereit seid, diese im atheistischen Geist erziehen zu lassen, wäre das ein Eingriff in unsere inneren Angelegenheiten gewesen. Wir hätten uns nicht registrieren, sondern nur trauen lassen.

Aber, was auf dem Standesamt nicht geschah, das tut der Staat, wenn sich eine Gemeinde registrieren läßt. Er steckt seine Nase überall hinein, er mischt sich in ihre inneren Angelegenheiten. Wenn es schon eine Verordnung gibt, daß die Kirche vom Staat getrennt ist, dann sollte es auch umgekehrt sein, daß der Staat von der Kirche getrennt ist!"

Der Richter und die Beisitzer sahen sich an und schwiegen. Ich hatte den Eindruck, daß sie mir im Stillen zustimmten. Dann blätterte der Richter in seinen Akten. Als er aufsah, sagte er: „Angeklagter Klassen, uns wurde berichtet, daß bei Ihnen Menschen als Opfer gebracht werden. Stimmt das?"

„Ja, Bürger Richter, das stimmt", antwortete ich und die Gerichtsherren zeigten Entrüstung.

„Wie ist das möglich? Wissen Sie nicht was in den Gesetzen steht? Erzählen Sie mal, wie eine solche Opferung vor sich geht! Oder sind Sie nicht dazu bereit?“ in der Stimme des Richters lag Empörung.

„Doch, ich bin gerne dazu bereit. Wir haben nichts zu verheimlichen. Wenn Sie wollen, berichte ich nicht nur über die Opferung, sondern ich zeige Ihnen sogar ein Opfer. – Zunächst muß ich aber fragen, ob Sie meinen, daß ich ein Mensch bin?“

Der Richter schien irritiert und machte eine Pause. „Schon“, preßte er dann hervor und nickte.

„Gut“, entgegnete ich, „wenn ich in Ihren Augen ein Mensch bin, dann sehen Sie mich genau an. Ich bin nämlich ein Opfer. Ich glaube an den Herrn Jesus Christus und habe mich ihm als Opfer ausgeliefert. Das heißt: ich tue nicht mehr das, was ich möchte, sondern das, was er will. Und deshalb, Bürger Richter, stehe ich auch vor Ihnen, und bin bereit, mich aburteilen zu lassen. Das ist ja auch ein Opfer. Und Sie sind der, der mich opfert. Solche Opfer bringen wir aber freiwillig.

Ihnen ist aber wohl so berichtet worden, als herrsche bei uns ein Zwang. Außerdem wurde Ihnen wohl die Ansicht vermittelt, daß wir Menschen umbringen, wenn wir sagen, daß sich jemand dem Herrn zum Opfer hingegeben hat. Das ist aber weiter nichts als eine üble, ganz böse Nachrede.

Ich kann mir auch denken, worauf sie fußt. Die Sache, die vor fünf Jahren bei uns in Karaganda geschah, ist wohl noch immer nicht aus der Welt geschafft. Damals verschwanden nämlich siebzehn Mädchen zwischen zehn und zwölf Jahren. Und die sowjetische Presse hängte das spurlose Verschwinden der Kinder uns Christen an. Sie unterstellte uns, wir hätten sie als Opfer gebracht. Da hat die Gemeinde gebetet und gefastet und nach den Mädchen in der Steppe gesucht. Und was soll ich Ihnen sagen, Bürger Richter, wir haben ein Mädchen gefunden, es hieß Helena Klassen und war gläubig. Es stellte sich auch heraus, daß sie nicht das Opfer eines Baptisten, sondern das eines Kommunisten wurde. Er war Postbeamter in Pridolinki. Sie sind also vollkommen falsch informiert, Bürger Richter.“

Der Richter wandte sich an die Beisitzer und fragte schließlich den Staatsanwalt, ob er noch eine Auskunft von mir haben möchte. Der schüttelte den Kopf und es entstand eine Pause. Bevor sie peinlich wurde, erkundigte sich der Richter nach meinem Wohnsitz.

„Das steht in meinen Unterlagen“, sagte ich. „Ich sitze im Lefortowo-Gefängnis. Wenn Sie es ganz genau wissen wollen, in Zelle 32.“

Aber der Richter wollte das gar nicht wissen. Ihn interessierte, wo meine Familie wohnte.

Ich nannte ihre Anschrift in Karaganda.

Der Richter blätterte in meiner Akte. Als er aufsah, sagte er: „Wir haben hier Unterlagen, daß sie in Karaganda zwei Häuser besitzen. Eines in der Sewernaja 91 und eines in der Trudowaja 10. Stimmt das?“

„Nein, das stimmt nicht. So reich bin ich nicht“, widersprach ich.

„Dann legen Sie mal die Karten auf den Tisch. Aber ungezinkt!“ forderte der Richter.

„Das Kartenspiel beherrsch ich nicht, das hab ich nicht gelernt“, entgegnete ich zum Mißfallen des Richters. „Aber die Sache mit den beiden Häusern kann ich ihnen erklären. Am 14. Mai dieses Jahres sind wir von der Sewernaja 91 in die Trudowaja 10 umgezogen. Und weil ich schon am 15. Mai von Karaganda hierher nach Moskau geflogen bin, hat die Zeit nicht mehr gereicht, um unser altes Anwesen im Grundbuchamt streichen zu lassen.“

Der Richter sprach kurz mit den Beisitzern. Dann meldete sich der Staatsanwalt zu Wort: „Angeklagter Klassen, wie sind Sie zu dem Haus in der Trudowaja 10 gekommen?“

„Ich habe es gekauft.“

„Gekauft? – Woher hatten Sie das Geld, um das Haus erwerben zu können? Ihr Einkommen ist doch so niedrig, daß Sie davon unmöglich ein Haus kaufen können!“

„Das stimmt, Bürger Staatsanwalt. Von meinem Einkommen konnte ich dieses Haus nicht erwerben. Mein Einkommen reicht mal gerade dazu, daß ich meine Familie ernähren und einkleiden kann. Aber vielleicht haben Sie ja auch ausgekundschaftet, daß meine Mutter vor drei Monaten nach Kanada geflogen ist. Dort hat sie den Verwandten erzählt, daß ich ständig Repressalien ausgesetzt bin, manchmal sogar verfolgt werde. Das hat die Verwandten sehr bewegt. Sie haben Geld gesammelt und es mir geschickt, damit ich dieses Haus kaufen konnte. Wenn Sie so wollen, Bürger Staatsanwalt, habe ich das Haus also geschenkt bekommen.“

Der Staatsdiener legte die Stirn in Falten und schüttelte den Kopf. „Angeklagter Klassen, Sie schwanken doch hin und her!“ sagte er streng. „Einmal behaupten Sie, Sie hätten das Haus gekauft, ein andermal, es sei Ihnen geschenkt worden. Was stimmt denn nun eigentlich. Sie, als Christ, sollten doch bei der Wahrheit bleiben!“

„Ich dachte, Bürger Staatsanwalt, daß die Sache mit meinen Häusern leicht zu verstehen wäre. Schon gar für einen studierten Mann wie Sie. Aber es macht mich stutzig, wie Sie sich jetzt verhalten. Sie kommen mir vor wie einer, der zwischen zwei Birken geraten ist, und diese für einen Urwald hält, in dem er sich nicht mehr zurechtfindet. Es stimmt doch beides. Ich habe das Haus gekauft, aber letztlich ist es mir geschenkt worden. Mehr habe ich dazu nicht zu sagen."

Im Gerichtssaal war es sehr still geworden. Ich sah, wie etliche die Köpfe senkten, um das Schmunzeln zu verbergen. Der Richter ordnete eine Pause an. Die beiden Soldaten, die mich, obwohl ich einen vergitterten Platz hatte, bewachten, öffneten den Käfig und führten mich aus dem Saal, um mich zu den Kriminellen, die ich im „Schwarzen Raben" kennengelernt hatte, in eine Zelle zu stecken. Bei meinem Erscheinen fielen sie sofort über mich her und wollten wissen, wie die Verhandlung verlaufen sei und ich gab ihnen bereitwillig Antwort. Aber schon bald gab ich dem Gespräch eine Wende, um Zeugnis von Jesus geben zu können. Ich stimmte sogar einige Lieder an und mir wurde das Singen nicht verboten. Selbst die Wachsoldaten hörten begierig zu und die Pause verging im Nu. Wieder im Saal, wollte der Richter von mir wissen: „Was hat Sie nach Moskau getrieben?"

„Die unerträglichen Repressalien, Bürger Richter. Wir wollten uns um Abhilfe derselben an unsere Obrigkeit wenden, weil wir zu den örtlichen Verwaltungen das Vertrauen verloren haben."

Der Richter rief einen Zeugen auf und fragte: „Was können Sie gegen den Angeklagten vorbringen?"

„Wissen Sie, Genosse Richter, vor dem Gebäude des ZK waren viele Menschen, die wir in Busse einladen sollten. Ich war so müde, schlimmer als wenn ich einen Wagen Kohlen ausgeladen hätte..."

„Angeklagter Klassen, haben Sie eine Frage an den Zeugen?" unterbrach der Richter.

„Ja. Ich hätte gerne gewußt, wie ich gekleidet war, als die Delegation aufgelöst wurde", sagte ich, ohne meine Teilnahme daran zu bestreiten. Zur Verhandlung trug ich nämlich ein anderes Hemd. Es war mir von einer Moskauer Glaubensschwester, nach Genehmigung des Untersuchungsrichters, geschenkt worden.

Der Zeuge war verworren und erging sich in allgemeinen Aussagen. „Was wird daraus werden?" kam mir der Gedanke...

Zum Schluß hielt der Staatsanwalt die Anklagerede, danach richtete sich der Richter an mich. „Angeklagter Klassen, weil Sie den Rechtsanwalt abgelehnt haben, wird Ihnen im Rahmen des Rechtsschutzes nach der sowjetischen Verfassung nun zugestanden, daß Sie nach bestem Wissen und Gewissen das Verteidigungswort sprechen."

„Bürger Richter, ich bedanke mich herzlich, daß Sie mir nun als sowjetischem Bürger und Angeklagtem, vor allem aber als Christ, die Möglichkeit der Verteidigungsrede geben. Ich muß Ihnen gestehen, daß ich nicht in der Lage bin, mich selbst zu verteidigen. Aber ich habe jemand, der mich verteidigt und dem befehle ich meine Sache an.

Wie Sie wissen, Bürger Richter, haben die Japaner im Zweiten Weltkrieg den russischen Panzereinheiten großen Schaden zugefügt. Das kam daher, daß sie abgerichtete Hunde hatten, die vor den Panzern nicht zurückwichen, sondern darunter krochen. Diesen Hunden schnallten die Japaner Mienen auf den Rücken, die, sobald die Tiere unter den Panzern waren, explodierten. So wie die japanischen Hunde darauf abgerichtet waren, die sowjetischen Panzer zu zerstören, wird das sowjetische Volk durch Radio, Fernsehen und Zeitungen gegen das Christentum aufgehetzt."

Plötzlich sprang der Staatsanwalt auf und rief erregt: „Genosse Richter, hören Sie nicht, was der Angeklagte Klassen sagt? Er vergleicht höchste sowjetische Einrichtungen mit japanischen Hunden! Unterbinden Sie das!"

Der Staatsanwalt setzte sich wieder und sah angestrengt zum Richter. Der, so schien mir, machte sich nichts vor und wußte, daß es so war, wie ich gesagt hatte. Aber, um den Staatsanwalt zu besänftigen, mahnte er in ruhigem Ton: „Angeklagter Klassen, bemühen Sie sich, sich vorsichtiger auszudrücken."

Dem versuchte ich nachzukommen, ließ es mir aber nicht nehmen, bei der Wahrheit zu bleiben, und untermauerte meine Aussage noch mit weiteren Fakten, die nicht zu widerlegen waren.

„Kommen Sie nun zu Ihrem Letzten Wort", forderte mich der Richter auf. Das Letzte Wort wird dem Angeklagten nach den Reden der Anklage und der Verteidigung immer gewährt, obwohl der Angeklagte nicht selten mehrmals unterbrochen wird.

„Bürger Richter und alle Anwesenden, ich habe nur noch wenig zu sagen, und dennoch ist es sehr viel. Auf diesem vergitterten Platz haben schon viele Verbrecher gesessen: Mörder, Diebe und andere. Von diesen wurden Sie nach dem Urteilsspruch beschimpft. Ich werde das nicht tun, ganz gleich, welches Urteil Sie über mich fällen. Ich werde Sie lieben. Das letzte Wort über mich fällt kein irdisches Gericht, sondern der, dem alle Macht gegeben ist, im Himmel und auf Erden. Vor dem werden auch Sie einmal Rechenschaft über das ablegen müssen, was Sie hier getan haben."

Der Richter sah während meiner Worte unablässig auf den Fußboden. Dann hob er den Blick und erklärte, das Gericht werde sich zur Urteilsfindung zurückziehen. Während dieser Pause wurde ich wieder in die Zelle zu den Kriminellen gebracht. Mir zum Trost stimmte ich das Lied von Hedwig von Redern an:

Weiß ich den Weg auch nicht, Du weißt ihn wohl;
das macht die Seele still und friedevoll.
Ist's doch umsonst, daß ich mich sorgend müh,
daß ängstlich schlägt das Herz, sei's spät, sei's früh...
Du weißt, woher der Wind so stürmisch weht,
und Du gebietest ihm, kommst nie zu spät;
drum wart ich still, dein Wort ist ohne Trug,
Du weißt den Weg für mich – das ist genug."

Während ich das Lied sang, standen die Wachsoldaten an der Tür, hörten zu und wehrten mir nicht. Als ich mit ihm zu Ende gekommen war, meinten die Mithäftlinge, es sei sehr schön gewesen, und fragten sich, weshalb ein Mensch, der solche Lieder singe, verurteilt werde. Ich nutzte diese Gelegenheit und erzählte, wie ich zum Glauben fand und was ich alles mit Jesus erlebt hatte.

Daraufhin bedrängten mich die rauhen Gesellen mit den verschiedenstes Fragen und ich gab ihnen gerne Antwort. Ich hätte meinen Zuhörern noch viel mehr sagen können, wenn nicht die Zellentür geöffnet und ich zur Urteilsverkündung wieder in den Gerichtssaal gebracht worden wäre.

Stehend verkündete der Richter im Namen der „Russischen Sowjetischen Föderativen Sozialistischen Republik", daß der Angeklagte David Klassen für schuldig befunden und zu zwei Jahren und sechs Monaten Freiheitsentzug unter verschärften Bedingungen verurteilt werde.

Die Wachsoldaten öffneten das Gitter und führten mich aus dem Saal. Plötzlich klopfte mir jemand auf die Schulter und sagte tröstend: „Verzage nicht, Bruder, wir beten für dich!"

Der Stimme nach war es eine Frau. Ich konnte mich aber nicht zu ihr umdrehen und erfuhr auch nicht ihren Namen. Was mir ihre Worte aber in diesem Augenblick und der folgenden Haftzeit bedeuteten, kann ich nur schwerlich beschreiben.

Ich bewunderte in diesem Moment nur den Mut der Glaubensschwester, daß sie sich bis zu mir vorgewagt hatte. Ihrem Beispiel wollten auch noch andere Geschwister folgen. Aber sie kamen nicht bis zu mir durch, weil die Soldaten mit den Gewehrkolben um sich schlugen.

„Tschto, wy prischli s babami wojewatj? (Was, seid ihr gekommen mit Frauen zu kämpfen?)" rief eine Glaubensschwester.

Aber auch sie wurde abgedrängt und ich in den „Schwarzen Raben" gesperrt. Der brachte mich wieder zum Lefortowo-Gefängnis, wo die Gefängnisleitung der Glaubensschwester, Margarethe Epp, noch ein kurzes Gespräch mit mir gestattete. Dann wurde ich mit meinen wenigen Habseligkeiten wieder in den „Raben" gesperrt und von Lefortowo in das „Krasnaja Presnja"-Gefängnis verlegt.

Hier angekommen, wurde ich in eine dunkle Mini-Zelle kommandiert, in der man nur stehen konnte. Um mich zu orientieren, tastete ich die Wände wie ein Blinder ab und spürte, daß sie mit pelzartigem Stuck versehen waren.

„Aha", dachte ich, „hier wurde vorgebeugt! An dieser Wand kann kein Häftling eine Nachricht hinterlassen."

Das war nämlich unter uns Gefangenen eine beliebte Methode. Wir ritzten so viel wie möglich über uns in die Wände, damit die nachfolgenden Häftlinge, die vielleicht bessere Verbindungen nach draußen hatten als man selbst, es lasen, und so über unser Ergehen doch etwas in der Welt bekannt wurde.

Irgendwann mußte ich zur Toilette. In der Zelle war aber keine vorhanden. Ich klopfte an die Tür und bat den Gefängniswärter, mich zu einer solchen zu führen. Doch vergeblich. Ich klopfte wieder. Es folgte keine Reaktion. Schließlich bettelte ich wie ein kleines Kind, das von seiner Mutter Süßigkeiten haben möchte. Aber auch dieses Bitten half nichts und schließlich blieb mir nichts anderes übrig, als die Notdurft einfach in der Zelle zu verrichten. Jetzt mußte ich allerdings mit diesem wirklich nicht angenehmen Geruch vorlieb nehmen. Ich war ihm nicht nur für wenige Minuten, sondern stundenlang ausgesetzt. Und jede Stunde in dieser Zelle kam mir nun wie eine Ewigkeit vor.

Als ich endlich herausgelassen wurde und in eine größere Zelle kam, fand ich aber auch dort keine idealen Verhältnisse vor – sofern man im Gefängnis überhaupt von idealen Verhältnissen reden kann. Die hier festgehaltenen Häftlinge waren starke Raucher, und ich hatte beim Betreten der Zelle den Eindruck, in ihr sei eine Nebelgranate explodiert. Außerdem waren die Männer ständig am Fluchen und Karten spielen. Die Vorstellung, daß dies für die nächste Zukunft meine tägliche Umgebung sein sollte, machte mich keineswegs glücklich.

„Mensch, wie werden die reagieren, wenn du nicht mit ihnen tust und bekennst, daß du Christ bist?“ fragte ich mich und meinte, die Antwort zu kennen.

Trotzdem wurde mir die Kraft geschenkt, sofort meinen Glauben zu bekennen. Dann kniete ich nieder und betete. Da hörte ich die rauhen Gesellen das Wort „Swjatoj (Heiliger)“ flüstern. Dann kicherten sie. Ich ging nicht darauf ein und wartete, bis sie mit Fragen kamen, die ich ihnen offen beantwortete. In meinen stillen Gebeten flehte ich darum, daß diese armen Menschen doch die Freiheit in Christus erleben möchten.

Nach etwa drei Tagen war ihnen klar geworden, daß sie mich nicht auf ihre Seite ziehen konnten, und ich war gespannt, wie jetzt unser Zusammenleben verlaufen würde. Diese Spannung löste sich, als einer der Mitgefangenen auf mich zukam und mich mit „Otez“ (Vater) ansprach. „Otez, hast du eine Familie?“

„Ja, habe ich. Ich habe eine Frau und sechs Kinder.“

„Und weshalb schreibst du ihnen nicht?“ wunderte er sich.

„Gute Frage. Ich habe weder Papier, noch Umschlag noch Briefmarke“, erklärte ich.

Schweigend wandte er sich von mir ab und seinen Kollegen zu. „Wer von euch kann mir Papier, einen Umschlag und eine Briefmarke schenken? Ich möchte meiner Großmutter schreiben“, hörte ich ihn fragen.

Kurz darauf hielt er alles in Händen, kam freudestrahlend auf mich zu und sagte: „Na, pischi!“ (Nimm, schreib!)

Ich sah ihm fest in die Augen und verweigerte die Sachen.

„Tschego ne beresch? (Warum nimmst du sie nicht?)“ fragte er verwundert.

„Ich denke, du willst deiner Großmutter schreiben. So hab ich's doch gehört. Bin ich deine Großmutter?“

Er sah erst mich und dann die Sachen in seiner Hand mit großen Augen an und fragte kleinlaut: „Was soll ich jetzt damit tun?“

„Sag deinen Kollegen die Wahrheit, dann nehme ich die Sachen an.“

Ohne zu zögern wandte er sich um und sagte: „Jungs, ich hab euch belogen. Ich wollte das Papier und das andere nicht für mich. Ich wollte es diesem Mann geben." Er zeigte mit dem Kopf zu mir.

„Gib es ihm!" hörte ich die rauhen Gesellen im Chor rufen.

Diesmal nahm ich die Sachen entgegen und bedankte mich herzlich dafür.

„Weißt du was ich bin?" fragte er nach einer kurzen Pause.

„Woher soll ich das wissen?"

Er schlug sich mit der geballten Hand stolz an die Brust und sagte mit fester Stimme: „Ich bin ein Dieb!" – Dann streckte er mir die rechte Hand entgegen, an der der Zeige- und Mittelfinger fehlten, und fragte: „Weißt du, wie ich die Finger verloren habe?"

„Was stellst du mir solche Fragen? Bin ich allwissend?" Ich war etwas ungehalten.

Er streckte seine linke Hand vor, spreizte Zeige- und Mittelfinger auseinander und klemmte sie wieder zusammen. „So hab ich das mit den rechten Fingern gemacht, sobald ich sie bei einem Menschen in der Tasche hatte", sagte er. „Ich habe auf diese Weise manchem das Geld geklaut. – Aber dann ekelte ich mich vor mir selbst. 'Du bist ein großer Dreckskerl', sagte ich mir. Und weil ich von dem Laster der Dieberei weg wollte, legte ich den rechten Zeige- und Mittelfinger auf einen Holzklotz, nahm mit der linken Hand die Axt und schlug mir die beiden Finger ab.

Die Wunden wurden vom Arzt vernäht. Als sie geheilt und die Fäden gezogen waren, war ich aber noch nicht geheilt und bin mit dem Ring- und dem kleinen Finger den Leuten in die Taschen gefahren, um ihnen das Geld herauszuziehen."

Wir haben uns dann über viele Dinge unterhalten und der Mann tat mir leid. Er quälte sich ab, weil er frei von seiner Schuld werden wollte, und griff immer zu verkehrten Mitteln. Doch das einzige Mittel, das ihm wirklich geholfen hätte, Jesus Christus, kannte er nicht...

Plötzlich wurde die „Futterklappe" an der Tür geöffnet und mir mitgeteilt, daß Besuch gekommen sei. Es war Bruder Olejnikow Fjodor Jefimowitsch, aus der Nähe von Moskau.

An diesem Tag herrschte im Besuchszimmer Hochbetrieb. Außer mir nahmen mindestens noch vierzehn weitere Gefangene an dem langen und breiten Tisch Platz. Der Besuch fand unter strenger Aufsicht statt, und wir durften unseren Besuchern, die an der anderen Seite des Tisches saßen, noch nicht einmal die Hand zur Begrüßung reichen.

Wegen der vielen Leute war es sehr unruhig im Raum. Es wurde nicht nur geredet, sondern auch geseufzt und gewcint. Ich hatte Schwierigkeiten, Bruder Olejnikow zu verstehen. Er erzählte, daß er mit meinem Untersuchungsrichter gesprochen, und dieser mir das Zeugnis eines aufrichtigen Christen ausgestellt habe. Das war mir Freude und Stärkung zugleich und ließ mich mein Los leichter tragen.

Plötzlich bat Bruder Olejnikow, mich so weit wie möglich über den Tisch zu beugen und fuhrt fort: „Ich schlage folgendes vor. Wenn wir uns zur Begrüßung schon nicht die Hände reichen durften, dann werden wir uns eben mit den Stirnen berühren. Das ist uns nicht verboten worden."

Wir taten es und wurden auch nicht gerügt.

Als ich wieder in die Zelle kam, saß ein Mitgefangener am Tisch und aß Weintrauben, die ihm während meiner Abwesenheit von seinen Verwandten überreicht wurden. Ich ging zum Waschbecken und sah eine Traube darin liegen. Wahrscheinlich war sie während des Waschens abgefallen und der Gefangene hatte es nicht bemerkt. Ich fragte, ob ich die Traube haben dürfte. Er hatte nichts dagegen, und ich nahm sie vorsichtig in die Hand. Dann brach ich ein Stückchen Brot von meiner Ration ab und zog mich in eine Ecke zurück. Andächtig faltete ich die Hände, bat den Herrn um seinen Segen und feierte still für mich das Abendmahl, das mir eine große Stärkung war. Ich wußte mich dem Herrn, der für mich gelitten hatte, für mich gestorben und auferstanden war, sehr nahe.

* * *

Man schrieb den 5. September 1966 als ich auf einem Moskauer Bahnhof mit anderen Gefangenen in einen fensterlosen Wagen gesteckt und auf die Reise geschickt wurde. Wohin sie ging, war uns nicht bekannt. Von dem wenigen, das wir durch die Türritzen und so erblicken konnten, schlossen wir, daß man uns in Richtung Norden transportierte. Wichtige Anhaltspunkte dafür boten am Tag die Sonne und bei Nacht der Mond. Außerdem waren die Kirchen und Friedhöfe der Orthodoxen Kirche wesentliche Orientierungspunkte, weil an den Kirchen die Türen und auf den Friedhöfen die Vorderansichten der Kreuze immer nach Osten zeigen...

Mir kam die Drohung in den Sinn, die mir in den letzten Wochen immer dann entgegengeschleudert wurde, wenn ich nicht so funktionierte, wie die Repräsentanten des Staates es wünschten: „Wir werden dich zum weißen Bär schicken!“ – Sollte diese Drohung jetzt Wirklichkeit werden?

Tage später, als unser Zug am Hauptbahnhof in Wesljana in der Autonomen Republik der Komi hielt und wir in das dortige Durchgangslager gebracht wurden, hatte sich meine Frage von selbst beantwortet. Bei der „Begrüßung“ durch den Lagerkommandanten konnte ich in keinen Jubelruf ausbrechen.

„So, ihr Kerls“, sagte er. „Damit wir uns von Anfang an nicht mißverstehen: Das hier ist kein Pionierlager! Hier führt auch die sowjetische Regierung nicht das Wort. Hier ist die Taiga das Gesetz und der Bär – der Boß! Und wenn mein Hahn barfuß geht, dann seid ihr nicht besser als er, und braucht keine Stiefel fordern! Verstanden?“ Ich kann mich nicht erinnern, daß einer von uns zustimmend genickt hätte.

Dann pferchte man uns in eine Baracke, in der die Fenster zwar vergittert, aber nicht verglast waren und durch die der Wind den Schnee herein peitschte. In der Mitte des Raumes stand ein gemauerter Ofen. Wir konnten ihn aber nur mit den Händen berühren, weil er aus Sicherheitsgründen vom Fußboden bis zur Decke vergittert war. Man befürchtete wohl, daß jemand durch den Kamin flüchten könnte.

Damit aber nicht genug der Unannehmlichkeiten! Waren wir bisher nur von den Läusen geplagt worden, so stürzten sich hier auch noch Wanzen auf uns. Sie griffen uns nicht nur von unten, von den Pritschen her an, sondern auch von oben, von der Decke her. Wie bestens geübte Fallschirmspringer segelten sie auf uns nieder. Wenn wir sie erwischten, zerquetschten wir sie sofort, und es entstanden Blutflekken an unseren Körpern.

Auf diese Flecken sprach mich eines morgens ein Offizier an und wollte wissen: „Was ist das?“

„Das sind die Spuren von den kleinen Parasiten, die uns bei Tag und Nacht keine Ruhe lassen und uns das Blut aussaugen“, sagte ich. „Aber es gibt auch große, zweibeinige Parasiten, die sind noch schlimmer!“

Der Offizier schien zu wissen, was ich damit sagen wollte, aber er schwieg. Nach einiger Zeit hieß es von diesem Durchgangslager Abschied nehmen, der mir, der Verhältnisse wegen, nicht sonderlich schwer fiel, und ich wurde nach Simka verlegt. Einen Tag nach meiner Ankunft beorderte mich der leitende Lageroffizier zu sich, um mich kennenzulernen und mir verschiedene Instruktionen zu erteilen.

Weil ich nur sieben Jahre lang die Schule besucht hatte, sagte er zum Schluß geradeheraus: „Du bist ein Dummkopf! Du wirst am Tag Baumstämme wälzen und am Abend zu mir in die Schule kommen! – Überleg dir das."

So verfuhr er auch mit den anderen Häftlingen, die mit mir im Lager ankamen und weniger als zehn Jahre die Schule besucht hatten. Uns war es aber zu viel, nach der harten Tagesarbeit noch die Schulbank zu drücken, und wir suchten von dem „Unterricht" frei zu kommen.

Nach dem Abendbrot des ersten Arbeitstages ließ uns der Offizier einzeln zu sich kommen, um unsere Entscheidung zu hören. Wer mit dem Besuch der Abendschule nicht einverstanden war, dem drohten Schreibverbot, Besuchsverbot und so weiter.

„Eine schöne Entscheidungsfreiheit!" dachte ich, als ich an der Reihe war und das Büro des Offiziers betrat. Nach einer kurzen Begrüßung kam die Frage nach meiner Entscheidung.

„Bürger Offizier, ich habe zunächst noch eine Frage an Sie. Darf ich die stellen?"

„Bitteschön", willigte er ein.

„Können Sie mir sagen, wieviel Rippen ein Mann hat und wieviel eine Frau?"

Der Offizier sah mich einen Augenblick lang irritiert an. Mit einer solchen Frage hatte er wohl nicht gerechnet und wußte sie offensichtlich auch nicht zu beantworten. Wütend stampfte er mit dem Stiefel auf den Fußboden und schrie: „Wychodi, tscherestschur umnyj! (Geh raus, du bist mir zu gescheit!)"

„Spokojnoj notschi." (Gute Nacht.) wünschte ich ihm und ging. Was hätte ich auch anderes sagen sollen, wo er doch so aufgeregt war.

Auf dem Weg zu meiner Unterkunft dachte ich: „Wie schnell bist du doch von einem Dummkopf zu einem gescheiten Menschen geworden!"

In der Baracke angekommen, überfielen mich die anderen mit der Frage: „Wie ist es bei dir gelaufen? Sag schon!"

„Ich brauch die Abendschule nicht zu besuchen. Ich bin von ihr befreit", sagte ich und sah nur erstaunte Gesichter und Kopfschütteln.

„Das ist nicht wahr! Du verkohlst uns!" unterstellten mir die anderen.

„Nein, Jungens, ich belüg euch nicht. Es ist wirklich so!" versicherte ich.

„Ja, wie hast du das gemacht? – Hier, der Iwan, der war doch acht Jahre in der Schule und der Wolodjka sogar neun Jahre und beide müssen in die Abendschule und du mit deinen sieben Schuljahren nicht?“

„Nein, ich nicht. Aber regt euch nicht auf, ich erzähl euch, wie es gelaufen ist...“ Das tat ich dann auch und meinte zum Schluß: „Wahrscheinlich liegt der Offizier heute nacht im Bett und zählt seiner Frau und sich die Rippen, damit er demnächst Bescheid weiß und auf eine solche Frage nicht wieder hineinfällt.“

Die Gefangenen brachen in lautes Lachen aus.

Aber es herrschte nicht immer eine so gute Atmosphäre zwischen uns. Ich erinnere mich da an die Osterzeit 1967. Mir war die Aufgabe der Pflege und Überwachung sämtlicher Werkzeuge übertragen worden. Dadurch hatte ich zu allen Lagerwerkstätten, der Fabrik und auch der Metallschmelzerei Verbindung.

Wenn in meinem Bereich nichts zu tun war, ging ich in die Schmelzerei und machte mich dort nützlich. Als ich dies wieder einmal versuchte, traf ich die Mitgefangenen Kolschin und Dementjew, die den großen Schmelzofen zu versorgen hatten, in betrunkenem Zustand an.

Abgesehen davon, daß sie dummes Zeug redeten und fürchterlich fluchten, schwankten sie verdächtig hin und her. Sobald sie die Feuerung öffneten, was an diesem Tag häufig geschah, weil sie alles, was ihnen an Brennbarem in die Finger kam, in die Glut warfen, fürchtete ich um ihr Leben. Ich sah sie schon selbst in die Flammen stürzen.

Plötzlich kamen sie auf mich zu und lallten: „David, du Gottesanbeter, sag dich sofort von deinem Jesus los, sonst werfen wir dich in den Ofen!“

Keine Frage, mir wurde mehr als eigenartig zumute. Die Gesichter der beiden verrieten, daß sie es nicht nur bei den Worten belassen, sondern ihre Drohung auch in die Tat umsetzen wollten. Trotzdem lief ich nicht weg. Ich blieb an meinem Platz stehen, faltete die Hände und brachte mein Seufzen im Stillen vor Gott...

Da kamen die beiden auch schon mit ausgestreckten Armen auf mich zu. Ich war in diesem Augenblick von großer Ruhe und tiefem Frieden erfüllt und setzte mich nicht zur Wehr. Die beiden waren nur noch einen Schritt von mir entfernt. Dann, ich war mir sicher, würden mich ihre Hände packen und...

Doch noch bevor sie mich auch nur berührten, stürzte einer der Männer zu Boden und wälzte sich unter fürchterlichem Schreien hin und her. Dann brach der andere ebenfalls zusammen. Dementjew unterbrach zwischendurch seine Schmerzensschreie und preßte bußfertig hervor: „David vergib! David vergib!“

Sie konnten noch ins Lager-Krankenhaus gebracht, aber nicht mehr gerettet werden. Der Arzt stellte fest, daß sie in ihrer Alkoholsucht Bremsflüssigkeit getrunken und sich damit vergiftet hatten.

In dem, daß sie mich nicht antasten durften, sah ich die bewahrende Hand Gottes.

Auch in diesem Lager stieß ich auf die Unsitte des Kartenspiels um Gegenstände. Angefangen wurde meistens beim Taschentuch und aufgehört bei der Jacke. So mancher Gefangene – es ist kaum zu glauben, aber wahr – verspielte auf diese Weise seine gesamte Kleidung. Wenn da nicht der Teufel seine Hand im Spiel hatte, weiß ich es nicht! Ich habe mich natürlich nie am „Kartendreschen“ beteiligt.

Wenn in unserer Baracke abends mit dem Kartenspiel begonnen wurde, legte ich mich zu Bett, besser gesagt auf meine Pritsche. Ich hatte dann am nächsten Morgen ausgeschlafen und meine Kleider noch. Das ging einige Zeit so. Dann wachte ich eines morgens auf und traute meinen Augen nicht. Meine Kleider waren verschwunden – nichts, aber auch kein einziges Stück war mehr vorhanden! Während ich schlief, waren die Spielsüchtigen diesmal hergekommen und hatten meine Sachen eingesetzt.

Daß mir das Weinen näher als das Lachen stand, brauch ich wohl nicht zu erwähnen. Zum Glück hatten einige Häftlinge Erbarmen mit mir und schenkten mir verschiedene Kleidungsstücke von sich. Weil ich nicht nackt zur Arbeit gehen konnte, nahm ich sie gerne an, obwohl sie zerrissen waren.

Nach und nach flickte ich die Jacke und die Hose mit den Stoffresten zusammen, die mir gerade in die Hände kamen. Kein Wunder, daß auf ihnen die verschiedensten Farben zu sehen waren. Manchmal kam ich mir vor wie eine bunte Landkarte und wandte mich mit der Bitte um anständige Arbeitskleidung an den Lageroffizier. Der lehnte aber jedesmal ab.

Da beschloß ich einen anderen Weg einzuschlagen und ging eines Tages zu der Baracke, in der die Offiziersfrauen arbeiteten. Ich klopfte an, wartete, bis man mich hereinrief, und grüßte höflich. Die Offiziersfrauen erwiderten den Gruß und fragten nach meinem Begehren.

„Eigentlich wollte ich nur eine bescheidene Frage stellen“, begann ich.

„Und die wäre?", forschte eine Frau, während die anderen mich aufmerksam betrachteten.

„Haben Sie schon mal eine politische Landkarte von Afrika gesehen?"

„Was ist los, Klassen? Um was geht es Ihnen?" wurde ich gefragt.

Ich drehte mich im Kreis und erklärte: „Hier können Sie sich eine afrikanische Landkarte besehen – sie lebt sogar!"

„Klassen!" rief da der Lageroffizier, den ich bei meinem Eintreten übersehen hatte, mit erregter Stimme: „Ich habe dir doch gesagt, daß du von mir keine Arbeitskleidung bekommst!"

„Bürger Offizier", entgegnete ich, „haben Sie schon das Buch 'Berühmte Fakten aus aller Welt' gelesen?"

„Nein!" antwortete er kurz und schob die Frage nach: „Was ist das für ein Buch?"

„Es wurde in Moskau herausgegeben und vom ZK gebilligt. Ich denke auch, daß es jeder Bürger der Sowjetunion lesen sollte."

„Warum denn? Was gibt es Interessantes in ihm zu finden?"

„Man erfährt, wo der höchste Wolkenkratzer steht, wie der kleinste Zwerg heißt, und daß die größte Wassermelone aus Kirgisien 85,7 kg wog. Es ist auch ein interessanter Artikel über Arbeitskleidung in ihm enthalten", sagte ich und schwieg.

„Was wird denn über die Arbeitskleidung gesagt?" hakte er nach.

„Ja, Bürger Offizier, da heißt es in dem Buch, daß Frankreich im Mittelmeer eine kleine Insel hat, die Reo genannt wird. Auf dieser Insel grasen viele Esel. Das Besondere ist nun, daß die Franzosen diesen Eseln Arbeitskleider nähen...."

„Arbeitskleider? Wozu?" unterbrach er mich und war ganz neugierig.

„In dem Buch wird gesagt, daß es auf der Insel neben den Eseln viele Mücken gibt, und damit die Esel nicht von ihnen gestochen werden, zieht man ihnen einfach Kleider an."

„Was willst du damit sagen?" fragte der Offizier nach einer Pause.

„Weil Sie es wünschen, Bürger Offizier, sage ich es Ihnen, gerne sogar", erklärte ich. „Ich habe in der sowjetischen Schule gelernt, daß der Esel ein faules Tier ist und die Kapitalisten schlechte Menschen sind..."

„Das ist auch so!" unterbrach er mich.

„Das stimmt nicht", widersprach ich. „Sehen Sie mal, die Franzosen sind Kapitalisten, aber sie nähen für faule Esel Arbeitskleider. Das heißt doch, daß sie einem faulen Esel mehr Barmherzigkeit entgegenbringen, als die Kommunisten einem fleißigen Arbeiter."

Der Offizier machte eine Pause und dachte nach. Dann sagte er zu einer Frau: „Schreiben Sie dem Klassen sofort einen Bezugsschein auf Arbeitskleidung!"

Hätte er das nicht schon gleich tun können? Ich finde schon. Dann hätte er sich und mir diese Geschichte erspart.

Im Jahre 1967 traf im Lager für mich ein Paket aus der Schweiz ein. Es wurde mir nicht ausgehändigt, sondern zurück nach Moskau geschickt. Der Grund: ich war zu strenger Lagerhaft verurteilt worden und durfte erst nach Ablauf der halben Frist ein Paket bekommen. Zudem wog es 10 statt der zugelassenen 5 Kilogramm! Erschwerend für mich kam noch hinzu, daß ich trotz Verbots offen an meinem Bett betete und dafür bereits in der Lagerwandzeitung geächtet worden war. Somit stand mir überhaupt kein Paket zu.

Doch nach längerer Zeit kam das Schweizer Paket wieder ins Lager zurück. Diese Nachricht sickerte schnell zu den Häftlingen hindurch, und alle Gefangenen jubelten, als wäre das Paket für sie bestimmt: „Wir bekommen Pakete aus dem Ausland!" Zwei Wochen lang wußte die Administration nicht, was sie nun tun sollte. Einige Male wurde ich vorgeladen, und die Offiziere versuchten, mich dazu zu bringen, daß ich mich vom Paket lossagte. Doch ich gab nicht nach. Auch die Mitgefangenen setzten mich unter Druck. Die wollten, daß ich irgend etwas unternehmen sollte, zum Beispiel gegen das Vorgehen der Lageradministration Klage einlegte. Ich war jedoch zur Überzeugung gelangt, daß mir das Paket schlußendlich doch ausgehändigt werden würde.

Den Männern erzählte ich die Geschichte von Elia, der durch einen Raben gefüttert wurde. „Und dabei hat der Rabe dem Elia bestimmt keine verreckte Henne gebracht, sondern gutes Fleisch", erklärte ich meinen Zuhörern. „Ihr werdet schon sehen, der 'Schwarze Rabe' wird seinen Schnabel öffnen müssen und mir meine Speise abgeben". Damit spielte ich auf den Häftlingstransporter an. Die Häftlinge wurden nur noch neugieriger.

Und dann kam der ersehnte Tag! Ich wurde vorgeladen und in ein Zimmer geführt, in dem sich einige Beamten und Soldaten befanden. Und auf einem Tisch lag ein großes verschnürtes Paket mit einem aufgemalten roten Kreuz. Nach einer höflichen Begrüßung von beiden Seiten fragte mich ein Aufseher: „Haben Sie an diesem Paket etwas auszusetzen?“ „Öffnen Sie es bitte. Dann werde ich sagen, ob ich etwas auszusetzen habe oder nicht.“

Die Aufseher hatten jedoch kein Messer oder etwas anderes, um die Schnur zu durchschneiden. Da versuchten zwei Soldaten, die Schnur zu zerreißen, was ihnen allerdings erst gelang, als auch der Aufseher ihnen zur Hilfe kam.

Das Paket wurde nun geöffnet, und unwillkürlich kam aus aller Mund ein Ruf der Verwunderung: In dem großen Paket befanden sich viele kleinere Päckchen, die wiederum wunderbar verpackt waren. Da waren Butter, Honig, Zucker, Kaffee, Kakao, Milch- und Eierpulver, Rosinen, Schweizer Käse, geräuchertes Schinkenfleisch, Toblerschokolade und manches mehr. Weil es Winter vor Ostern war, war von all den Sachen nichts verdorben!

Der Aufseher holte nun ein Messer und stach in die Butter. Damit war ich nicht einverstanden. „Da ist doch ein Vermerk vom Moskauer Zoll: ‘Kontrolliert, obliegt der ungehinderten Herausgabe’. Warum stechen Sie denn noch da hinein?“ fragte ich. Nun wurden mir die Kostbarkeiten ausgehändigt und ich konnte in meine Baracke gehen.

Nach einigen Tagen – es war Ostern – belehrte mich ein alter Aufseher: „Wärest du vernünftiger gewesen und nicht nach Moskau gefahren, so könntest du jetzt zu Hause in Ruhe Ostern feiern, dich an gefärbten Eiern erfreuen!“

Ich ging nach dieser Belehrung zu meinem Arbeitsplatz in der Werkzeugabteilung, und weil die Mittagszeit gekommen war, holte ich einige meiner Kostbarkeiten heraus, breitete sie auf der Werkbank aus und begann nach einem herzlichen Dankgebet zu essen. Da öffnete sich die Tür und auf der Schwelle tauchte der Aufseher auf, der mich soeben belehrt hatte. Als er mich mit einem halb geschälten gefärbten Ei sah und auf der Werkbank die anderen Dinge bemerkte, stockte ihm der Atem. Er sagte kein Wort mehr, sondern drehte sich kurz um und verschwand...

* * *

Als ich den ersten Besuch erhielt, war ich schon über ein Jahr im hohen Norden. Ich hatte es zwar immer wieder gehofft, letztlich aber doch nicht für möglich gehalten, daß meine Frau den fünftausend Kilometer langen Weg von Kasachstan nach hier auf sich nehmen würde. Dann, im Dezember 1967, mußte ich mir eingestehen, daß ich mich getäuscht hatte. Elisabeth hatte diese Reise auf sich genommen und das bei einer Temperatur von etwa 50 Grad unter Null.

Diesmal wurde uns ein langfristiger Besuch genehmigt. Wir bekamen für drei Tage das einzige Besucherzimmer zugeteilt, das sich neben dem Wachraum an der Hauptwache befand. Für meine Frau bedeutete das, daß auch sie für diese Zeit in dem etwa acht Quadratmeter großen Raum mit vergittertem Fenster eingesperrt war. Außer einem schmalen Bett befand sich noch ein gemauerter Herd in dem Zimmer, auf dem gekocht werden konnte. Man stellte uns sogar Holz und einen Eimer Wasser zur Verfügung.

Sofort machte ich Feuer und schob tüchtig Holz in den Herd, damit es bald warm werden sollte. Aber es brauchte halt seine Zeit, und vor allem meine Frau, die auf der Fahrt durchgefroren war, zitterte enorm. Da halfen auch die Filzstiefel und der Pelz nichts mehr, den ihr jemand für die Reise geborgt hatte.

Als der Ofen Wärme abgab, streckte Elisabeth ihre Hände darüber. Dann drehte sie sich um, und wärmte sich den Rücken. Der Ofen wurde schnell glühend, und das wurde ihr zum Verhängnis: nicht lange – und wir spürten plötzlich den Geruch brennenden Stoffes. Elisabeth drehte sich um und ich entdeckte auf ihrem neuen Kleid einen großen braunen Fleck. Sie hatte sich das Kleid so arg versengt, daß, als sie an dem Kleid herunter strich, der Fleck zu einem Loch wurde.

Im Zimmer war es jedoch noch immer sehr kalt, denn nur zwei Meter vom Ofen entfernt stand auf einem Hocker der Eimer mit Wasser, der nach kurzer Zeit einfror. Erst nach längerem Heizen taute das Eis wieder.

Endlich konnten wir auch unsere Oberbekleidung ablegen, waren jedoch gezwungen, während unserer Unterhaltung meine Kleidung fleißig von den Läusen zu befreien. Und an Erzählstoff gab es mehr als genug, so daß die drei Tage viel zu schnell vergingen...

Als sich Elisabeth dann wieder auf den Rückweg in die kasachischen Steppen machte, flossen einige Tränen. Ihr und mir wäre es lieb gewesen, wenn wir diese Reise hätten gemeinsam antreten können.

Später besuchte mich auch noch Albert, mein leiblicher Bruder, und hat mir viel Mut und Trost zugesprochen. Wenn auch die anderen Gemeindeglieder sich nicht auf die weite Reise nach Simka begaben, so machten sie aber meine Last zu der ihren und verzichteten zu Gunsten meiner Familie auf manches, was auch sie hätten gut gebrauchen können.

Am 17. November 1969 wurde ich aus diesem Straflager entlassen und bestieg den Zug Workuta – Moskau. Schon bald hatte er eine hohe Geschwindigkeit erreicht und raste nur so durch die Gegend. Aber mir, dessen Herz mit Sehnsucht nach der Familie bis zum Rand angefüllt war, ging es noch immer zu langsam...

Am Nachmittag des folgenden Tages erreichte ich Moskau und am 22. November meinen Heimatbahnhof Karaganda. Welch ein Wiedersehen gab es da mit Frau, Kindern, Verwandten und Glaubensgeschwistern!

Aber nicht nur sie waren auf meine Rückkehr vorbereitet. Auch meine Feinde. Das wußte ich an diesem Tag aber noch nicht, das erfuhr ich erst später. Kurz vor meiner Entlassung war zum Beispiel den Studenten der medizinischen Hochschule der Stadt Timertau, die vierzig Kilometer von Karaganda entfernt liegt, in Form einer Lektion mitgeteilt worden, daß der schreckliche Mörder David Klassen bald wieder zurückkommen werde und sie bei jeder sich bietenden Gelegenheit versuchen sollten, die Bevölkerung gegen mich aufzuhetzen.

Einige der Studenten kamen dann zu mir und haben mir das erzählt. Sie berichteten sogar, daß der KGB versucht habe, sie als Spitzel gegen mich zu werben. Ähnliches wurde auch in der russischen Gemeinde versucht, in der ich als Ältester diente. Hier machte sich ein KGB-Mann an Bruder Gorajew heran und verlangte von ihm, sich einen Anlaß zu suchen und mich anzuzeigen.

Gorajew, der ein echter Bruder war, weigerte sich aber das zu tun und erklärte, in der Gemeinde sei man mit meinem Dienst zufrieden.

„Das geht doch nicht, daß in einer russischen Gemeinde ein Deutscher Ältester ist!“ empörte sich der KGB-Mann.

„Doch, das geht. In unserer Gemeinde herrscht Freiheit, Gleichheit und Brüderlichkeit. Bei uns könnte sogar ein Neger, der ein gereinigtes Herz hat, Leiter sein. Unsere Gemeinde ist international. In ihr sind alle willkommen: Russen, Deutsche, Weißrussen, Ukrainer und so weiter, und so weiter. Wir haben schon das erreicht, wonach ihr strebt.“

Daraufhin drohte der KGB-Mann, dafür zu sorgen, daß Bruder Gorajew seinen Arbeitsplatz verliere.

„Das können Sie tun. Ich bin bereit, eine Kündigung hinzunehmen. Aber ich werde keinen Bruder verraten“, beharrte Gorajew auf seinem Standpunkt. Plötzlich wurde der KGB-Mann wütend und schrie: „Ich werde dich verhaften lassen!“

„Auch damit können Sie mich nicht umstimmen!“ erklärte Bruder Gorajew. „Wissen Sie auch weshalb nicht? – Die gleichen Schulterklappen, die Sie tragen, habe ich früher auch getragen. Ich habe damals die Christen verfolgt, wie Sie das heute tun. Dann habe ich einem Christen, der ins Gefängnis mußte, die Bibel beschlagnahmt. Ich habe sie aber nicht vorschriftsgemäß abgeliefert, sondern heimlich selbst gelesen und bin dabei zum lebendigen Glauben gekommen.“

Obwohl der KGB in dieser Gemeinde nichts gegen mich auszurichten vermochte, hatte ich deshalb kein leichtes Leben. Mir wurde zwar gesagt, daß ich ein freier Mensch sei, doch überall, wohin ich kam, stieß ich auf Ablehnung. Sogar unser zweijähriger Sohn, dem die Ärzte eine Kur verordneten, wurde ohne Erklärung von der Liste gestrichen.

Und wie schwer fiel es mir, eine Arbeit zu finden, obwohl es genügend freie Stellen gab! Hatte ich mal eine gefunden, mußte ich meinen Paß vorlegen. In ihm war eingetragen, daß ich vor der Verhaftung gemäß Artikel 47 „G“ entlassen worden sei. Dieses wies mich als „schwarzes Schaf“ aus, und nachdem man diesen Vermerk sah, durfte ich wieder gehen.

Eine der niederschmetterndsten Schikanen erlebte ich, als eine Arbeitsstelle schon zum Greifen nahegerückt war und ich nur noch ein ärztliches Attest benötigte. Die Untersuchung dafür wurde von einer Ärztin vorgenommen, die mir bestätigte: „Genosse Klassen, bei Ihnen ist alles in Ordnung. Sie können sich wieder anziehen.“

Damit war ich noch nicht fertig, als das Telefon läutete. Nach dem Gespräch zeigte sie ein eigenartiges Gesicht und forderte mich auf, meinen Oberkörper wieder frei zu machen. Sie müßte mich nochmal gründlich untersuchen, erklärte sie. Ich kam ihrer Aufforderung nach und mir schwante nichts Gutes.

Kaum hatte sie mir das Stethoskop an die Brust gehalten, erklärte sie mit scheinheiligem Bedauern: „Sie haben ein schwaches Herz und sollten in Zukunft nicht mehr rauchen. Mit dem Wodka sollten Sie sofort aufhören!“

Mir war einen Augenblick lang, als hätte mir jemand vor den Kopf gestoßen. Dann sagte ich mit fester Stimme: „Genossin Ärztin, ich habe noch nie geraucht und Alkohol trinke ich nur einen Schluck beim Abendmahl. Aber nicht, daß Sie denken, uns Christen würde der Alkohol durch die Bibel verboten. Wir enthalten uns nur, weil wir sehen, welches Elend und Herzeleid er im russischen Volk anrichtet.“

Aber bei ihr war nichts mehr auszurichten. Sie blieb bei ihrem letzten Untersuchungsergebnis, weil der Anruf offensichtlich vom Geheimdienst kam und sie unter Druck gesetzt worden war.

Trotzdem bekam ich nach einiger Zeit eine Arbeitsstelle als Soljschtschik (Aschenreiniger). Aber der Verdienst war für einen Familienvater mit sechs Kindern sehr gering, er lag noch unter dem einer Putzfrau. Doch der Herr machte immer wieder Menschenherzen willig, uns mit Lebensmitteln und so zu helfen, daß wir wunderbar durchkamen.

Der Feind hatte sich allerdings nicht zur Ruhe gesetzt. Er sorgte weiterhin dafür, daß wir in Bewegung blieben. Einen Tag vor der beratenden Sitzung der Leitung des Bundes der nichtregistrierten Gemeinden in Sibirien hatten wir uns zu einer Bibelstunde zusammengefunden und beschäftigten uns intensiv mit Gottes Wort. Mittendrin wurde die Zimmertür aufgestoßen und ein Gemeindeglied berichtete, daß Bruder Stepan Dubowoj, der an dieser Sitzung teilnehmen wollte, auf der Fahrt nach Karaganda im Zug vom Geheimdienst verhaftet worden sei.

Diese Mitteilung traf uns hart. Ich übergab die Leitung der Bibelstunde einem anderen Bruder, der sie in eine Gebetsstunde umgestaltete, und begab mich zur Hauptpost, um die leitenden Brüder in Nowosibirsk über das Geschehene zu informieren. Aber wie sollte ich das tun? Telefonieren konnte ich nicht, weil die Brüder über keine Telefonanschlüsse verfügten. Also wählte ich die Möglichkeit eines Telegramms. Doch hier mußte ich darauf achten, daß die Brüder zwar begriffen um was es ging, aber der Geheimdienst nicht dahinter kam, sonst würde das Telegramm nicht ausgehändigt werden.

Einige Minuten lang überlegte ich angestrengt. Dann hatte ich die Lösung gefunden. Ich schrieb: „Teile euch mit, daß Bruder Stepan Dubowoj umgezogen ist. Er wohnt jetzt Daniel 6,17." (Dieser Bibelvers berichtet, wie Daniel in die Löwengrube geworfen wurde.)

Die Postbeamtin überflog das Telegramm und wollte wissen, was Daniel 6,17 ist.

„Das ist die neue Anschrift des Mannes, der umgezogen ist." sagte ich.

„Verstanden. Alles klar", bestätigte sie und übermittelte das Telegramm.

Bald danach verlor ich die Arbeitsstelle als Aschenreiniger. Ob die Kündigung mit der Sitzung des „Sowjet Zerkwej (Vorstand der nichtregistrierten Gemeinden in der Sowjetunion)“ zu tun hatte, weiß ich nicht. Jedenfalls war ich wieder arbeitslos, ohne jede staatliche Unterstützung.

Erst nach geraumer Zeit fand ich wieder Arbeit. Diesmal bei der Eisenbahn. Ich wurde in der Güterabteilung eingesetzt und hatte dem Kranführer zur Hand zu gehen, der die Wagen mit schweren Lasten be- und entlud.

Eines Tages, als wir einen Lastwagen mit großen Behältern entluden, rief mir der Kranführer zu, ich sollte meine Handschuhe dem Kraftfahrer geben. Ich erkannte zwar nicht den Sinn, befolgte aber die Anweisung. Fast sofort reichte der Kraftfahrer die Handschuhe wieder zurück. Ich zog sie an und stutzte. Was war das? In einem spürte ich Papier. Sofort zog ich ihn aus und traute meinen Augen nicht. Ich hielt Geldscheine in der Hand!

Noch bevor ich meine Gedanken ordnen konnte, kam ein Mann auf mich zu, der die ganze Zeit in unmittelbarer Nähe des Lastwagens gestanden hatte, und fragte mich: „Was haben Sie in ihrem Handschuh?“

Da stand für mich fest: Hier stimmt etwas nicht! Du bist in eine Falle geraten! „Wissen Sie was“, sagte ich, „führen Sie mich nicht lange an der Nase herum und sagen Sie mir gleich, was hier abläuft!“

Jetzt stellte sich heraus, daß der Mann Plotnikow hieß und Beamter der „Amt für Bekämpfung des Diebstahls an sozialistischem Eigentum“ war. Er hatte den Kran- und den Kraftfahrer für seinen hinterlistigen Plan gewonnen und mich hineingelegt. Kein Wehren und keine Beteuerung der Unschuld half mehr. Ich wurde aufgefordert, nach der Arbeit bei ihm zum Verhör zu erscheinen.

Zur vereinbarten Stunde war ich in seinem Büro und er meinte: „So, du gibst dich nach vorn als frommer Baptist aus und machst hintenherum zapzarapp!“

„Ich mach nicht zapzarapp, sondern Sie haben es verstanden, mich in eine Falle zu locken!“ verteidigte ich mich.

„Wie heißt der Mann, der als Kranführer arbeitet?“ fuhr Plotnikow fort, ohne auf meine Worte einzugehen.

„Ich kann Ihnen nur meinen Namen nennen. Wenn Sie den vom Kranführer wissen wollen, müssen Sie ihn selbst fragen“, entgegnete ich.

„Baptist!! So kannst du mit den Leuten in deiner Kirche umspringen, aber nicht mit mir! Weißt du überhaupt, wo du bist?“ fauchte Plotnikow und sah mich böse an.

„Ja, das weiß ich!“ erwiderte ich mit fester Stimme.

„Dann beantworte jetzt meine Fragen!“

„Das muß ich erst sehen, ob ich das tun werde. Versprechen kann ich es im Voraus nicht.“

„Welche Typennummer hat der Kran?“ forschte Plotnikow.

„Die steht an ihm dran, auf einem kleinen Schild. Da steht noch mehr drauf: Welche Leistung er erbringt und so“, sagte ich.

„Sie haben das zu beantworten, was ich Sie frage! Verstanden?“ Er schaute plötzlich ganz giftig.

„Ich werde nur das beantworten, was sich auf meine Person bezieht!“ hielt ich dagegen.

„Ihr Name, Rufname und Vatersname?“ preßte er streng hervor.

Ich nannte sie ihm.

Als er meine Personalien wußte, erkundigte er sich danach, ob ich schon mal verurteilt wurde und nach welchen Artikeln des Strafgesetzbuches. Wahrheitsgetreu beantwortete ich seine Fragen. Als ich beim vierten Artikel angelangt war, stutzte der Beamte. „Wo sind Sie mit all diesen Artikeln beschert worden?“ wollte er wissen. „In der Sowjetunion“ erwiderte ich.

Nach einer Pause meinte er, und ich hatte den Eindruck, daß er sich bei mir einschmeicheln wollte: „Sie sind ein gläubiger Mann und sollten uns helfen, die Verbrechen zu bekämpfen.“

„Das tu ich doch auch.“

Diese Antwort schien ihm gar nicht zu gefallen. „Wie denn?“ schrie er los und starrte mich mit verärgertem Blick an.

„Ich geh einen anderen Weg als Sie. Sie brauchen zur Verbrechensbekämpfung die Untersuchung, das Gericht und die Strafe. Ich dagegen verkündige den Menschen das Evangelium...“

„Raus!“ schrie er und wurde puterrot im Gesicht. „Morgen fliegen sie von der Arbeit! Dafür werde ich sorgen!“

Als ich am nächsten Tag zur Arbeit kam, fragte der Direktor, wie das Verhör verlaufen sei.

„Hauptmann Plotnikow will sich dafür einsetzen, daß mir heute gekündigt wird“, sagte ich zum Schluß meiner Schilderung.

„Da hab mal keine Bange. Ich schätze dich als guten und ehrlichen Arbeiter. Dir wird nicht gekündigt werden“, versicherte der Direktor und ließ mich gehen.

* * *

Die Arbeit an der Sache des Herrn nahm immer mehr zu, so daß vor allem Brüder, die tagsüber ihrem Beruf nachgehen mußten, auch noch nachts am Werk waren. In Besonderheit diejenigen, die mit der Arbeit der Geheimdruckerei verbunden waren, waren nicht selten sogar nachts beschäftigt. Das betraf den Transport der christlichen Literatur, Bindearbeiten und anderes mehr. Selbst die Beschaffung des Papiers war ein gefährliches Unterfangen. Aber auch die Ältesten der Gemeinden hatten an den Abenden und Wochenenden nicht selten „verlängerte Arbeitseinsätze".

Wie so etwas aussehen konnte, kann ich am Beispiel eines Wochenendes verdeutlichen. Man schrieb Freitag, den 4. Dezember 1965. Morgens um vier Uhr brach ich von zu Hause auf und ging zur Arbeit. Bevor ich das Haus verließ, gab ich meinen noch schlafenden Kindern zum Abschied einen Kuß. Auf die gleiche Weise verabschiedete ich mich auch von meiner Frau. Ich machte das jeden Morgen so, weil ich nie wußte, ob ich am Abend wieder nach Hause kam oder in einem Gefängnis saß. Bei meinem Einsatz für die Sache Jesu war die Gefahr der Verhaftung immer gegeben.

Also ich ging um vier Uhr zur Arbeit und schaffte volle acht Stunden wie jeder andere. Nach Feierabend duschte ich im Betrieb, schlüpfte in den guten Anzug, den ich schon am Morgen mitgebracht hatte, und begab mich, mit der Bibel in der Tasche, zum Flughafen. Kurz nach meiner Ankunft im Flughafen startete schon die Maschine und nach einer Zwischenlandung in Dscheskasgan gelangte ich nach Taschkent.

Hier war alles perfekt organisiert. Mit geheimer Parole gelangte ich pünktlich zu dem Haus, in dem ich mit weiteren vierzehn Brüdern aus dem mittelasiatischen Raum zu einer Sitzung zusammentraf. Eine der Fragen war die Gründung eines „Geheimverlages". Abgeschirmt wurde das Gebäude von jungen Glaubensbrüdern, die ihren Wehrdienst ableisteten und an diesem Wochenende Urlaub hatten. Wegen der uniformierten Männer kam niemand auch nur auf den Gedanken, daß in der Nähe eine christliche Veranstaltung stattfinden könnte. Als die Sitzung, die in großer Einmütigkeit verlief, nach etwa zwei Stunden zu Ende ging, brachten uns die jungen Brüder in Uniform sogar mit einem Armeelastwagen zum Flughafen.

Etwa vier Stunden später, es war früher Samstagmorgen, landeten wir auf dem Moskauer Flughafen Domodedowo und fuhren mit dem nächsten Zug nach Tula. Zielpunkt war die Krasnodonskaja-Straße

114. Hier versammelten sich etwa einhundertfünfzig Brüder der nichtregistrierten Gemeinden aus der gesamten Sowjetunion. Einer der wichtigen Verhandlungspunkte dieser Zusammenkunft war wiederum die Druckerei und der Verlag. Das Anliegen wurde deshalb so ausführlich behandelt, weil es unter anderem mit hohen finanziellen Kosten verbunden war. Es konnte nur durchgeführt werden, wenn die Gemeinden aller Regionen ein volles Ja dazu fanden. Außerdem war es für die Geschwister, die in der Druckerei und dem Verlag arbeiten sollten, mit dem Opfer verbunden, daß sie abtauchten, in den Untergrund gingen.

Den ganzen Samstag über und die Nacht zum Sonntag saßen wir zusammen und verhandelten über verschiedene Fragen. Trotz einiger Probleme herrschte eine vom Geist Gottes gewirkte brüderliche Atmosphäre. In Bezug auf die Geheimdruckerei kam ein einstimmiger Beschluß zustande. Die Geheimdruckerei sollte weiterentwickelt werden. Mit einer Abendmahlsfeier endete die Sitzung.

Am frühen Sonntagmorgen begaben wir uns zum Bahnhof in Tula und waren gut zwei Stunden später wieder in Moskau. Woher hatten wir die Kraft, das ohne Bettruhe durchzuhalten? Ich selbst kann heute nur noch darüber staunen! In Moskau ruhten wir ja auch nicht. Wir begaben uns in eine Vorortgemeinde und besuchten dort den Gottesdienst, in dem ich die Schlußpredigt hielt.

Ausgerechnet während ich predigte, geschah etwas, was uns in Unruhe versetzte, obwohl wir die ganze Zeit damit gerechnet hatten: die Miliz stand in der Tür! Ich war diesen Beamten offensichtlich noch unbekannt und sie zogen Erkundungen über mich ein. Schließlich sahen sie in mir einen führenden Kopf der nichtregistrierten Gemeinden und verlangten meine Auslieferung. Der widersetzten sich die verantwortlichen Brüder aber mit aller Macht. Als die Milizbeamten sahen, daß sie mit ihrer Forderung nicht durchkamen, reduzierten sie ihr Verlangen auf meinen Paß. Dieser Forderung stimmten die Brüder so ohne weiteres aber auch nicht zu. Erst als ich mein Einverständnis dazu gab und die Beamten glaubhaft versicherten, daß sie den Paß nach der Kontrolle wieder zurückgeben würden, wurde er ihnen ausgehändigt, und sie lösten ihr Versprechen auch ein. Trotzdem blieb eine Unsicherheit. Die Geschwister befürchteten, daß mich die Milizbeamten nach Verlassen des Gebäudes doch noch fassen würden. Um das zu verhindern, bildeten sie um mich einen Pulk und geleiteten mich zum Bus. Und einige kamen auch zum Fluhafen mit.

Gegen 21 Uhr startete meine Maschine und gegen vier Uhr am Montagmorgen landete ich auf dem Flughafen meiner Heimatstadt Karaganda. Damit war ich vom Freitag an sechzig Stunden unterwegs und hatte zehntausend Kilometer zurückgelegt.

Vom Flughafen fuhr ich mit einem Taxi nach Hause, um meiner Frau zu zeigen, daß ich inzwischen nicht verhaftet worden war. Das hätte bei meinen Aktivitäten ja leicht geschehen können, und sie hätte dann nicht einmal gewußt, wo auf der weiten Reise man mich inhaftierte. Rasch machte mir Elisabeth das Frühstück und ich machte mich wieder auf den Weg zum Betrieb. Pünktlich, als wäre ich wie die anderen das ganze Wochenende zu Hause gewesen, fand ich mich auf meinem Arbeitsplatz ein.

Als ich abends von der Arbeit nach Hause kam, wartete auf mich eine Einladung zum KGB. Aus dem Innenministerium in Moskau hatte der örtliche Sicherheitsdienst Meldung bekommen, daß ich am 6. Dezember in einer Moskauer Gemeinde beim Predigen erwischt worden sei.

Meinen Besuch in Moskau brachten die Sicherheitsorgane in Verbindung mit der Sitzung in Tula, die von den Brüdern übrigens offiziell angekündigt worden war. Somit wußten die Beamten, daß ich in der Bruderschaft eine gewisse Stellung hatte. Nun wurde auf mich Druck gemacht, daß ich mich von der Leitung der nichtregistrierten Gemeinden in der Sowjetunion lossagte. Als Gegenleistung boten sie mir die freie Verkündigung in allen, auch den nichtregistrierten Gemeinden, an. Dieses Angebot lehnte ich natürlich ab und sie ließen mich – innerlich kochend – wieder gehen.

* * *

Nach dem Urlaub 1970 trat ich meine Arbeit an und merkte schon bald, daß etwas anders geworden war, daß man mich irgendwie schikanierte. Weshalb, wußte ich zunächst nicht. Dann merkte ich aber, daß der Geheimdienst dahinter steckte und mich mürbe machen wollte. So wurde ich Anfang Oktober aus unerklärlichen Gründen in das knapp 700 km entfernte Balchasch zu Wartungs- und Montagearbeiten geschickt.

Obwohl mir die Trennung von Familie und Gemeinde keine Freude bereitete, hatte ich doch feststellen dürfen, daß mein Dienst in der Gemeinde in Balchasch sehr nützlich war. Nach der regulären Arbeitszeit war ich nur noch in ihr zu finden, und setzte mich in den verschiedensten Bereichen aktiv ein.

Am 26. Oktober, einen Tag bevor meine Tätigkeit in Balchasch auslief, erhielt ich an der Arbeitsstelle unerwünschten Besuch in der Person eines Geheimdienst-Beamten. Kurz und bündig teilte er mir mit, daß ich mich am nächsten Morgen um acht Uhr im KGB-Gebäude zu melden habe. Für mich war klar, was das bedeutete: Verhaftung und Gefängnis.

Wie gerne hätte ich meine Frau angerufen und ihr, die mich für den folgenden Tag zurückerwartete, Bescheid gegeben. Aber das war nicht möglich, gezeichnete Leute wie wir bekamen keinen Telefonanschluß. Mir blieb nichts anderes übrig, als mit dem zu reden, der uns sagen läßt: „Rufe mich an in der Not..."

Daß die folgende Nacht eine unruhige für mich wurde, läßt sich wohl denken. Deshalb verschlief ich auch nicht und war am nächsten Morgen pünktlich um acht beim KGB. Ohne lange Verhandlung wurde ich unter Bewachung zum Flughafen gebracht und in Begleitung eines Beamten in Zivil in eine Maschine nach Karaganda verfrachtet. Plötzlich beschlich mich die bange Ahnung, daß bei mir zu Hause alles durchgewühlt und auf den Kopf gestellt werde. Zu dem Beamten an meiner Seite, der einen friedlichen Eindruck machte, sagte ich davon aber nichts.

Die Motoren wurden angelassen, wir legten die Sicherheitsgurten um, und das Flugzeug startete. Noch vor dem Abheben verteilte eine Stewardeß Bonbons. Ich regte mich nicht. Da ließ mein Bewacher sich Bonbons geben und reichte sie mir. Ich lehnte sie jedoch ab, weil ich diesen Tag im Gebet mit Fasten verbringen wollte. Das war dem KGB-Mann nicht recht, ich merkte es sofort, aber inmitten der Fluggäste hatte ich von ihm keine Mißhandlung zu befürchten.

„Mensch", dachte ich im Anflug einer kurzen Heiterkeit, „ ist das ein Luxus, du wirst mit dem Flugzeug zum Gefängnis gebracht!"

Die Maschine kam gut auf die Landebahn und als sie anhielt, stiegen die Passagiere aus, wir als letzte. Für mich und meinen Begleiter stand ein schwarzer „Wolga" bereit – eine der bekanntesten sowjetischen Automarken. Als ich auf dem Rücksitz Platz nahm, entdeckte ich eine volle Wodkaflasche, die offensichtlich dem KGB-Beamten gehörte. „Glücklicher als du, der du verhaftet bist, scheint er, der frei ist, auch nicht zu sein! Er braucht wohl dieses Zeug, um sich zu betäuben. Armer Mensch!", dachte ich.

Als wir in die Stadt und zu den ersten Geschäften kamen, bat ich darum, meinen Kindern eine Freude machen zu dürfen. Die KGB-Männer, die Zivil trugen, waren damit einverstanden und gingen mit mir ins nächste Geschäft, wo ich nach Bonbons verlangte.

Plötzlich sah ich einige Bekannte. Ich machte einen Schritt auf sie zu und flüsterte in Plattdeutsch: „Ich bin verhaftet!".

Ich tat das in der Erwartung, daß sie diese Nachricht verbreiteten. Aber ich hatte mich getäuscht. Sie begriffen nicht und machten nur große Augen. Doch dann verstand ich auch weshalb. War es nicht komisch, daß ich von Verhaftung sprach, wo ich ohne uniformierte Bewachung an der Seite in einem Geschäft Süßigkeiten kaufte?

Etwa fünf Minuten später kamen wir zu unserem Haus. Als ich den Hof betrat, die Kuh brummen und das Schwein schreien hörte, verstärkte sich der Druck, der sich schon im Flugzeug auf meine Brust gelegt hatte. Es konnte nicht sein, daß meine Frau die Tiere nur einfach so vernachlässigte, dazu mußte ein Grund vorliegen.

Wie recht ich mit dieser Annahme hatte, zeigte sich, als ich das Haus in Begleitung meiner Bewacher betrat. Mir bot sich ein unwahrscheinliches Chaos dar. Alles war durcheinander geworfen. Trotzdem gelang es mir, meine Frau herzlich zu begrüßen. Meine Kinder konnte ich nicht an mich drücken. Die hatte man in ein Zimmer gesperrt und an diesem Tag nicht zur Schule gelassen.

Als der Untersuchungsrichter, der die Hausdurchsuchung leitete, uns erblickte, zündete er sich eine Zigarette an. Da konnte ich nicht mehr an mir halten. Ich trat vor ihn hin und sagte gebietend: „Solange ich noch Herr in diesem Haus bin, wird hier nicht geraucht!"

Er gehorchte und ging, ohne sich zu entschuldigen, hinaus. Ihm folgte der zweite Beamte der Hausdurchsungs-Kommission. Der dritte blieb und wühlte weiter in den Sachen herum.

Als die beiden wieder hereinkamen, schwankten sie. Wahrscheinlich hatten sie die Flasche Wodka aus dem „Wolga" geholt und leergetrunken. Jetzt fühlten sie sich stark und gingen von neuem ans Werk. Hatten sie unsre Einrichtung vorher nur ausgeräumt, so mußten nun die Möbelstücke selbst daran glauben.

Als erstes nahmen sie sich den Kleiderschrank vor und brachen ihn auseinander. Er hätte ja einen doppelten Boden haben können, unter dem christliche Literatur versteckt war. Und wie der Kleiderschrank, so wurden auch andere Möbel durchsucht, in denen die Trunkenbolde ein Versteck vermuteten.

Schließlich bat meine Frau darum, das Schwein füttern zu dürfen, weil es gar zu arg schrie. Die Beamten bewilligten es. Sie waren meiner Frau sogar behilflich. Sie brauchte das Futter nicht selbst zu mengen. Einer suchte sich einen Stock und rührte den Eimer gründlicher durch, als meine Frau den besten Kuchenteig.

Wir wußten aber, daß er das nicht aus Gefälligkeit tat, sondern weil er vermutete, wir hätten etwas im Futter versteckt und wollten es auf diese Weise aus dem Haus bringen. Man konnte ja nicht wissen! Gefährlich genug war die Sache mit dem Glauben! Trotz strengster Überwachung breitete er sich ständig aus...

Die Unterhaltung zwischen meiner Frau und mir lief in Plattdeutsch. So hatten wir mehr Garantie, nicht verstanden zu werden. Des Hochdeutschen waren KGB-Leute eher mächtig. So berichtete mir Elisabeth, daß der Geheimdienst am Morgen in unser Haus gedrungen sei, während sie das Feuer im Herd anzündete. Ihr erster Gedanke habe den Anschriften der zahlreichen Glaubensgeschwister gegolten, mit denen wir in Kontakt standen.

„Die", fuhr Elisabeth fort, „wollte ich unter keinen Umständen in Gefahr bringen. Ich ging zu dem Glasschrank und nahm die Anschriften an mich. Das bemerkte einer der KGB-Beamten und kam auf mich zu. In meiner Verzweiflung steckte ich die Anschriften unter das Kleid."

Mich wunderte nicht, daß sie so gehandelt hatte, denn es ist männlichen Beamten untersagt, Frauen an die Unterwäsche zu gehen. Das dürfen nur Frauen. Deshalb lief ein Beamter nach draußen und suchte eine Frau, die sich dazu bereitfand, meine Frau zu durchsuchen.

Doch kurz bevor er mit einer Frau zurückkam, nutzte meine Frau die Unaufmerksamkeit des Beamten, der sie bewachte, zog blitzschnell die Anschriften hervor und steckte sie in den Ofen. Jetzt konnten die Staatsdiener nur noch die Asche der Unterlagen betrachten, aber den Geschwistern nicht mehr gefährlich werden.

Obwohl nun alles gelaufen war, worauf es ankam, mußte meine Frau trotzdem noch eine Leibesvisitation über sich ergehen lassen und stand am Schluß in der Unterwäsche da.

Jetzt, als sie im Haus nichts Verdächtiges fanden, begannen sie außerhalb zu suchen. Sie gruben und stocherten im Garten, aber ihr Bemühen war auch hier vergeblich. Zum Schluß, man hatte unseren Kindern inzwischen wieder die Freiheit gegeben, sah sich ein Beamter noch dazu veranlaßt, unser Plumpsklo im Garten zu durchsuchen.

Unser ältester Sohn, er war damals elf Jahre, schlich, weil er das Handeln dieser Leute als Unrecht empfand, zum Klo hin und sperrte den KGB-Mann in dem Häuschen ein. Als die anderen das Verschwinden ihres Kollegen bemerkten und seinen „Verbannungsort" ausfindig gemacht hatten, befreiten sie ihn natürlich wieder.

Dieser Zwischenfall hinderte die Männer aber nicht daran, mich zu inhaftieren. Als ich vom Hof geführt wurde, hatten sich zahlreiche Glaubensgeschwister versammelt und verabschiedeten mich.

Theo Wiebe sagte zu einem der Beamten: „Habt ihr denn kein Gewissen, daß ihr der Frau den Mann und den Kindern ihren Vater und Ernährer wegnehmt und ins Gefängnis steckt?"

Lapidar kam es zurück: „Die Familie wird schon ihr Brot bekommen." Und ein anderer erklärte: „Der Vater wird schon nach kurzer Zeit wieder zurück sein." Das war natürlich eine Lüge.

Ich kroch in den schwarzen Wolga und nach einer Fahrt von etwa fünfunddreißig Minuten gelangten wir zu dem sechzehnten Gefängnis, wo ich in Zelle 66 gesperrt wurde. Sie war nicht groß. Ich schätzte sie auf zehn Quadratmeter. Aber außer mir steckten noch zwölf Gefangene in ihr. Von der Decke tropfte das Wasser, als ob sie über das Elend unter ihr weinte. Die feuchten Wände waren mit einem grünen Pilz überzogen und der Fußboden glich einem kleinen Teich, der eine Tiefe von etwa 8 cm hatte.

Als die Zellentür hinter mir zugeschlagen wurde, hörte ich die Worte: „Hier sollst du verrecken!" Ich schüttelte den Kopf über solche Herzlosigkeit.

„Warum soll dir's besser ergehen als uns?" meinte einer der Mitgefangenen. „Mir hat der Untersuchungsrichter gesagt: Hier sollen deine Knochen verfaulen!"

Ich entdeckte an der Wand einen Heizkörper und ging darauf zu. Aber ich konnte mich nicht daran erwärmen. Er war nur kaltes Metall, und ich fand auch keine Vorrichtung, ihn aufzudrehen. Er wurde wohl von außen gesteuert.

Nach einer Weile zog ich das Oberhemd aus und versuchte die Decke trocken zu wischen. Das ständige Tropfen auf den Körper war unangenehm. Die ganzen Kleider wurden naß.

„Laß es!" rieten mir die anderen. „Es hat keinen Sinn. Wir stecken in einer Folterzelle. Sie ist extra so angelegt."

Ich wischte jedoch weiter und wrang das Hemd immer wieder über dem Klo aus. Als ich aber sah, daß dort, wo ich angefangen hatte, die

Decke wieder tropfte, stellte ich meine Tätigkeit ein. In der Zelle gab es nur für acht Personen Schlafmöglichkeiten. Zur Nacht bekamen die übrigen Zelleninsassen jeweils einen Holzrost hereingeschoben, damit niemand im Wasser liegen mußte.

Nach einer Woche hatte ich Rheuma im höchsten Stadium und hätte am liebsten laut geschrien. Aber ich ließ es sein, weil ich wußte, daß wir keine Medikamente bekamen und jedem, der klagte, gesagt wurde: „Du kannst krepieren!“

In diesen Tagen kam mir das Gedicht von Puschkin in den Sinn, das er im Gefängnis schrieb und das mit den Worten begann: „Ich sitz' hinter Gittern im feuchten Gefängnis...“ Ich schrieb es auf und versteckte das Blatt. Doch bei der nächsten Filzung fand es der Aufseher und begann zu lesen.

Schon nach den ersten Zeilen kam ihm das Gedicht bekannt vor. „Warum hast du das geschrieben?“ wollte er wissen.

„Weil ich es in der sowjetischen Schule gelernt habe“, sagte ich.

„Ich frage dich noch einmal: Warum und wozu hast du dieses Gedicht aufgeschrieben?“ fragte der Aufseher streng.

„Nun, wenn Sie das gerne wissen wollen, Bürger Aufseher, werde ich es Ihnen natürlich sagen. Aber eigentlich sollten Sie es schon wissen. Der Inhalt des Gedichtes verrät, daß Puschkin aus seiner Zelle rausschauen und sehen konnte, wie der Adler seine Beute zerfleischt. Ich, wie Sie feststellen können, Bürger Aufseher, kann das nicht. Vor dem Fenster unserer Zelle ist ein ‘Namordnik’, ein korbähnliches Blech angebracht. Außerdem schreibt Puschkin, daß seine Zelle feucht war, unsere ist patschnaß. Damit, Bürger Aufseher, haben wir schon zwei Punkte, die den Unterschied der Zaren-Gefängnisse zu denen der Sowjetunion zeigen.“

Der Aufseher zerriß das Blatt und ging davon.

* * *

Die Verhöre fanden im „Inneren Gefängnis“ statt, zu dem ich jedesmal im „Schwarzen Raben“ gebracht wurde. Diesmal, so teilte mir der Oberuntersuchungsrichter, Major Sulujmenow, mit, der auch die Vernehmung leitete, werde ich nach Artikel 142 - II des Strafgesetzbuches der Kas.SSR angeklagt. Auf seinem Schreibtisch entdeckte ich Briefe, die mein Vater aus Kanada geschrieben, mich aber nie erreicht hatten. Daneben lag auch ein Brief von mir an meinen Bruder Rudolf. Und zwischen den Briefen erkannte ich Fotografien. Das waren für den Major interessante Sachen und er stellte viele Fragen, die ich ihm aber nicht beantwortete.

Schließlich wollte der Untersuchungsrichter wissen, was das Wort „Workuta“ in meinem Brief an Rudolf bedeute. Ich erklärte ihm, daß Workuta eine Stadt sei, die jenseits des Polarkreises am Arktischen See liege und in einem Lied besungen werde, das man folglich nach ihr benannt habe.

„Kannst du das Lied auswendig?“ wollte der Untersuchungsrichter wissen.

Ich nickte.

„Dann sag es halt auf“, forderte er.

Ich zögerte etwas. Dann sagte ich: „Wissen Sie, das ist ein frommes Lied und es ziemt sich nicht, daß ich es hier auf dem Hocker sitzend aufsage.“

„Was wäre denn erforderlich, daß du es aufsagen würdest?“

„Sie müßten mir erlauben aufzustehen. Ich möchte meine Hände falten und andächtig sprechen.“

„Ist gut, kannst aufstehen“, meinte er nach kurzem Überlegen und nickte.

Ich tat es, faltete die Hände und begann das Gedicht aufzusagen. Mein Blick ruhte währenddessen auf dem Untersuchungsrichter. Er hörte mir aufmerksam zu, konnte meinem Blick aber nicht standhalten. Als ich ohne steckenzubleiben zu Ende gekommen war, sah der Richter auf und fragte: „Könntest du das auch singen?“

„Selbstverständlich“, nickte ich.

„Dann sing es mal“, bat er.

Als ich zu Ende gekommen war und mich wieder setzen wollte, fragte der Oberuntersuchungsrichter, ob ich bereit wäre, es nochmal zu singen und ob er es mit einem Kassettenrecorder aufnehmen dürfe.

Ich hatte nichts dagegen und begann, nachdem er den Kassettenrecorder geholt hatte, erneut zu singen.

Danach kam der Untersuchungsrichter mit einem weiteren Anliegen. „Würdest du mir Fragen zum Inhalt des Liedes beantworten?“ forschte er.

„Nichts lieber als das“, dachte ich und nickte.

Der Richter begann zu fragen. Aber das Lied hatte ihn so ergriffen, daß seine Stimme zitterte und er nur stotternd sprechen konnte. Dieses Frage- und Antwortspiel nahm er ebenfalls auf. Als er das Band nach einigen Minuten zurücklaufen ließ, um die Qualität der Aufnahme zu kontrollieren, schüttelte er plötzlich den Kopf. Sein Gestotter gefiel ihm nicht und er sagte: „Posorno! (Beschämend!)“ Die Aufnahme wurde wieder gelöscht und das Ganze nochmals wiederholt.

In diesem Augenblick wurde mir bewußt, welche Kraft in unseren Glaubensliedern steckt, daß sie in der Lage sind, die harten Herzen unserer Widersacher zu erweichen...

Im übrigen bekamen die Männer aus mir nichts heraus und zu meiner Überraschung wurde ich eines Tages in das Besucherzimmer geführt, wo mich meine Frau empfing. Wie kam es zu diesem Besuch, wo weder Elisabeth darum nachgesucht, noch ich darum gebeten hatte? Besonders verdächtig erschien mir, daß uns der Untersuchungsrichter allein in dem Raum ließ und freundlich erklärte: „Unterhaltet euch nur, bis ich wiederkomme!“

Kaum hatte er die Tür hinter sich geschlossen, ging mir ein Licht auf. „Ihr Schlaumeier! Ihr wollt mich wohl auf diese Weise aushorchen!“ dachte ich, legte den Zeigefinger auf den Mund und deutete zum Telefon. Meine Frau verstand sofort, daß hier eine Abhöranlage installiert war und wir über keine Geheimnisse reden durften. Natürlich freuten wir uns über unser Zusammensein, tauschten Familienangelegenheiten aus und berieten sie.

Der Untersuchungsrichter war allerdings kein Dummkopf. Er merkte, daß sein Plan nicht aufging, und erschien schon bald, um zu erklären, daß die Besuchszeit zu Ende sei.

Das nächste Verhör ließ nicht lange auf sich warten, und diesmal saß neben dem Oberuntersuchungsrichter ein Mann, den ich bis dahin noch nie gesehen hatte. Er stellte sich als Staatsanwalt vor, der mit der Aufsicht über meine Gerichtssache betraut sei. Was er als Anklage vorbrachte, war nichts Neues. Es ging wieder nach der alten Melodie: Sie haben Kinder und Jugendliche in eine Sekte gezogen. Sie haben unerlaubterweise Taufen vorgenommen, sowie Abendmahls- und Trauhandlungen durchgeführt. Dann aber kam ein neuer Punkt: Sie haben Erntedankfest gefeiert und dabei die Ehre Gott anstatt der Kommunistischen Partei gegeben.

Nach dem Verhör erkundigte sich der Staatsanwalt, ob ich noch Fragen hätte.

„Ja, ich hätte gerne gewußt, ob meine Verhandlung unter Ausschluß der Öffentlichkeit stattfinden soll, oder ob sie öffentlich ist, so daß meine Blutsverwandten an ihr teilnehmen können.“

„Natürlich ist sie öffentlich und Ihre Blutsverwandten können selbstverständlich daran teilnehmen“, versicherte der Staatsanwalt.

„Das freut mich, daß Sie wirklich human und demokratisch handeln“, lobte ich und fuhr fort: „Dann benachrichtigen Sie doch bitte meine Eltern und meinen Bruder in Kanada.“

„Das ist ausgeschlossen!“ wehrte der Staatsanwalt nervös ab und erhob sich von seinem Platz. „Kanada ist Ausland!“

„Na, und?“, setzte ich mich zur Wehr. „Meine Blutsverwandten wohnen nun einmal dort. Ich habe zwar nicht in sowjetischer Justiz studiert, aber ich weiß, daß die Blutsverwandten einem öffentlichen Prozeß beiwohnen dürfen, auch wenn sie ihren Wohnsitz im Ausland haben. Wie war es denn mit dem amerikanischen Spion Pauers, der mit seinem Flugzeug im Gebiet von Swerdlowsk abgeschossen wurde? Bei seiner Verhandlung waren die Blutsverwandten zugegen, sogar auf Einladung des Staates. Sagen Sie, Bürger Staatsanwalt, bin ich als Bürger der Sowjetunion, nur weil ich Christ bin, gefährlicher als der amerikanische Spion? Meine Eltern und mein Bruder wohnen auf dem gleichen Kontinent, von dem die Angehörigen des Spions kamen! Geht es vielleicht doch nach dem Sprichwort: ‘Das Gesetz ist eine Deichsel, wohin man sie wendet, da geht es hinaus.’ Sind vor dem Gesetz doch nicht alle gleich? Die sowjetischen Bürger schon mal gar nicht?“

Der Staatsanwalt war betroffen und ging im Raum unruhig auf und ab. Der Oberuntersuchungsrichter dagegen saß wie gefesselt hinter seinem Schreibtisch und wußte nichts zu sagen. Seine Ratlosigkeit war mir begreiflich. Er, der alles sofort niederschrieb, was geredet wurde, hatte nun in seinem Protokoll und den Akten stehen, daß meine Verwandten im Ausland wohnten, und konnte daran nichts mehr ändern. Hätte er es noch einmal zu tun gehabt, er hätte diese Information nicht seinen Unterlagen anvertraut. Vor dem Ausland hatten diese Herren immer wieder Respekt. Das Ausland fürchteten sie wie die Pest, vor dem wollten sie makellos dastehen...

Der Staatsanwalt hatte inzwischen die Sprache wieder gefunden und sagte fortwährend: „Das ist ausgeschlossen! Das ist ausgeschlossen – wirklich ausgeschlossen!“

„Bürger Staatsanwalt“, sagte ich, als er eine Pause machte, „Bei unserer Begrüßung haben Sie zwei Sprichwörter erwähnt. ‘Die Berge kommen nicht zusammen, aber die Menschen.’ Und: ‘Das Wort ist kein Spatz, wenn es einmal raus ist, kann man es nicht wieder zurückholen.' Ich weiß, was Sie damit sagen wollten. Sie wollten mich in die Pflicht nehmen. Aber wissen Sie auch, daß diese Sprichwörter umgekehrt angewandt werden können? Gott gibt Ihnen mit diesem Prozeß eine Möglichkeit zur Wahrheit zu stehen. Stehen Sie nicht dazu, werden Sie dafür von ihm einmal zur Rechenschaft gezogen."

Trotzdem, der Staatsanwalt blieb bei seinem Standpunkt.

* * *

Das Jahr 1971 war gerade zwölf Tage alt, als um acht Uhr die „Futterklappe" an der Zellentür geöffnet und mein Name gerufen wurde. Ich meldete mich und bekam als Antwort, daß ich mich zur Gerichtsverhandlung fertigzumachen habe.

Mein erster Gedanke galt dem Buch „Kniga o Religii (Buch über Religion)", das ich aus der Gefängnisbibliothek entliehen hatte. In ihm waren einige Kapitel enthalten, die ich zu meiner Verteidigung verwenden konnte. Deshalb wollte ich es zur Verhandlung mitnehmen, obwohl ich als Häftling kein Buch mitnehmen durfte und dazu noch auf der ersten Innenseite ein Stempel angebracht war, daß es nicht mit nach draußen genommen werden durfte. Aber es enthielt so gute Argumente für den Glauben, daß ich meinte nicht darauf verzichten zu sollen.

Es gab jedoch noch ein Problem: jeder Häftling wurde vor der Verhandlung gründlich durchsucht. Und ein Buch war nun mal kein Stecknadelkopf, den man leicht verbergen konnte. Doch als die Tür aufgeschlossen wurde, steckte ich es ohne noch lange zu überlegen einfach in die Hosen.

„Wychodi! (Geh raus!)", befahl eine grobe Stimme.

Ich gehorchte und die zurückbleibenden Häftlinge, unter denen sich einige „Schwere Jungs" befanden, riefen mir Glückwünsche nach.

Man führte mich über einen Gang, der sich durch nichts von dem anderer Gefängnisse unterschied. Links und rechts waren numerierte Zellentüren. Doch plötzlich machten meine Bewacher halt und wir standen vor einer Tür mit der Nummer „0".

„Mensch", dachte ich, „die sind echt vernünftig. Im Gegensatz zu dem Moskauer Gefängnis, wo du trotz Bettelns nicht zur Toilette gelassen wurdest, bringen sie dich hier einfach hin!"

Aber als ich durch die geöffnete Tür trat, befand ich mich nicht in der erwarteten Toilette, sondern in einer Zelle, die ungefähr dreimal größer war als jene, aus der ich kam. Von den bereits anwesenden Häftlingen erfuhr ich, daß ich mich in einer sogenannten „Durchgangszelle“ befand, in der alle vor der Verhandlung einer Generalfilzung unterzogen würden.

Sofort suchte ich nach einem Versteck für mein Buch. Und wie mein Blick so durch den Raum schweifte, blieb er an dem Trinkwasserbehälter haften. Ich sah nämlich, daß er unten einen etwa vier Zentimeter hohen Rand hatte und dachte: „Darunter kannst du das Buch verstecken!“

Rasch knöpfte ich die Hosen auf, zog das Buch hervor und versuchte, es unter den Wasserbehälter zu schieben. Das bemerkten verschiedene Häftlinge und stürzten sich auf mich. Einige wollten das Buch zerreißen und die Seiten als Klopapier benutzen, andere gedachten das Papier zum Kochen von übermäßig starkem Schwarztee mit der Bezeichnung „Tschifier“ zu verwenden, der betäubend wirkt. Ich ließ mich aber nicht so schnell überwältigen und versuchte ihnen klarzumachen, daß ich das Buch zur Verteidigung beim Prozeß brauche. Als sie das begriffen, zeigten sie Verständnis und ließen von mir ab.

Als die Filzung, über die ich im Einzelnen nicht berichten möchte, weil mich die Prozedur heute noch anekelt, vorüber war, ging ich zum Wasserbehälter und nahm das Buch wieder an mich. Kaum hatte ich es in die Hosen gesteckt, wurde ich zum Transport ins Gericht aufgerufen.

Dort kamen wir mit erheblicher Verspätung an, weil der „Schwarze Rabe“ in dem außergewöhnlich starken Schneesturm nur mühsam vorwärts kam.

Als ich aus dem Wagen stieg, der ringsum von Soldaten umstellt war, sah ich meine älteste Tochter – sie war damals vierzehn Jahre – auf mich zugerannt kommen mit den Worten: „Papa! Papa!“

Ein Soldat trat ihr jedoch in den Weg und stieß sie mit voller Wucht zu Boden. Zum Glück lag der Schnee ziemlich hoch, sonst hätte sie sich schrecklich wehgetan. Was man weiter mit dem Kind anstellte, sah ich nicht mehr. Ich durfte mich nicht umdrehen, weil mich vier Soldaten umgaben, die mich ständig vorwärts drängten.

Ich hörte nur noch meine Tochter rufen: „Tschego wy delajete?“ (Was macht ihr?) Und mir gab es einen Stich im Herzen...

Vor mir auf der Treppe zum Klub-Gebäude der Karagandaer Gorbatschew-Kohlenmine standen viele Glaubensgeschwister, aus deren Gesichter tiefes Mitgefühl sprach. Sie riefen mir mutmachende Worte zu. Weshalb man die Gerichtsverhandlung in das Klub-Gebäude verlegte, wußte ich nicht genau. Ich nahm an, es geschah aus Platzgründen.

Als ich den Saal betrat, sah ich fast nur unbekannte Gesichter. Die Kommunisten waren hier ebenso verfahren, wie an anderen Orten bei solchen Anlässen. Man hatte dem aufgewiegelten gottlosen Volk den Vortritt gelassen. Das, wie hätte es anders sein können, hatte natürlich die besten Plätze im Vordergrund belegt und somit die Glaubensgeschwister in den Hintergrund gedrängt. Hinter mir hörte ich sogar jemand schadenfroh flüstern, daß man nicht alle Gläubigen hereingelassen habe. In mir stieg Empörung auf.

Als ich auf der Anklagebank Platz genommen hatte, ließ ich, nach meiner Frau suchend, den Blick in die Runde schweifen. Nicht lange, und ich hatte sie unter den überaus zahlreichen Gästen entdeckt. Sie saß etwas seitlich, aber ich konnte guten Blickkontakt zu ihr halten und war irgendwie getröstet.

Dann zog die Richterin mit ihrer Gefolgschaft ein. Nachdem sie die üblichen Formalitäten erledigt hatte, fragte sie mich, ob ich gegen irgendeine Person, die dem Gericht angehöre, Einwände vorzubringen habe. Vom Verteidiger hatte ich mich schon im voraus losgesagt, deshalb war der Platz des Verteidigers leer geblieben. Ich hatte nun keine Einwände, schob aber nach, daß ich jede Aussage verweigern werde, wenn nicht alle Gläubigen eingelassen würden.

Daraufhin ordnete die Richterin an, daß enger zusammengerückt wurde und die draußen Wartenden noch eingelassen werden konnten. Als die Anklageschrift verlesen wurde, war der Saal überfüllt. Während das aufgewiegelte Volk es mit Genugtuung zur Kenntnis nahm, daß mir eine antisowjetische Haltung zur Last gelegt wurde, weil ich vor allem Kinder und Jugendliche in eine Sekte genötigt habe, zeigte sich auf den Gesichtern der Gläubigen Unverständnis und Empörung.

Auf die Frage der Richterin, wie ich mich zur Anklage stelle, erklärte ich: „Mir ist die Behauptung, daß ich antisowjetisch eingestellt bin, unverständlich. Wie kommen Sie eigentlich dazu? Ich arbeite doch in sowjetischen Betrieben und somit auch für das sowjetische Volk. Ich wüßte auch nicht, daß ich faulenzen oder schlampig arbeiten würde. Außerdem besuchen meine Kinder eine sowjetische Schule, und meine Frau hat vom sowjetischen Staat eine Medaille dafür erhalten, daß sie sechs Kinder zur Welt brachte. Weiter, Bürgerin Richterin, brachte mir meine Frau bei ihrem letzten Besuch fünfzackige Sternkuchen mit. Sie haben mir sehr gut geschmeckt und ich habe sie auch gut verdaut."

Es entstand ein Gelächter und die Richterin ordnete an, daß einige der Lacher den Saal verlassen mußten. Es begann die Anhörung der Zeugen. Eine von ihnen war die Lehrerin Kriwonogowa. Sie behauptete, daß unsere Kinder jeden Freitag den Unterricht schwänzten, weil ich sie zwinge, den Gottesdienst zu besuchen.

„Angeklagter Klassen, was haben Sie zu der vorgebrachten Anschuldigung zu sagen?" wandte sich die Richterin an mich.

„Zeugin Kriwonogowa", sagte ich und sah die Lehrerin eindringlich an, „vor ihrer Aussage wurden Sie von der Richterin darauf hingewiesen, daß sie die Wahrheit zu sagen haben und daß Sie bestraft würden, wenn Sie nicht dabei blieben. Jetzt haben Sie gelogen! Am Freitag kann ich meine Kinder nicht zwingen, zum Gottesdienst zu gehen, weil wir am Freitag keinen Gottesdienst haben."

Die Lehrerin durfte keine weiteren Aussagen mehr machen und wurde als Zeugin abgesetzt. Nach ihr rief die Richterin eine neue Zeugin auf. Es war die Direktorin der sechsunddreißigsten Schule in Karaganda. Sie brachte vor, daß unsere Kinder verklemmt seien und sich nicht freuen könnten. Vor allem aber seien sie gemeinschaftsunfähig und könnten mit anderen nicht zusammenarbeiten.

„Frau Direktorin, unsere Kinder waren mit im Ernteeinsatz. Haben sie da mit den anderen Kartoffeln aufgesammelt?" fragte ich und fuhr fort: "Unsere Kinder waren auch bei dem Einsatz in den städtischen Grünanlagen. Haben sie da mit den anderen Blumen gepflanzt? Als es darum ging, Schrott zu sammeln, haben sie sich da ausgeschlossen?"

Die Direktorin mußte alle Fragen positiv beantworten und, zur Richterin gewandt, sagte ich: „Diese Pädagogin hat sich wohl zwei Jahre Freiheitsentzug verdient, weil sie, wie ihre Kollegin, die Unwahrheit sagte."

„Nun – nun", stotterte die Direktorin aufgeregt, „aber Ihre Kinder sind keine Pioniere!"

„Wenn Sie nun von der gemeinsamen Arbeit auf die Pioniere umstellen, Bürgerin Direktorin, dann habe ich noch eine Frage an Sie", meldete ich mich. „Kolumbus war ein Pionier, weil er als erster Amerika entdeckte, Gagarin weil er als erster Mensch in den Weltraum flog. Aber schon vor ihm wurden die Hunde Belka und Strelka als erste Tiere in das Weltall geschickt. Können Sie, Bürgerin Direktorin, mir nun sagen, warum man ihnen den Pionier-Titel nicht verliehen hat?“

Im Saal erhob sich ein herzhaftes Gelächter.

„Jeder, der jetzt keine Ruhe gibt, wird mit einer Strafe von fünfzig Rubel belegt!“ drohte die Richterin. Und weil die Direktorin vor Betroffenheit nichts zu sagen wußte, machte sich die Richterin zu ihrer Fürsprecherin. „Angeklagter Klassen“, sagte sie, „Belka und Strelka waren Hunde. Sie sind nicht freiwillig in die Raumkapsel gegangen...“

„Das wollte ich von Ihnen hören, Bürgerin Richterin. Die Hunde konnten keine Pioniere werden, weil sie nicht freiwillig in das Weltall flogen. Unsere Kinder sollen aber Pioniere werden, auch wenn sie das nicht freiwillig tun!“

Diesmal wurde im Saal nicht gelacht. Ich sah aber, daß die Leute große Mühe hatten, sich das Lachen zu verkneifen.

Die Richterin ordnete eine Pause an.

Ich wurde in einen Nebenraum geführt. Hier umringten mich meine Bewacher und wollten wissen, was ich studiert habe. Als ich ihnen erklärte, daß ich auf keiner Universität gewesen sei, nur Volksschulbildung besitze, wollten sie es zunächst nicht glauben. Einer, der solche Fragen stelle und so schlagfertige Antworten gebe, müsse eine höhere Schulbildung haben, meinten sie.

„Ich bin Christ, das wißt ihr doch, ihr Männer“, sagte ich. „Und jeder Christ hat den Heiligen Geist, von dem es in der Schrift heißt, daß er uns in alle Wahrheit führt und uns, wenn wir vor Fürsten und Könige gestellt werden, eingibt, was wir zu reden haben.“

Dann wechselten meine Bewacher das Thema und wir sprachen über andere Dinge. Mit einem Mal meinte der Offizier: „Wenn deine Freunde, die zur Verhandlung gekommen sind, die gleiche Einstellung haben wie du, dann versteh' ich nicht, weshalb man zur Bespitzelung vierzig Geheimpolizisten in Zivil hier im Saal unter sie verteilt hat. Ich versteh' auch nicht, weshalb wir dich zu viert bewachen sollen. Zwei Mann sind doch ausreichend. Du brauchst deine Hände auch nicht mehr auf den Rücken zu legen.“

Die Pause war um, und ich wurde wieder in den Saal gebracht. Die Gesichter meiner beiden Bewacher verrieten, daß ich in ihrem Ansehen gestiegen war und sie nur noch pro forma neben mir her marschierten.

„Was der Herr doch nicht alles tun kann!“ mußte ich denken. „Wirklich, er kann Menschenherzen lenken wie Wasserbäche! Ich hätte es nicht fertiggebracht, den Offizier und die Soldaten, von denen einer meine Tochter vorher noch grob zu Boden stieß, so milde zu stimmen." Mir war natürlich klar, daß zu dieser Veränderung auch die Gebete der Glaubensgeschwister beigetragen hatten, und ich flüsterte: „Nicht uns, Herr, nicht uns, sondern deinem Namen gib die Ehre..."

Die Richterin setzte den Prozeß fort und rief die Sekretärin der Kommunistischen Partei des Kirowskij Stadtbezirkes als Zeugin auf. Diese Frau erklärte, daß sie persönlich an dem besagten Erntedankfest teilgenommen habe, und stellte es in den dunkelsten Farben dar. Von Freude und Feierlichkeit war in ihrem Bericht nicht die Spur zu erkennen.

„Was die sanitären Verhältnisse anbetraf, spottete die Wohnung jeder Beschreibung", wußte sie festzustellen. „Und die Predigten – naja... Abgesehen von der schlechten Grammatik wurde in ihnen nur absurdes Zeug weitergegeben. Das Schlimmste dabei war, daß die Leute es offensichtlich auch noch glaubten und zu weinen begannen!"

„Haben Sie eine Frage an die Zeugin?" wandte sich die Richterin an mich.

„Nein. Aber an Sie hätte ich eine Bitte. Der KGB hatte doch Fernsehleute und Fotografen zu unserer Erntedankfeier geschickt, die alles filmten und fotografierten. Sie, Bürgerin Richterin, haben ein dickes Album mit Aufnahmen erhalten. Sehen Sie sich die doch bitte an, ob Sie einen Menschen mit traurigem Gesicht finden oder jemand der weint."

Die Richterin kam meiner Bitte nach, und weil sie die Aussage der Parteisekretärin auf den Bildern nicht bestätigt fand, wurde diese als Zeugin abgesetzt.

Der nächste Zeuge wurde aufgerufen: Serebrennikow, ein Lehrer. Dieser berichtete von unserem Erntedankfest das Gegenteil dessen, was die Parteisekretärin erzählte: Alles sei feierlich gewesen, die Predigten hielten den Anforderungen von Physik und Chemie stand, der Chor habe die Lieder meisterhaft vorgetragen. Als er mit seinen Ausführungen fertig war, durfte nach dem Staatsanwalt auch ich Fragen an den Zeugen stellen. Oft schon bin ich gefragt, warum ich ausgerechnet an diesen Lehrer meine provokativste Frage gerichtet hatte. Dazu habe ich heute keine Antwort. Doch ich fragte ausgerechnet ihn, wie das Gespräch zwischen Karl Marx und Lenin in Bezug auf die Religion bei deren Begegnung ausgefallen war. Verwirrt schaute der gute Mann sich um und mußte passen. Der Richter, der offensichtlich auch nichts zu sagen wußte, wollte dem Lehrer jedoch helfen und erklärte, diese Frage werde von Genossen Potapow, dem Gerichtsexperten in Fragen Religion, beantwortet. Potapow, der mich schon im Untersuchungsgefängnis besucht hatte, war von mir damals gewarnt worden, daß er sich auf ein paar harte Nüsse vorbereiten sollte. Nun stand dieser Inhaber des Lehrstuhls für Marxismus-Leninismus an der Staatlichen Universität zu Karaganda ganz verwirrt da und wußte ebenfalls nicht, was er sagen sollte. Aus dem Saal flüsterten indes die besser ausgebildeten Sicherheitsbeamten den in Bedrängnis geratenen Männern zu: „Es hat nie Treffen gegeben!“ Der Staatsanwalt, der nur halb verstanden hatte, was da geflüstert wurde, sprang auf und rief laut in den Saal hinein: „Das ist eine Provokation! Es hat nie eine Begegnung zwischen Karl Marx und Lenin gegeben, weil Karl Marx noch vor Lenins Geburt gestorben ist!“ Da mußte ich den Staatsanwalt berichtigen: „Es tut mir leid, Ihnen mitteilen zu müssen, daß Lenin bereits 1870 geboren wurde, Karl Marx jedoch erst 1883 starb. Lenin war fast dreizehn Jahre als, als Karl Marx starb. Aber ein Treffen hat es zwischen ihnen tatsächlich nie gegeben. Da haben sie recht.“ Dann wandte ich mich an Potapow und sagte zu ihm: „Sie können einen jeden Kraftfahrer fragen, bei welchem Auto der Kühler auslaufen wird, wenn ein Wolga mit einem Saporoshez frontal zusammenprallen. Und ein jeder wird die Antwort wissen.“ (Der Saporoshez hat den Motor im Heck und wird luftgekühlt.) “Sie aber, ein Doktor der Philosophie, Inhaber des Lehrstuhls für Marxismus-Leninismus, kennen weder das Leben des einen noch des anderen.“

Was sich da im Saal abspielte, kann nur schlecht beschrieben werden. Die meisten lachten lauthals, einigen kamen sogar die Tränen.

Sofort wurde eine Pause anberaumt und ein weiterer Experte wurde Potapow zur Seite gestellt. Dieser versuchte, mich wegen der Ausübung meines Glaubens in die Enge zu treiben.

In diesem Augenblick zog ich das Buch über die Religion, dessen Veröffentlichung vom Staat gebilligt wurde, aus der Hose und wollte daraus zitieren.

Hier schaltete sich die Richterin ein und erklärte, daß es keinem Angeklagten gestattet sei, vor Gericht aus einem Buch zu zitieren. Sie erlaubte aber dem neuen Experten dies zu tun. Ich zeigte ihm die Stelle und er las, daß nach Paragraph 124 der Sowjetischen Satzung jeder Bürger das Recht habe, seine innere Überzeugung auszuleben, soweit er das Leben und die Gesundheit anderer nicht gefährde.

Mit hängendem Kopf und unverrichteter Dinge mußte dieser Experte abtreten.

Damit fand der erste Verhandlungstag sein Ende und ich wurde von den Soldaten nach draußen zum „Schwarzen Raben“ gebracht. Daran, wie die Soldaten mit mir umgingen, merkten wohl die Geheimpolizisten, daß zwischen uns ein gutes Verhältnis entstanden war. Das lag nicht in ihrem Interesse. Sie waren auf Schärfe aus und verfügten, daß den Soldaten ein KGB-Mann beigegeben wurde. Danach wurde ich in den „Schwarzen Raben“ gesperrt und die Fahrt durch den noch immer wütenden Schneesturm begann.

Sie dauerte aber nur wenige Minuten und der „Rabe“, dem keine Flügel gewachsen waren, blieb im Schnee stecken. Dem aufsichtführenden Offizier, dem KGB-Mann und den Soldaten blieb nichts anderes übrig, als auszusteigen und zu schieben. Langsam, Stück für Stück, kamen wir weiter.

Mich erfaßte eine gewisse Heiterkeit. „Mensch“, dachte ich, „du genießt enorme Privilegien! Du kannst in aller Ruhe im Wagen sitzen und wirst von Männern, deren Schulterklappen von höchsten militärischen Rängen zeugen, geschoben! Dazu noch bei einem solchen Wetter!“ Unwillkürlich mußte ich lachen.

Schließlich hing der Wagen so fest, daß auch das Schieben nichts mehr half. Kurze Zeit später, ich grinste noch, wurde die Tür aufgerissen und die Männer kamen herein. Der KGB-Mann hatte seinen Blick auf mich gerichtet und schimpfte los: „Seht mal an! Da sitzt der Kerl doch gemütlich hier und lacht sich ins Fäustchen, während wir vom Schieben total außer Puste sind!“

Dann packte jeder eine Portion warmer Fleischtaschen aus, die sie wohl in einem nahegelegenen Geschäft gekauft hatten. Gerne hätte ich mit ihnen gegessen. Aber daran war nicht zu denken, ich war ja ein Gefangener! Aber – ich konnte es kaum fassen – in diesem Augenblick reichte mir einer der Soldaten eine Portion durch das Gitter, das mich von den Männern trennte. Dankbar nahm ich sie entgegen und mußte an das Psalmwort denken, das mir am Tag meiner Taufe gegeben wurde: „Du bereitest vor mir einen Tisch im Angesicht meiner Feinde...“

Während meine „Leibwächter“ aßen, sprachen sie über das Wetter und stellten fest, daß der Straßenverkehr total zum Erliegen gekommen sei und das Gefängnis nicht mehr erreicht werden könnte. Der Offizier meinte daraufhin, daß man nach einer Übernachtungsmöglichkeit suchen sollte. Er stieg sogar selbst aus und machte sich auf die Suche. Ich hatte keine Ahnung, wo wir uns befanden, und konnte mich auch nicht orientieren, weil in dem Teil des Wagens, in dem ich saß, keine Fenster waren.

Nach geraumer Zeit kam der Offizier wieder zurück und hieß uns aussteigen. Ich schloß daraus, daß er eine Unterkunft gefunden hatte. Eilig schob ich mich durch die Wagentür und wurde von heulendem Sturm empfangen, der mir den Schnee so heftig ins Gesicht peitschte, daß ich nur mit Mühe die Augen offen halten konnte. Ich drehte meinen Rücken dem Wind entgegen und sah in einiger Entfernung die großen Leuchtbuchstaben „Schachta imeni Gorbatschewa“. Daraus folgerte ich, daß wir mit dem „Schwarzen Raben“ kaum von der Stelle gekommen waren.

Im Gänsemarsch, Schritt für Schritt, stapften wir durch den tiefen Schnee und mußten aufpassen, daß der Sturm uns nicht von den Füßen riß. Endlich, nach kräfteraubenden Minuten, betraten wir das Hauptgebäude der Gorbatschew-Kohlengurbe. Über Radio und Fernseher kam die Anordnung, daß keiner sich von der Arbeit auf den Heimweg und niemand von zu Hause auf den Weg zur Arbeit begeben sollte.

Plötzlich sah ich die Richterin mit ihrer gesamten Mannschaft und auch den Staatsanwalt – auch sie hatten in diesem Gebäude Zuflucht gefunden! Letzterer zog bei meinem Anblick das Portemonnaie aus der Tasche und kaufte am Kiosk der Kohlengrube einen Hühnerbraten für mich. Dankbar nahm ich ihn entgegen und mußte wieder denken: „Du bereitest vor mir einen Tisch im Angesicht meiner Feinde...“

Nach dem Abendbrot wurde meinen „Leibwächtern“, dem KGB-Beamten und mir das Büro des Hauptingenieurs der Kohlengrube als Schlafzimmer zugewiesen. Der KGB-Mann in seiner unzugänglichen Art machte mir den Vorwurf: „Du bist schuld daran, daß ich heute abend nicht mit meiner Frau zusammensein kann!“

„Du Tor“, dachte ich, „deine Kollegen sind schuld daran. Wenn sie mich nicht verhaftet hätten, hättest du deine Ruhe vor mir. Außerdem könnte auch ich mit meiner Frau und Kindern zusammensein!“

Aber ich schwieg, wie alle anderen im Zimmer.

Unerwartet sagte ein Soldat: „Wenn ich wieder nach Hause komme, frage ich meine Mutter, ob ich getauft wurde und wenn ja, wann.“

Niemand jedoch ging auf dieses Thema ein, weil über das Radio die Meldung kam, daß eine Million Schafe und viele Menschen erfroren seien und niemand das Haus verlassen sollte.

Ich legte mich zum Schlafen nieder und dankte Gott dafür, daß ich bei der Verhandlung so viele Glaubensgeschwister sehen und Zeugnis von Jesus geben durfte, der den Sinn meines Lebens ausmacht.

Am nächsten Morgen wurde ich gegen sieben Uhr von dem Offizier geweckt. Er sagte mir, daß zwei gläubige Frauen dagewesen seien, die Eier, Brot und Milch für mich zum Frühstück gebracht hätten. Bevor er mir die Sachen übergab, packte er die Eier, die in Zeitungspapier gewickelt waren, aus und las jeden Fetzen durch. Es hätte ja eine wichtige Information an mich darauf stehen können. Er kontrollierte sogar, ob in den Schalen auch noch der ursprüngliche Inhalt war. Offensichtlich kannte er den Trick, daß Eier ausgeblasen, mit Wodka gefüllt und dann den Häftlingen geschenkt wurden.

Als er sich davon überzeugt hatte, daß alles in Ordnung war, überreichte er mir die Sachen und wünschte mir guten Appetit. Ich begann zu essen und er machte sich Gedanken darüber, wie die Frauen meinen Aufenthaltsort ausfindig machten und durch den Schnee kamen.

Ich versuchte ihm zu erklären, daß das Auswirkungen der Liebe Gottes seien, die uns verbinde. Aber das schien er nicht zu begreifen.

Dann war es Zeit, daß wir uns wieder zum Klubgebäude der Kohlengrube begaben, wo meine Verhandlung fortgesetzt werden sollte. Meine „Leibwächter" und der KGB-Mann begleiteten mich nach draußen. Als wir zu der Stelle kamen, wo der „Schwarze Rabe" stehen sollte, fanden wir einen Schneeberg vor. Der Wagen war total eingeschneit, und den Soldaten wurde befohlen, ihn freizuschaufeln. Als sie das zur Hälfte getan hatten, stellten sie fest, daß die Seitenspiegel und andere Dinge abmontiert waren.

„Haben das vielleicht die Gläubigen aus Rache dafür getan, daß Sie verurteilt werden?" wandte sich der Offizier an mich.

„Nein, das tun Christen nicht", versicherte ich und er glaubte mir.

Als der Wagen freigeschaufelt war, nahmen wir in ihm Platz und die Fahrt ging ruckweise los. Als alle Beteiligten im Klubhaus angekommen waren, wurde die Verhandlung fortgesetzt, die an diesem, wie den folgenden Tagen verhältnismäßig ruhig und sachlich verlief. Die Richterin ordnete nur an, daß ich den Zeugen, während sie vernommen wurden, nicht mehr in die Augen sehen durfte. Sie befürchtete wohl, daß dadurch eine Beeinflussung zu meinen Gunsten stattfinden könnte. Weiter versuchte sie, mir Äußerungen gegen die registrierten Gemeinden zu entlocken. Weshalb sie das versuchte, ist mir nicht ganz klar geworden. Ich tat ihr diesen Gefallen aber nicht.

Nach dem Plädoyer des Staatsanwaltes und meinem Letzten Wort zog sich das Gericht zur Beratung zurück. Als es wieder erschien, verkündete die Richterin im Namen des Volkes, daß ich zu drei Jahren verschärften Freiheitsentzuges verurteilt sei. Abschließend unterrichtete sie mich, daß ich gegen das Urteil Einspruch erheben könnte.

„Ich werde das nicht tun", erklärte ich und die Richterin wollte wissen, ob das mit meiner „religiösen Einstellung" zusammenhänge. Sie wußte sich offensichtlich nicht anders auszudrücken, weil ihr nicht klar war, daß Religion und Christentum zwei verschiedene Dinge sind.

„Ja", bestätigte ich. „Außerdem weiß ich, daß es in dieser Welt nach Iwan Andrejewitsch Krylows Fabel vom Wolf und dem Lamm geht. Von dem Starken wird der Schwache immer für schuldig befunden. Aber ich kann das ertragen, weil ich weiß, daß es bei Gott anders läuft. In der Bibel wird gesagt, daß er die Starken zum Raube haben wird. Er wird meine Sache einmal ins rechte Licht rücken!"

Die Verhandlung wurde abgeschlossen und ich von den Soldaten in einen Kleinbus gesteckt, der im Gegensatz zum „Schwarzen Raben" Allradantrieb hatte und im Schnee besser vorankam. Während wir losfuhren, sah ich durch das Seitenfenster des Busses nach draußen und entdeckte meine Frau mit unserem Sohn David. Er trug eine alte Wattejacke, deren Ärmel ihm viel zu lang waren. Seine Hände sahen kaum noch aus ihnen hervor. Wie gerne hätte ich dieses Bild noch länger betrachtet! Aber der Bus fuhr weiter und die beiden entschwanden meinem Blick...

Dann, als ich wieder in der Zelle saß, in deren Wände die schamlosesten Bemerkungen gekratzt waren, fragte ich mich: „Warum wird dir Zeit gegeben, diesen Dreck lange anzusehen, und weshalb durftest du deine Frau und den Jungen nur so kurz betrachten?" Letztlich war ich aber froh, daß ich sie vor der Abfahrt überhaupt noch einmal sehen durfte, mochte es auch noch so kurz gewesen sein. Dieser Moment hatte sich tief bei mir eingeprägt und machte mich irgendwie ruhig...

Deshalb verstand ich um so weniger, was manche Ehemänner hier trieben. Sie erbettelten von ihren Frauen Geld und bestachen damit den Gefängniswärter, aber nicht um damit etwas zu erreichen, das der Familie zugute gekommen wäre. Ganz im Gegenteil! Der Wärter tat zwar jedesmal so, als ob auch er nicht damit einverstanden sei und beschimpfte die Männer, nachdem er ihre Rubel in der Tasche hatte. Aber schon nach kurzer Zeit ließ er sie aus der Zelle und brachte sie in eine andere, in die er anschließend eine fremde Frau führte, damit Ehebruch begangen werden konnte...

Nach einigen Wochen, als mein Urteil rechtskräftig geworden war, wurde ich in das Straflager Nr. 410 nach Karashal verlegt. Die Verhältnisse waren hier unmöglich, schon allein von der Aufnahmefähigkeit her. Das Lager war für vierhundert Häftlinge konzipiert worden und beherbergte zu dieser Zeit eintausendzweihundert Gefangene! Viele mußten deshalb unter freiem Himmel auf der Erde schlafen, ganz gleich welches Wetter herrschte.

Wasser war immer Mangelware, weil es mit Autos gebracht werden mußte, die die erforderliche Menge nie schafften. Deshalb war an Waschen so gut wie nie zu denken. Folglich hatten Wanzen, Läuse, und sonstiges Ungeziefer unsere Körper total besetzt. Da mich der siebenundsiebzigtägige Aufenthalt in der „Tropfzelle" gesundheitlich stark mitgenommen hatte, suchte ich den Lagerarzt auf, der ebenfalls ein Gefangener war. Der Gute konnte mir in Ermangelung von Medikamenten aber nicht helfen, sondern nur eine Diagnose erstellen.

Mein Rheuma wurde indes so schlimm, daß ich mir auf die Zunge biß, um vor allem nachts nicht stöhnen zu müssen. Hätte ich das getan, hätte ich die Mitgefangenen im Schlaf gestört, und wäre von ihnen zu allem Übel noch verprügelt worden.

Eines Tages kam mir der Gedanke, den Heizungsraum aufzusuchen. Hier war es nämlich warm, und ich meinte durch die Wärme meine Gliederschmerzen lindern zu können. Aber schon bald ging mir auf, daß ich diesen Ort meiden mußte. Hier trafen sich nämlich die Homosexuellen und trieben ihr Unwesen.

Als es dann Frühling wurde und alles grünte, entsann ich mich der alten Hausmittel meiner Mutter. Ich suchte Brennessel, schnürte sie zu einem Bündel und schlug mir damit auf die bloße Haut, vor allem auf die schmerzenden Stellen. Nach solchen Anwendungen glich ich jedesmal einem roten Krebs. Zusätzlich rieb ich mich noch mit einem selbsthergestellten „Ameisen-Elexier" ein und es wurde tatsächlich besser mit mir.

Leider konnte mich meine Frau während dieser Zeit nicht besuchen kommen, weil sie selbst krank wurde und sich einer Operation unterziehen mußte. Wie froh war ich da, daß meine Töchter, Helene und Anna, mich besuchen kamen!

* * *

Der 28. Juli 1971 sorgte im Straflager 410 einige Zeit für Gesprächsstoff, der über den normalen Lageralltag hinausging. Wir konnten nämlich die Landung der Raumkapsel „Sojus-11“ in der Kasachischen Steppe mitbeobachten. Daß die drei Astronauten, Dobrowolski, Wolkow und Pazajew auf tragische Weise in der Kapsel erstickten, erfuhren wir allerdings erst später.

Geraume Zeit nach diesem Geschehen erfuhr ich, daß ich nach Mangyschlak verlegt werden sollte. Man versicherte mir, daß ich auf der entsprechenden Liste stehe. Das löste bei mir alles andere als Freude aus, weil ich während meines Aufenthaltes im Moskauer „Lefortowo-Gefängnis“ einiges über die Halbinsel Mangyschlak gehört hatte. So wußte ich, daß dort Uran und andere, der Gesundheit nicht gerade dienliche Dinge, verarbeitet wurden.

Sofort schrieb ich an meine Frau und berichtete über meine Verlegung. Dieser Brief kam natürlich, wie alles, was wir nach draußen schrieben, in die Hände der Straflagerzensur und sie erfuhr, daß ich bestens informiert war. Das hatte zur Folge, daß ich aus der Liste Mangyschlak gestrichen wurde und auf die des Transportes in den hohen Norden kam, was mir wesentlich lieber war.

In der ersten Septemberhälfte wurden wir dann auf die zweiwöchige Reise dorthin geschickt. Während ihr machte mir vor allem der Gestank von verbrannten Handtüchern und Hemden zu schaffen, die von den Häftlingen angezündet und unter Metallbecher gehalten wurden, um ihren narkotischen „Tschifier“ zu kochen. Wenn sie das Getränk nicht bekamen, warfen sie sich wie rasende Tiere gegen die Wagengitter.

Der Lumpengestank griff mich so an, daß ich manches Mal meinte, ersticken zu müssen. Als wir endlich am Ziel waren und am Bahnhof Wesljana aussteigen durften, wankte ich im ersten Augenblick wie ein Betrunkener.

Den Weg vom Bahnhof zum Durchgangslager mußten wir zu Fuß zurücklegen, und unsere Kolonne wurde nicht nur von Soldaten, sondern auch von zahlreichen Schäferhunden bewacht.

Im Lager angekommen, mußten wir die unvermeidliche leidige Filzung über uns ergehen lassen. Während ihr fragte ich meinen Filzer, ob er einen Soldaten namens Viktor Enns kenne. Er sah mich prüfend an und sagte: „Ja, so einen gibt es hier. Kennst du ihn?“

Ich nickte und bat darum: „Wenn du ihn triffst, sag ihm, daß sein Nachbar angekommen ist.“

Der Soldat sah mich eigenartig an, versprach aber: „Das werde ich tun."

Mit Viktor hatte es folgende Bewandtnis: Er war noch ein junger Mann, aber ein treuer Glaubensbruder und der Sohn meines Nachbarn. Kurz bevor ich verhaftet wurde, zog man ihn zum Militärdienst ein. Damals rief mich der Nachbar, um zu Viktors Abschied eine Andacht zu halten. Ich nahm diese Einladung gerne an und verkündigte das Wort Gottes mit großem Freimut. Außer mir war auch die Jugend seiner Gemeinde erschienen. Sie sang, musizierte und trug Gedichte vor. Es waren schöne Stunden, die wir da zusammen verbrachten. Zum Schluß haben wir Viktor noch zum Bahnhof begleitet.

Etwas später erfuhr ich, daß er als Wachsoldat in das Lager geschickt wurde, in dem ich nun gelandet war, und dachte mir: „Zu Hause hast du ihn verabschiedet, hier kann er dich jetzt empfangen."

Nach der Filzung ging ich in die Baracke und warf mich auf meine Pritsche. Ich war so müde, daß ich sofort einschlief und nicht merkte, wie die Krabbeltiere, die bei mir Unterschlupf gefunden hatten, mich angriffen.

Mit einem Mal war mir, als würde an mir gerüttelt. Aber ich machte die Augen nicht auf. Ich wollte meine Ruhe haben und schlafen, sonst nichts. Das Rütteln ging aber weiter. Schließlich sah ich mich genötigt, die Augen doch zu öffnen und erkannte einen Häftling vor mir. Der sagte: „Pachan, steh schnell auf! Draußen am Stacheldraht, in der verbotenen Zone, steht ein Soldat und will mit dir sprechen!"

Mit einem Mal war ich hellwach. Ich sprang von der Pritsche, war Minuten später am Stacheldraht und stand Viktor Enns gegenüber. Wir reichten uns die Hände durch den Zaun und mich durchzog ein warmer Strom. Wir begegneten uns nicht nur als Nachbarn, sondern als Brüder in Christus. Das war so schön, das machte mich sehr froh in dieser Situation.

„Du bist ein glücklicher Mensch!" sagten mir nachher die Gefangenen, die diese Begebenheit beobachteten.

Aber ich mußte auch hier erfahren, wie wahr das Wort von Goethe ist: „Es kann der beste nicht im Frieden leben, wenn's dem bösen Nachbarn nicht gefällt." – Und mein Treffen mit Viktor gefiel der Lagerleitung in keiner Weise. Deshalb wurde ich von ihm getrennt und in ein Lager geschickt, das ungefähr vierzig Kilometer entfernt in einem unzugänglichen Sumpfgebiet lag. Es war ein strenges Straflager und unter dem Geheimkode „P / JA 243/ 2 - 2" bekannt. Seine Barakken standen auf dicken Holzpfählen, die in den Sumpf gerammt waren. Die Verbindungswege zwischen den Holzhäusern bestanden aus Bohlen.

In dieses Lager hatte man Schwerverbrecher gesteckt, die einen Aufstand nach dem anderen probten. Dem ersten Aufstand, den ich hier miterlebte, fiel der Strafisolator, eine Art Gefängnis im Lager, zum Opfer. Sie wurde so in Brand gesteckt, daß sie nicht mehr gelöscht werden konnte und nur noch Asche von ihr übrig blieb. Die gesamte Lage war hier sehr angespannt und man lebte ständig in Angst.

Wenn Wachsoldaten wirklich mal versuchten, in eine Baracke einzudringen, wurden sie mit Eisenstangen und Dolchen zurückgeschlagen und konnten froh sein, daß sie mit dem Leben davonkamen. Mit den Mützen, die die Soldaten während des Kampfes verloren, trieben die Gefangenen ihren Spott und verrichteten ihre Notdurft hinein.

Nach einem weiteren Aufstand kam mir die Ahnung, daß unserem Lager ein Vergeltungsschlag drohe. Diese Ahnung verdichtete sich schließlich zur Gewißheit, als die Lagerwache eines nachts verstärkt wurde.

Dann, am 22. Januar 1972, war es soweit: die Soldaten gingen mit Waffengewalt gegen die aufständischen Gefangenen vor. Bei dieser Maßnahme kam auch Gas zum Einsatz. Dagegen wußten sich die Häftlinge – in Ermangelung von Gasmasken – mit nassen Tüchern zu schützen. Sie hielten diese vors Gesicht und entgingen damit dem Erstickungstod. Gegen die Gewehrkugeln fanden sie allerdings keinen Schutz und es floß Blut. Nicht lange, und der Aufstand war niedergeschlagen. Danach hörten wir, die wir uns nicht an dem Aufstand beteiligt hatten, wie die Häftlinge von den Soldaten geschlagen wurden und laut schrien.

Mir kam in diesem Lager die Aufgabe des sogenannten „Putzmannes“ zu. Ich hatte in einer Baracke dafür zu sorgen, daß der Fußboden sauber und der Ofen warm blieb. Ich mußte außerdem das Holz hacken, den Gefangenen ihre Rationen an Brot, Zucker und Seife aushändigen, für frisches Wasser sorgen sowie die Wäsche in Empfang nehmen und austeilen. Eines Tages waren ein Paar Socken gestohlen worden und ich wurde dafür verantwortlich gemacht. Meine Unschuldsbeteuerungen fanden kein Gehör, man wollte auch nicht warten, bis mir meine Verwandten Ersatz schicken würden. Drei Kerle machten sich über mich her und verprügelten mich so, daß ich bis um drei Uhr nachts bewußtlos am Fußboden lag.

Am nächsten Morgen, als wir zur üblichen Zählung antreten mußten, kam der Chef der Diebesbande auf mich zu und wollte wissen, wer mich geschlagen hatte. Ich verweigerte die Aussage, weil ich wußte, daß die, die mich geschlagen hatten, unbarmherzig bestraft worden wären. Sie hatten nämlich die „Ordnung" übertreten und nicht diesem Chef ihr Vorhaben vorgetragen. Das galt bei diesen Leuten schon als Überheblichkeit...

„Gut", meinte der Bandenchef, „wir kriegen es doch heraus, wer es war, verlaß dich darauf!"

Und tatsächlich, er und seine Leute hatten Erfolg und schritten zum „Gericht". In der Dämmerung wurde unsere Baracke umstellt, und eine Abordnung, die von dem Chef angeführt wurde, kam herein. Unweit der Türe blieben sie stehen und riefen die Namen der Gefangenen, die mich geschlagen hatten. Mit hängenden Schultern nahmen die drei vor der Abordnung Aufstellung. Dann begann das Verhör. Der Chef wollte wissen, weshalb sie mich schlugen und ob sie sich nicht schämten, einen Mann wie mich zu überfallen.

Das Verhör dauerte eine ganze Weile und die drei gerieten so unter Druck, daß ihnen heiß wurde. Damit aber noch nicht genug. Plötzlich wurden sie von der Abordnung gepackt und in einer Weise mit Dolchen und Stangen bearbeitet, daß man kaum noch hinsehen konnte. Anschließend mußten sie sich vor mir verneigen und um Entschuldigung bitten. Dabei stießen ihnen die Männer vom Diebeskommando mit dreikantigen Schlosserfeilen an den Kopf, daß manches Loch entstand. Zum Schluß brachen sie den dreien noch die Arme und ließen sie winselnd am Boden liegen.

„Komm mit!" forderte mich der Chef auf, während die Abordnung unsere Baracke verließ. Ich folgte ihm ohne zu wissen, weshalb und wo er mich hinführen werde.

Als ich erkannte, daß es zum Lagerarzt ging, wurde mir nicht leichter zumute. Aber ich fragte nicht nach dem Warum. Mir fehlte einfach der Mut dazu. Dann standen wir vor dem Arzt, und der Chef sagte: „Hier bring ich dir einen Mann. Beschäftige ihn als Sanitäter. Los, gib ihm einen weißen Mantel und eine Mütze!"

Der Arzt gehorchte, und mir ging auf, daß in diesem Lager der Chef der Diebesbande größere Autorität besaß, als ein beliebiger Offizier.

Nicht lange, und meine Peiniger wurden zum Arzt gebracht. Der ordnete an, daß ich mich um sie kümmerte. Das war für beide Seiten nicht einfach. Ich mußte mich überwinden, um die Hände, die mich vor Stunden bewußtlos schlugen, verbinden zu können. Für die drei war es peinlich, sich von mir helfen zu lassen. Ich hatte den Eindruck, daß sie es sogar als Erniedrigung empfanden.

Tage später wurde das Lager einer Inspektion durch hochrangige Offiziere unterzogen. Während der Besichtigung der Arztpraxis fanden sie heraus, wer ich war, und informierten die Lagerverwaltung dahingehend, daß ich ein äußerst gefährlicher Typ sei, vor dem man ständig auf der Hut sein müsse.

„Wenn ihr nicht aufpaßt“, meinte einer der höheren Offiziere, „richtet der Klassen hier in der Praxis eine christliche Druckerei ein. Der ist zu allem in der Lage! Warum ist denn seine Akte mit einem roten Diagonalstreifen versehen? Das hat doch seinen Grund! Also seht euch vor. Mit diesem Kerl ist nicht zu spaßen. Verstanden?“

Jetzt wußte ich, wie „höheren Ortes“ über mich gedacht wurde, daß man kein gutes Haar an mir ließ. Das war alles andere als auferbauend und ließ mich nichts Angenehmes erwarten.

Tatsächlich wurde ich auch schon am nächsten Tag zu Waldarbeiten abgeordnet. Zu meiner Aufgabe gehörte das Sammeln der Zedernzapfen von den umgehauenen Bäumen. Ich mußte die Zapfen auch aus dem tiefen Schnee mit Händen buddeln, des öfteren konnte man der Zapfen nur mit bloßen Händen habhaft werden – und das bei 40-50 Grad unter Null. Nach knapp einer Woche waren meine Finger so stark angefroren, daß ich diese Arbeit nicht mehr verrichten konnte.

Der Arzt schrieb mich aber nicht krank, und ich wurde als Hilfskraft in die Küche geschickt. Hier stellte man mich zum Geschirrspülen an. Da meine Wunden aber ständig eiterten, zog mir der Arzt ... Kondome über die eiternden Finger.

Damit war das Problem aber nicht gelöst, wie man meinte. Die Hauptmahlzeit dieses Lagers war nämlich eine Fischsuppe und verständlicherweise schwammen im Spülwasser jede Menge Gräten herum. Die wiederum zerstachen meine „Fingerlinge“ und ins Spülwasser kam Eiter von meinen Fingern, was natürlich nicht zulässig war. Und wehe, die Gefangenen hätten davon Wind bekommen!

Aber auch jetzt schrieb man mich noch nicht krank, sondern hatte eine neue Arbeit für mich. Ich wurde damit beauftragt, den zugefrorenen Lagerbrunnen vom Eis freizuhalten. Das war allerdings nicht so einfach wie es sich anhört.

Um an die Eisfläche zu kommen, mußte ich einige Meter in den Brunnen steigen. Doch wie sollte das geschehen? Einfach so runterklettern konnte ich nicht. Dann wäre ich in dem Moment im Wasser gelandet, in dem ich das Eis zerstörte. Nicht lange, und wir hatten eine Lösung gefunden. Ich wurde am Strick der Brunnentrommel befestigt und in die Tiefe gekurbelt.

Kurz über dem Eis hielten die Gefangenen, die an der Kurbel standen, die Trommel an und ich konnte mit der Axt das Eis zerhacken. Aber auch dabei tropfte von meinen Fingern Eiter, und das Brunnenwasser konnte keine Verwendung finden, die Speisen mußten einige Zeit mit geschmolzenem Schnee zubereitet werden.

Von da an wurde ich zu keinen Tätigkeiten mehr herangezogen, die mit der Essenszubereitung in Verbindung standen, sondern mußte den Speisesaal reinigen, Holz spalten, heizen, nach dem Essen die Tische abräumen und das Geschirr zur Spülabteilung bringen.

Dann erhielt ich ein Lebensmittelpaket aus der Schweiz und wurde vom Lageroffizier um ein Gespräch darüber gebeten. Als ich das Büro betrat, sah ich, daß er die Zeitung „Rossija" auf seinem Schreibtisch liegen hatte. Ohne zu grüßen stellte er mir die Frage: „Sag mal, auf welche Weise bekommst du die Auslandspakete?"

„Sie werden von Menschen gepackt und abgeschickt, die Mitleid mit mir haben", sagte ich. „Dann bringt sie die sowjetische Post zu mir."

Der Offizier machte eine abwehrende Handbewegung und fuhr fort: „Ich möchte wissen, woher die Leute im Ausland eure Anschriften haben!" Er zeigte auf die Zeitung vor sich und erklärte: „Hier wird darüber berichtet, wie Alexej Kosoresow ein Paket aus Holland bekam. – Du selbst bekommst Pakete aus der Schweiz, Dänemark, England und, und, und. Das geht doch nicht, daß euch die ganze Welt Pakete schickt! – Und schon mal gar nicht, wenn du das Zeug dann nicht für dich behältst, sondern auch noch andere mit Kakao und Schokolade fütterst. Du machst ja alle Gefangene noch zu Gläubigen!"

„Wegen dem Kakao und der Schokolade bestimmt nicht", entgegnete ich. „Aber wenn's so wäre, dann sollten Sie eigentlich froh darüber sein. Es ist doch besser, diese Gauner singen und beten, als daß sie Unfug treiben."

Der Offizier winkte wieder ab und forschte: „Jetzt sag schon, wie die im Ausland an eure Adressen kommen!"

Ich zeigte auf die Zeitung vor ihm und fragte: „Wird die nur in der Sowjetunion verkauft oder auch im Ausland?"

„Natürlich auch im Ausland", antwortete er.

„Dankeschön!“ sagte ich. „Macht nur weiter so. Die Menschen im Ausland lesen eure Zeitung und schicken uns die Pakete.“

Verworren sah er mich an und schwieg. Dann sagte er heftig: „Wenn du doch nur eine Frau vergewaltigt oder jemand totgeschlagen hättest, bloß nicht gläubig wärst!“ – Dann schickte er mich weg.

Meine Tage in diesem Lager waren nun gezählt: ich wurde zurück in das Durchgangsstraflager „Wesljana“ verlegt.

Als ich dort aus dem „Schwarzen Raben“ stieg, empfing mich Viktor Enns, mein Nachbar und Glaubensbruder aus Karaganda. Er hatte zu diesem Zeitpunkt gerade Dienst und wurde somit mein „Leibwächter“. Aber zwischen uns bestanden nicht die sonst üblichen Vorbehalte. In unseren Herzen war eine große Zuneigung, wir fühlten uns in Christus verbunden. Äußerlich aber tat er seinen Dienst als Soldat und ich, als Häftling, fügte mich seinen Anweisungen, in denen allerdings die sonst üblichen Schikanen fehlten.

Leider währte diese Zeit nicht lange. Ich wurde wieder in einen „Schwarzen Raben“ verfrachtet und nach Knjaspogost transportiert. Knjaspogost heißt zu Deutsch Fürstenfriedhof.

Dieser Ort mit seinen drei Straflagern wurde von den Sowjets so genannt, weil die Zarin Katharina einen Fürsten, der bei ihr in Ungnade gefallen war, nach hier verbannte und der Fürst hier auch seinen Tod fand.

Ich kam in das Lager 243-1-1, in dessen Arbeitszone allein 5000 Mann beschäftigt waren. Und diesen Männern ging es nicht gut, in keiner Weise. Sie waren einer unbeschreiblichen Sklaverei unterworfen. Deshalb geschah es oft, daß sich Gefangene vorsätzlich eine Hand abhackten oder ihren Leib sonstwie verstümmelten, um nicht mehr zur Arbeit zu müssen. Ich wurde sogar Augenzeuge von Selbstmorden.

Ja, die Quälerei der Gefangenen war so schrecklich, daß selbst einige Soldaten, die den Mißhandlungen tagtäglich von den Wachttürmen aus zusehen mußten, psychisch damit nicht fertig wurden und sich selbst erschossen.

Wir Häftlinge waren zu Gruppen von sieben Personen eingeteilt und mußten täglich 450 Kubikmeter Holz stapeln. Das Holz war aber nicht in handliche Stücke zersägt, es waren noch die ganzen Baumstämme, die wir hochzurollen hatten. Trotz dieser äußerst schweren körperlichen Arbeit wurden wir jeden Morgen um fünf von unseren Pritschen gejagt und gezwungen, bei fünfzig Grad unter Null, Frühsport zu betreiben. Das Kommando dabei führte General Grelek.

Von der übermäßigen Anstrengung drängte mein Darm aus dem After und ich hatte Blut im Stuhl. Aber ich fand kein Erbarmen. Der aufsichtshabende Offizier Koptev spottete sogar noch: „Möge dir doch dein Gott helfen!“

Schließlich konnte ich die Arbeitsnorm nicht mehr erfüllen. Mir wurde schwarz vor Augen und ich brach zusammen. Anstatt mir nun zu helfen, wurde ich auf die sogenannte schwarze Liste gesetzt und erhielt nur noch die „Strafration“ zum Essen. So versagten schließlich meine Kräfte und ich war nicht mehr in der Lage, abends auf meine Pritsche zu klettern. Trotzdem, bevor ich mich auf dem Fußboden zum Schlafen legte, raffte ich alle Kräfte zusammen, ging auf die Knie und sprach mein Abendgebet.

Aber auch da wurde ich noch nicht in Ruhe gelassen. Jetzt peinigten mich die Gefangenen. Während des Gebets bohrten sie mir die Finger in die Augen, zupften mich an den Kleidern oder ließen sich sonst etwas einfallen.

An einem Abend hörte ich sie plötzlich schreien: „David, du betest ja nicht zu Gott, sondern zu Lenin!“

Ich schlug die Augen auf und sah das Leninbild vor mir liegen, das sie von der Wand genommen hatten.

In diesem Augenblick erfuhr ich eine Hilfe, die ich nicht erwartet hatte, – zumindest nicht von dieser Seite. Ein großer und kräftiger Häftling kam auf mich zu, stieß meine Peiniger beiseite, schlug sich mit der Faust an die Brust und erklärte: „Ich bin ein Mörder, ich habe meinen Onkel totgeschlagen! Wenn ihr nicht sofort von diesem Mann ablaßt, schlage ich auch euch tot!“

Im Nu waren meine Peiniger verschwunden, und ich dankte Gott dafür, daß er mir diesen Mörder als Schutzengel geschickt hatte.

„Weißt du auch, weshalb ich für dich eingetreten bin?“ fragte der Häftling eine Weile später. Ich zuckte mit den Schultern und er fuhr fort: „Weil du den selben Glauben hast wie meine Mutter.“

Als er ihr einen Brief schrieb, berichtete er auch über mich. Sie las den Brief in ihrer Gemeinde vor, und die anwesenden Mitglieder wurden so bewegt, daß sie niederknieten, für mich beteten und am Schluß sogar noch eine Spende erhoben, um meine äußere Not zu lindern. Dann wurde diese Mutter beauftragt, unverzüglich ihren Sohn zu besuchen und das Geld über ihn an mich weiterzuleiten.

Die Frau brach zu der über zweitausend Kilometer langen Reise aus dem Schwarzmeergebiet in den hohen Norden auf. Durch viel Gebet brachte sie die 25 Rubel, die sie auf einen Schein umgetauscht hatte, durch alle Kontrollen und konnte den Schein ihrem Sohn aushändigen. Der verschluckte ihn, weil er um die peinlich genauen Filzungen nach einem Besuch wußte.

Als der Schein auf dem natürlichen Wege wieder zum Vorschein kam, wusch er ihn und gab ihn mir mit den Worten: „David, hier hast du eine Spende von deinen Glaubensgeschwistern aus Rostow-am-Don. Entschuldige, daß er erst durch meinen Magen und Darm gehen mußte, aber ich wußte nicht, wie ich ihn sonst zu dir hätte schmuggeln können."

Ich nahm das Geld und bedankte mich herzlich. Als ich den Schein näher betrachtete, entdeckte ich, daß das Bild von Lenin während des letzten Verstecks ziemlich bleich geworden war und mußte denken: „Wenn Lenin geahnt hätte, wie schrecklich das von ihm in Rußland aufgebaute Regime einmal werden würde, wäre er bestimmt noch bleicher geworden."

Meine Freude über das Geld dauerte aber nicht lange. Mir wurde plötzlich bewußt, daß es gefährlich war, eine solche Summe zu besitzen, gerade weil ich so von Kräften gekommen war. Erst vor wenigen Tagen hatte man einen Häftling wegen neunzehn Kopeken erschlagen. Ich bot da eine reichere Beute.

Drei Tage später kam der Mörder auf mich zu und fragte, ob ich das Geld schon ausgegeben hätte.

„Nein", gestand ich ihm.

„Warum denn nicht?" wollte er wissen.

„Weil ich Angst habe, es würde jemand erfahren, wieviel Rubel ich besitze, und könnte mich dann umbringen", erklärte ich.

„Dann gib mir dein Geld. Ich werde dich versorgen", sagte er.

Ich gab es ihm und er verschwand. Es dauerte nicht lange, und er kam mit einem weißen Kissenbezug zurück, aus dem er süßen Kuchen, Weißbrot, Marmelade, Zucker und Margarine herausnahm. Mir fiel die Kinnlade herunter und ich brachte den Mund sekundenlang nicht zu. Das durfte doch nicht wahr sein, daß ich in diesem Hungerlager solche Leckerbissen erhielt!

Während der Mann die Sachen auf meinen Nachttisch stellte, kam ihm wohl der Gedanke, daß ich jetzt nicht sicherer war als vorher. Deshalb rief er mit lauter Stimme durch die Baracke: „Wer es wagt, dem David diese Sachen wegzunehmen, kriegt es nicht mit ihm, sondern mit mir zu tun! Ist euch das klar?"

„Jasno!“ (Klar!) kam es wie im Chor zurück, und der Mann ging wieder.

„Mensch“, dachte ich, „Gottes Führungen sind wirklich wunderbar. Er läßt die Seinen tatsächlich nicht im Stich. Als du körperlich am Ende warst, stellte er dir einen so kräftigen Menschen als Hilfe zur Seite – einen Menschen, der vorher jemand umgebracht hatte.“ Ich faltete die Hände und betete zu meinem Herrn, dessen Wege höher sind als jede menschliche Vernunft.

Ich durfte zwei Briefe im Monat schreiben. Die Briefumschläge wurden von uns Häftlingen allerdings nicht zugeklebt, sondern geöffnet an die Lagerzensur übergeben. Nach einer Kontrolle des Inhalts wurden diese dann von dem Lagerzensor verschlossen und zur Post befördert. Auch die eintreffenden Briefe wurden kontrolliert. Und so entschloß ich mich, die Briefe in der altdeutschen Schrift, in Gotisch, abzufassen und dabei noch unseren plattdeutschen Dialekt zu verwenden. Diesen meinen Brief konnte kein Zensor lesen! Da man Böses vermutete, wurden alle Deutschlehrer der Stadt zum Entziffern des Briefes herangezogen – erfolglos. Schließlich wurde der Brief nach Moskau geschickt, an eine Hochschule für Fremdsprachen. Nach zwei Monaten kam der Brief wieder in das Lager zurück, man hatte ihn auch dort nicht entschlüsseln können!

So wurde mir nun verboten, in Deutsch zu schreiben. Das Gleiche galt auch für meine Verwandten. Und diesen fiel das Schreiben in Russisch noch schwerer als mir. Da kam mir ein neuer Gedanke. Ich faßte einen Brief an meine Frau in Russisch mit ungefähr folgendem Inhalt ab:

„Liebe Elisabeth und Kinder!

Es tut mir leid, euch mitteilen zu müssen, daß wir einander nicht in unserer Muttersprache schreiben dürfen – und das trotz der Tatsache, daß wir in einem Land mit vielen Nationen leben und unsere Regierung internationale Politik betreibt. Ich muß dabei an einen Tiergarten denken, den ich im Jahre 1937 zusammen mit meinen Eltern besuchte. Da gab es einen Papagei, der sprechen konnte. Ich drängte mich zu dem Käfig mit dem Vogel hindurch und stellte ihm einige Fragen. ‘Papagei, wie heißt du?’ wollte ich wissen. ‘Ara’ erwiderte dieser. ‘Wie alt bist du?’ – ‘Zwei Jahre’. – ‘Wo bist du geboren?’, worauf der Papagei antwortete: ‘In Amerika’.

Wenn man schon einem amerikanischen Papagei die russische Sprache beigebracht hatte, so solltest du dich nicht gekränkt fühlen und ebenfalls versuchen, in Russisch zu schreiben. Es ist für dich überdies sogar noch ein Vorrecht, daß du überhaupt schreiben darfst, denn dein Mann soll ja ein Verbrecher sein...

Eines hätten die Genossen, die diese Anordnung erteilten, wissen müssen, daß auch sie viele deutsche Worte gebrauchen. Wenn sie schon bei der „reinen" russischen Sprache bleiben wollen, müßten sie aufhören, in Kurorte zu fahren, denn Kurort ist ja ein deutsches Wort! Und bei einer Bahnfahrt dürften sie nicht mehr Platzkarten einlösen, sie dürften auch nicht mehr Butterbrote essen. Es dürfte keine Soldaten mehr geben. Feldmarschall, Schlagbaum, Halstuch – all dies sind deutsche Worte. Und wenn man noch alle griechischen, englischen, lateinischen und französischen Worte aus der russischen Sprache verbannen würde, so bliebe nur noch Armatura (so viel wie Gerippe) übrig. Leider ist jedoch Armatura auch kein russisches Wort."

Ich brachte diesen Brief zum Zensor. Was aus ihm wurde, weiß ich nicht. Ich habe danach Briefe mit wichtigen Informationen am Zensor vorbei geheim nach Hause schicken können. Und kein einziger ist verlorengegangen!

In diesem Lager begegnete ich auch meinem Glaubensbruder Baturin, mit dem ich in Moskau vor dem ZK-Gebäude die Delegation angeführt hatte. Wir konnten manchen Austausch haben und uns gegenseitig erbauen.

Der liebe Bruder hat manche bittere Pille schlucken müssen, aber die Verbindung zum Herrn gab er nicht auf. An das Osterfest, das wir beide in diesem Lager feierten, erinnere ich mich noch gerne. Es war so stärkend.

Aber es war auch gleichzeitig unser letztes Zusammensein auf dieser Erde. Denn kurz danach wurde über ihn eine Isolationsstrafe verhängt, in deren Verlauf er so schwere Schäden erlitt, daß er ihre Folgen bis zu seinem Heimgang trug. Wie gut ist es in solchen Situationen zu wissen, daß es für die, die um Jesu Christi willen bei der Wahrheit bleiben, ein besseres Wiedersehen gibt!

Meine Gesundheit, die in der „Wasserzelle" stark angeschlagen wurde, verschlechterte sich hier in Komi, im kalten Norden, weiter. Die Nähe des Sumpfgebietes und das feuchte Klima waren für mein Rheuma Gift. Meine Ameisen-Medizin und das Peitschen mit Brennnesseln verschafften mir nur geringe Linderung.

Wie froh war ich da, als der Morgen des 27. Oktober 1973 kam, und ich nach Ablauf meiner Haftstrafe aus dem „Trübsalstiegel" aussteigen durfte. Schon am Lagertor wurde ich von zwei Glaubensschwestern aus Komi in Empfang genommen und herzlich begrüßt.

„Wir haben die ganze Zeit für dich gebetet“, erklärten die beiden, die Schneiderinnen von Beruf waren und die Uniformen der Offiziere und Wachsoldaten des Lagers in Ordnung hielten.

Dann luden sie mich in ihr Haus ein und ich erfuhr, daß sie Mutter und Tochter waren. Irgendwie drängte es mich, mich für ihre Gastfreundschaft zu revanchieren, und ich stellte das Päckchen mit Feigen, das ich am Tag meiner Entlassung aus England erhalten hatte, auf den Tisch.

„So“, sagte ich, „die dürft ihr essen. Die Kinder werden sich besonders darüber freuen.“

Nach der Mahlzeit gingen wir zum Gottesdienst. Er fand in der Nähe des Straflagers statt, in dem ich bittere Jahre verbringen mußte, und mich überkam ein eigenartiges Gefühl. Dann wartete ich darauf, daß sich ein Prediger erhob und das Wort verkündigte. Aber das geschah nicht, die Geschwister schalteten das Radio ein und aus Kanada war unser Glaubensbruder David Wiens zu hören. Er brachte eine klare evangelistische Botschaft. Mein Blick wanderte zum Fenster, durch das ich den Stacheldrahtzaun des Lagers sah. Er fesselte mich so, daß ich nicht davon loskam und das eigenartige Gefühl in mir wurde noch stärker. Was meine Augen sahen und meine Ohren hörten, waren unvereinbare Gegensätze für mich...

Am Nachmittag besuchten wir einen weiteren Gottesdienst. Diesmal predigte ein Bruder aus der Gemeinde und am Schluß kam zu meiner Überraschung die junge Glaubensschwester, bei der ich Aufnahme und Gastfreundschaft gefunden hatte, zu mir und bat um Vergebung.

Dann kniete sie nieder und tat unter Tränen vor der gesamten Gemeinde Buße. Ich begriff das nicht und wußte es in keiner Weise einzuordnen. Erst hinterher verstand ich das Vorgehen der Schwester. Sie erzählte mir nämlich, daß, während wir im Vormittagsgottesdienst waren, ihre Kinder von den Feigen genascht hätten.

„Das ist doch nicht schlimm“, versuchte ich sie zu beruhigen. „Ich hatte die Feigen doch zum essen auf den Tisch gelegt.“

„Ja, aber die Kinder haben auch dann noch davon genommen, als du nicht mehr da warst“, klagte sie weiter.

„Das ist auch nicht schlimm. Es muß doch nicht jedesmal um Erlaubnis gefragt werden. Einmal genügt“, erklärte ich.

„Ach, Bruder David, das ist wahr. Aber Gott hat durch das Vorgehen meiner Kinder bei mir eine Sache aufgedeckt. All die Jahre, in denen ich als Schneiderin tätig war, habe ich den Leuten die Stoffreste nicht zurückgegeben. Und so wie ich handelte, – hintenherum, – handeln jetzt auch meine Kinder. Das hat mich tief erschreckt. Ja, ja, was der Mensch sät, das wird er ernten."

Ich reichte ihr die Hand zur Versöhnung und sie fand wieder Frieden. Mir, sowie den anderen Glaubensgeschwistern, war dieses Zeugnis eine ernste Ermahnung.

Am Abend reiste ich ab, und die Geschwister begleiteten mich zum Bahnhof. Als der Zug losfuhr, winkten wir, bis wir uns nicht mehr sahen.

Nach einer Reise von 5000 Kilometern kam ich am 3. November in Kirgisien, meiner neuen Heimat an. Hier wurde ich aber nicht nur von meiner Familie und meinen Glaubensgeschwistern empfangen, sondern auch vom Geheimdienst.

Ich mußte sofort mit den Beamten mitgehen und mich einer besonderen Registrierung unterziehen. Es reichte den Herren offenbar nicht, daß in meinem Paß das Zeichen „47 G" vermerkt war, das mich als eine gefährliche Person auswies.

Ich wurde nun zusätzlich noch von allen Seiten fotografiert, sogar ein Morsebild aus Punkten und Strichen wurde von mir angefertigt. Im Falle eines Falles mußte es ja möglich sein, meine Ansicht in Windeseile im ganzen Land zu verbreiten!

Auch meine Körper- und meine Schuhgröße wurden katalogisiert, sowie die Augen- und die Haarfarbe, meine Fingerabdrücke und alle Narben an meinem Körper. Selbst meine Stimme wurde nicht vergessen. Ich mußte einige Sätze auf ein Tonband sprechen.

Zum Schluß wurde mir befohlen, den Raum zu durchqueren. Ich tat es und wurde zur Wiederholung aufgefordert. Den Beamten reichte es aber immer noch nicht, und sie schickten mich weiter im Zimmer hin und her.

Ich wußte zwar nicht was das sollte, kam den Aufforderungen aber noch immer schweigend nach, weil ich mich erinnerte, daß der Russe alle Dinge in der Regel dreimal sagt.

Als die Wanderprozedur beendet war, fragte einer der KGB-Beamten mißtrauisch: „A wy swoju pochodku ne iskaschajete? (Haben Sie Ihren Gang auch nicht verfälscht?)" Jetzt wurde mir klar, daß sie meinen Gang beobachtet hatten.

„So“, fuhr der Beamte fort, „du bist nun gezeichnet wie ein schwarzer Bock. Diese Akten kommen jetzt in einen eisernen Safe des MUR und werden dort für immer aufbewahrt.“

Die Abkürzung MUR war mir nicht unbekannt. Ich wußte, daß sie für „Moskowskj Ugolownyj Rosysk“ stand und zu Deutsch „Moskauer Verbrecher-Suchdienst“ hieß.

„Wenn du innerhalb von zehn Tagen keine Arbeit gefunden hast – merk dir das gut –, wirst du als Schmarotzer verurteilt“, drohte der Beamte zum Schluß. „Vergiß nicht darauf, dich regelmäßig bei uns zu melden. Du bist nämlich ein gefährlicher Typ. Dich dürfen wir nicht aus den Augen verlieren. So, nun kannst du gehen. Aber wenn wir dich rufen, hast du sofort zu erscheinen. Wir werden dich natürlich auch zu Hause besuchen. Du stehst unter unserer Aufsicht, wenn du das noch nicht gemerkt haben solltest. Du wirst ohne unser Wissen keinen Schritt tun können!“

So also sah die Freiheit aus, in die ich entlassen wurde! Sie stellte sich vollkommen anders dar, als es das Radio jeden Tag in der Form der Staatshymne plärrte: „Sojus neruschimyj Respublik swobodnych...“ (Eine unzerbrechliche Union freier Republiken...).

In der Folgezeit mußte ich erfahren, daß die Herren vom KGB keine leeren Worte gemacht hatten und mich abholten, wann immer sie wollten. Es kam sogar vor, daß sie mich vom Mittagstisch wegholten. Ich war bei nichts und zu keiner Zeit sicher vor diesen Leuten.

Da rieten mir die Brüder vom Vorstand der nichtregistrieten Gemeinden: „David, wenn sie dir nochmal anbieten ins Ausland zu gehen, dann lehn es nicht wieder ab. Geh fort von hier und gründe ein Missionswerk, das uns in der Verfolgung unterstützt.“

Nach wenigen Wochen wurde mir tatsächlich ein neues Angebot zur Ausreise unterbreitet. Dem Rat der Brüder folgend ging ich darauf ein, bat aber darum, vorher noch einmal nach Karaganda fahren und meine dortigen Glaubensgeschwister besuchen zu dürfen.

Der KGB entsprach meinem Wunsch und ich kam gerade zurecht, um an der Hochzeit meines Glaubensbruders und „Leibwächters“, Viktor Enns, teilzunehmen. Zum Abschluß meines Besuchs marschierte ich auch zum KGB-Gebäude, um meinem Untersuchungsrichter von einst, Major Sulujmenow, auf Wiedersehen zu sagen.

„Ich werde jetzt nach Deutschland auswandern“, erklärte ich, „und möchte nicht mehr im Bösen an Sie denken. Ich möchte Ihnen alles Gute wünschen und werde für Sie beten.“

Er war so überrascht, daß es ihn Mühe kostete, einige holprige Sätze zu formen. Dann reichten wir uns die Hände und ich ging wieder.

Bei der Verabschiedung von meinem Chef zeigte sich, daß er der sowjetischen Propaganda voll aufgesessen war. „Was, du willst nach Deutschland auswandern?“ fragte er. „Du wirst mit deiner Familie verhungern. Weißt du nicht, daß es dort kein Brot gibt?!“

Nun, ich bin gegangen und lebe heute noch. An natürlichem Brot hat mir, wie den meisten in Deutschland, nie gemangelt. Mit dem geistlichen Brot, das der Herr Jesus selbst ist, sieht es im Westen schon anders aus!

* * *

Nach dem feierlichen Abschied von der Gemeinde begleiteten uns am frühen Morgen des 31. Mai 1974 einige Glaubensgeschwister zum Flughafen der Stadt Frunse.

Schon kurz nach unserer Ankunft kam die Meldung über den Lautsprecher, daß sich die Passagiere des Fluges Frunse – Moskau in die Abflughalle begeben sollten, da die Maschine in absehbarer Zeit starten werde.

Wir umarmten die Geschwister, mit denen wir so viel Freud und Leid erlebt hatten, und küßten uns zum Abschied. Dabei wurden auf beiden Seiten Tränen vergossen.

„Du, David, wenn es möglich wäre, ich würde barfuß über die Grenze laufen!“ sagte mir Bruder Jakob Esau.

Und eine Glaubensschwester klagte: „Ach, könnte ich mich doch in eine Laus verwandeln und in eure Kleider kriechen. Ich würde ja so gerne mit euch fliegen. Es ist sehr schmerzlich, aber wir müssen voneinander scheiden.“

Bevor wir auseinander gingen, sangen wir noch das Lied:

„Gott mit euch, bis wir uns wiederseh'n!
Mög er ratend ob euch walten,
euch bei seiner Gnad erhalten!
Gott mit euch, bis wir uns wiederseh'n...“

Während wir uns zum Flugzeug begaben, hörte ich noch einige Geschwister rufen: „Denkt an uns, wenn es euch gut geht!“

Damals wußte ich noch nicht, daß auf der Basis dieser Worte später in Deutschland das von den Brüdern gewünschte Missionswerk entstehen werde.

Vier Stunden später landeten wir in Moskau, wohin uns meine leiblichen Brüder Rudolf, Albert und Heinrich sowie meine leiblichen Schwestern Anita und Alice begleitet hatten.

Als ich mit meiner Familie in der Deutschen Botschaft war, sprang ich vor Freude herum wie ein Mastkalb. Dabei fiel mein Spiegel aus der Tasche und zersplitterte auf dem Fußboden.

„Scherben bringen Glück“, meinte einer der Botschaftsangestellten. Ich schüttelte den Kopf und gab ihm zu verstehen, daß ich davon nichts halte, weil ich gläubig, aber nicht abergläubisch sei.

Als in der Botschaft alle Formalitäten erledigt waren, begaben wir uns zum Flughafen Scheremetjewo. Hier bestiegen wir eine Lufthansa-Maschine, die gegen einundzwanzig Uhr startete und etwa drei Stunden später in Frankfurt-am-Main landete. Und dann setzte ich meinen Fuß auf deutschen Boden und mich durchzog ein unbeschreibliches Glücksgefühl.

Wir wurden liebevoll von freundlichen Rot-Kreuz-Schwestern empfangen und zum Lager Friedland gebracht. Als wir dort ankamen, war es bereits vier Uhr am Morgen. Trotzdem dankten wir von Herzen, bevor wir uns zur Ruhe begaben.

Gegen acht Uhr rüttelte mich jemand in meinem Bett und rief: „Aufstehen! Der KGB ist da!“

Erschrocken fuhr ich hoch und sah Jakob Penner vor mir stehen. Ich sprang aus dem Bett und wir begrüßten uns mit dem Bruderkuß.

Am 1. Juni feierten wir den achten Geburtstag unserer Katharina und waren verwundert, daß sie vom Roten Kreuz eine Puppe geschenkt bekam. Welch ein Gegensatz war das doch zu Rußland, wo wir nichts geschenkt bekamen, sondern jeder Annehmlichkeit beraubt wurden!

Gegen zehn Uhr trafen wir in Paderborn am Habichtsee ein, wo ein Tauffest stattfand. Mit welch einem Jubel wurden wir da begrüßt! Wir falteten unsere Hände und waren über die gnädige Führung unseres Herrn voller Lob und Dank.

Dann wurde die Taufe feierlich vollzogen, und als die Täuflinge nacheinander aus dem Wasser stiegen, stimmten wir stimmten ein frohes Glaubenslied an, während ringsum ein buntes Blumenmeer wogte und einen lieblichen Duft verströmte.

Meine Gedanken wanderten zurück und ich verglich die Wachttürme und Stacheldrahtzäune in Rußland mit der Blütenpracht, die mich hier umgab, und ich kam mir vor wie ein Träumender. „David“, sagte ich mir aber, „vergiß über all dem Angenehmen hier nicht die Brüder, die auch jetzt noch Stacheldrahtzäune statt Blumen sehen..."

Ich wandte mich meiner Umgebung zu, die um vieles freundlicher war als all das, was ich bisher je erlebt hatte. Aber ich begann zu ahnen, daß die Nachfolge des Herrn auch hier mit Schwierigkeiten verbunden war, daß die Schwierigkeiten nur andere waren. Nun, der Herr sagt uns ja auch in seinem Wort: „Haben sie mich verfolgt, werden sie auch euch verfolgen." – Und diese Aussage ist nicht auf ein Land beschränkt. Sie ist generell. Die Verfolgung hat in jedem Land nur andere Formen – aber sie ist vorhanden...

Dann kam es zur Gründung des Missionswerkes, das den Geschwistern in der schrecklichen Verfolgung der Sowjetunion half. Und ich, der ich diese Verfolgung jahrelang am eigenen Leib erleiden mußte, mich nur auf engstem Raum bewegen durfte, erlebte nun die Verheißung des 31. Psalms: „Du stellst meine Füße auf weiten Raum."

Als Evangelist bin ich bei meinem Dienst bis jetzt sechsundfünzig Mal über die Ozeane dieser Erde geflogen, habe Tausende Kilometer auf den Autobahnen zurückgelegt, Länder mit dem Zug durchquert und Reisen mit dem Schiff unternommen.

Ja, der Herr hat Großes an mir getan. Das wird er auch an allen tun, die nicht von ihm weichen. Darauf haben wir sein Wort. So wie er mich aus der Enge in dic Weite führte, wird er alle Christus-Gläubigen aus der Enge dieser Erde in die Weite seines himmlischen Reiches führen, wo wir wie die Träumenden sein werden, weil alles viel herrlicher sein wird, als wir es uns vorzustellen wagen.

Für alle Führungen ein herzliches Dankeschön. Denn:

Bis hierher hat mich Gott gebracht
durch seine große Güte,
bis hierher hat er Tag und Nacht
bewahrt Herz und Gemüte.
Bis hierher hat er mich geleit't,
bis hierher hat er mich erfreut,
bis hierher mir geholfen

Hab Lob und Ehre, Preis und Dank
für die bisher'ge Treue,
die du, o Gott, mir lebenslang
bewiesen täglich neue!
In mein Gedächtnis schreib ich an:

Der Herr hat Großes mir getan,
bis hierher mir geholfen.

Hilf fernerweit, mein treuster Hort,
hilf mir zu allen Stunden;
hilf mir an all und jedem Ort,
hilf mir durch Jesu Wunden,
damit ich sag bis in den Tod:
Durch Christi Blut hilft mir mein Gott,
er hilft, wie er geholfen.

* * *

Weitere Bücher unseres Verlages

in Deutsch:

Kirkojan – der Fischer von Ust-Nera (Erich Schmidt-Schell).

Evangelische Freikirchen und freie Gemeinden im russischen Reich, in der Sowjetunion und der Nachfolgestaaten (Wilhelm Kahle).

Wem Gott hilft, dem ist geholfen (Karl Zimmermann).

Komm heim... für immer (Tom Wells).

In Russisch:

Theologische und evangelistische Werke:
Христос наша жизнь Том 1 (Т. Остин - Спаркс).
Возрастание веры (Яков Крекер).
Этика (Лютц фон Падберг).
Святой Дух (Рене Паш).
Вернись домой... навсегда (Том Уэллс).

Christliche Erzählungen und Gedichte
Веришь ли ты? (Патриция Ст. Джон, рассказы).
Сюрприз перед рассветом (Патриция Ст. Джон, рассказы).
Добрый Пастырь (Патриция Ст. Джон, повесть).
Запертый сад (Патриция Ст. Джон, повесть).
Свет жизни (Патриция Ст. Джон, повесть).
Тайна коттеджа Фазан (Патриция Ст. Джон, повесть).
Эстер Рид (У. Панси, повесть).
По ту сторону моста (Х. Андре, повести).
Книга дедушки (М. Франель, повесть).
Под могучим дубом (Б. Букин, повесть и рассказы).
Находка (Повесть и рассказы).
Навстречу вечности (Павел Ляшенко, сборник стихов).

Zu beziehen bei:

Missionswerk FriedensBote
Postfach 100307
D-51603 Gummersbach
Tel.: 02261/52014
Fax: 02261/58483

Verlagsbuchhandlung
Abtsbrede 114
D-33098 Paderborn
Tel.: 05251/73684
Fax: 05251/730577